北京伽藍記

釋永芸、岳紅——著

謹以此書

獻給　過往歷史的美好

紀念　曾經浪漫的勇氣

回向　所有促成的因緣

目錄

〈推薦序〉跨文化研究的佛學之路　李慶本……6
佛光因緣寫「伽藍」　閻純德……8
直示佛法的一大公案　林谷芳……14
〈自序〉人生的偶然、歷史的必然　永芸……16

01 佛教傳入中國的融合與開創……21

02 兩晉時期北京興建的寺院……41
比北京城還老的潭柘寺……42
紅霞映泉的紅螺寺……60
其他：天寧寺、和平寺……71

03 隋代北京興建的寺院……77
樹立法幢戒壇的戒台寺……78
珍藏千年石經的雲居寺……95

04 唐代北京興建的寺院……109
丁香賦詩的法源寺……110
供奉佛舍利的靈光寺……130
其他：臥佛寺、崇效寺、銀山塔林、寶應寺、鳳翔寺……138

05 遼、金、元時期北京興建的寺院……149
漢藏融合的白塔寺……150
弘慈廣濟的都市梵宇廣濟寺……162
其他：……177
遼：大覺寺、龍泉寺、黃寺、報國寺
金：聖安寺、靈照寺
元：廣化寺、柏林寺、護國寺、香山碧雲寺、延壽寺、慈悲庵、普度寺

06 明、清時期北京興建的寺院……209
清皇室行宮的雍和宮……210
北京唯一尼眾道場通教寺……229
其他：……235
明：夕照寺、法海寺、智化寺、五塔寺、承恩寺、拈花寺、長椿寺、隆安寺、大悲觀音寺、小龍華寺、通州普渡寺、聖恩禪寺
清：福佑寺、法華寺、大鐘寺、嵩祝寺和智珠寺

07 集中區域分佈的佛教寺院群……265
皇宮御苑的佛寺與佛堂……266
房山區寺院群……280
頤和園西郊寺院……287
海淀區寺院……291
西山八大處……304
石景山寺院……316
門頭溝寺院……321
朝陽寺院……329

08 北京佛教大事記……333
【參考文獻】……347
北京寺院分布圖……348
〈後記〉遇見永芸法師 岳紅……350

跨文化研究的佛學之路

李慶本

二〇〇八年九月，經閻純德教授介紹，永芸法師到北京語言大學在我的指導下做訪問學者，並選修了二〇〇八～二〇〇九年一個學年的博士課程。永芸法師對佛教文化有深刻的研究，並勤於筆耕，已有多部著作出版。我對佛教文化雖十分敬仰，卻無多少研究。所以雖名為導師，實際上我們兩人之間亦師亦友，我從她身上也學到不少的東西。我給博士生開「跨文化研究」一門課，課堂上，在討論的時候，永芸總是有不少想法引起大家濃濃的興趣，也正是因為她在，所以課堂氣氛異常活躍。

永芸的這本《北京伽藍記》的確寄託著大家的期望。開始的時候，我建議永芸開展佛教在北京傳播史的研究。這顯然是一個十分龐大的計畫。而永芸在北京的時間只有一年，所以完成起來顯然有很多困難。後來我們商定可以北京的寺廟為著力點，通過北京寺廟的變遷沿革來透視佛教在北京的傳播歷史。永芸的選題也得到了閻純德教授和韓經太教授的肯定和鼓勵。選題確定後，永芸利用課餘時間，親自跑了許多在北京的寺廟進行實地的調查。她對佛教的虔誠，她對事業的執著，使我非常感動。

本書對北京的寺廟進行了較為詳實的介紹，而且有自己的感受和見解凝聚其中，深具可讀性，對瞭解北京佛教發展和沿革有極大的幫助。

我衷心祝願永芸有更多的大作問世。

二〇一〇年十一月五日於哈佛大學

李慶本／北京語言大學比較文學與世界文學研究所所長

佛光因緣寫「伽藍」

閻純德

永芸法師寄來她的論文《北京伽藍記》，給了我一份驚喜和感動。我對《北京伽藍記》的書名十分讚賞，因為它讓我想起北魏楊衒之的名著《洛陽伽藍記》。洛陽城裡城外七十多處寺廟的始末興廢以及相關歷史事件、社會經濟、風俗人情等都在書中得以淋漓盡致的呈現。寄託了作者對於北魏王朝「城郭崩毀，宮室傾覆，寺觀灰燼，廟塔丘墟」的深沉哀悼，也蘊含著對於王公貴族耗財佞佛、「不恤眾庶」的批評。又以寫永寧寺「高風永夜，寶鐸和鳴，鏗鏘之聲，聞及十餘里」的敍事清晰，描寫秀麗，讀之難忘。

如今，永芸法師經過對北京寺廟的考察與研究，向社會貢獻一部北京的「伽藍記」，不禁讓人喜出望外。「伽藍」是梵語佛寺的別名，俗稱「寺廟」。但是，法師不用「寺廟」、「寺院」，而用「伽藍」，這既是佛教文化的歷史承接，又是對於這塊淨土的真誠禮讚。

我所以感動，是因為想起法師當初前來北京「研修」的感人過程。作為作家的出家人，她已經成績卓著，但卻執意再北上「求學」。作為佛門弟子，她住在窄小的房舍，每天早課之後，匆匆食以粗茶淡飯，便從較遠的京西住地，擠上「沙丁魚罐頭」般的公車，漂流在浩蕩的車流人海，激流湧進地再向東繞個大大的弧形線，然後才到京北的大學，趕在住校的碩士生博士生之前走進教室。論年齡，我想她比年輕的師弟師妹大了一倍，但她與所有人都親如手足。瀟灑、愜意、浪漫的學子喜歡這位法師，他們一起交流學問，跟隨她一起跋涉山水，遍訪北京的古剎寺廟，或是獨自風塵僕僕地前往那些佛教聖地考察、研究。我想她給予他們的不僅是精神，大概還有無法言傳的「佛」的神聖。

宗教文化是人類最古老而又年輕的，生生不息的文化。當人類還在襁褓之中的時候，就已經開始無意識地創造了「宗教」。千百年來，眾生因為苦難而尋找光明，漫長的黑夜，人類期待著黎明；沉重的磨難中，人類期盼著生存的溫飽與安寧。

作為世界三大宗教之一，佛教雖然誕生在印度，但傳入中國後，與儒道融合，成為中國文化的三大基石之一。基督教有上帝，伊斯蘭教有真主，而佛教則是唯一的無神宗教，它似哲學而非哲學、通科學而非科學，讓人以慈悲為懷，讓人止惡揚善，「諸惡莫作，眾善奉行，自淨其意，是諸佛教。」佛教彷佛是專門照耀普通人的，所以也是陪伴百姓生存最真誠的信仰。中國人最常見的道德行為，那些人性之美，都有佛的光照。誠如星雲大師所言「佛法如暗夜明燈、苦海寶筏，能為人生帶來光明與幸福。」

我在北京生活五十多年，但北京究竟有多少寺廟，我說不清。雖然我曾到過聞名遐邇的潭柘寺、白塔寺、紅螺寺、戒台寺、廣濟寺、臥佛寺、雍和宮、大覺寺、靈光寺、法源寺，然而它們的歷史滄桑，也如多數北京人一樣，所知甚少。

現在，永芸法師和岳紅的這部著作引領我做了一次深入的造訪，讓我詳實地走進歷史，瞭解了興衰與變遷。

法師説，她能到北京，寫出《北京伽藍記》，這一切全靠因緣。説起因緣，我與法師相識，也是因緣。

一九九〇年我在法國巴黎執教期間，參加越南的一次佛事活動，從法國友人那裡第一次聽到星雲大師的名字。二〇〇六年十一月，「二十一世紀中華文化國際論壇」在臺北輔仁大學舉行，那一次，對大陸學者來説是一次難得的因緣。無論是在臺北金光明寺、嘉義和高雄，我們都沐浴在佛光的溫馨之中。就是那一次，得知星雲大師麾下還有人間最乾淨的報紙《人間福報》和電視台「人間衛視」，佛光山的「佛光普照三千界，法水長流五大洲」的莊嚴宣示，實際上就是一座文化燈塔。

大家受邀在佛光山小住幾天，我還特別參加過一次終生難忘的「過堂」，雖然大家未能親晤大師之佛面，但浸淫在那樣的氛圍中，我的靈魂已經感受到一次從未經驗過的「淨化」。且夢中感悟，一氣呵成賦詩《佛光頌》。

一年之後，在北京藍旗營的萬聖書園，由作家林佩芬引薦為《人間福報》約稿而來的永芸法師。我答應為她組織關於胡適、魯迅、徐志摩、任繼愈、季羨林、宗璞、楊絳等人的文章。這些文章都是大陸學界名家撰寫，也都陸續在《人間福報》得以發表。這是我們因緣結下的果實，也是海峽兩岸文化一次無聲的認真交流。

永芸法師為了落實人生的一個願景，進入北京語言大學人文學院攻讀博士學位課程，懷著「想為北京佛教留下歷史」的使命，徵得導師李慶本教授與韓經太副校長的首肯，擬定了對於北京佛教文化歷史的發掘與研究。二〇〇九年的佛誕節，在一個春暖花開的美麗季節，永芸法師帶領十多位師生風塵僕僕地跑到位於八大處的靈光寺，讓我們在人山人海中領悟人類真與善的樸素情懷。

翌年春，由她發起的「走春茶會」在夕照寺以「茶、禪、樂」的方式呈現了一個溫馨的聚會。那天下午，「一說二說三說天下，夢想理想心想事成」的標語懸掛在夕照寺前，這個旨在「眾緣和諧」的文化活動吸引了眾多的名流和媒體記者。法師的演講讓人感動，她傳達的精神令人鼓舞。

在與永芸法師的接觸中，除了出家人具有的佛陀教導精神，她的勤奮好學、謙虛謹慎、平易近人，也為我們這些凡夫俗子所敬佩。當她告訴我她要去「走江湖」（江西、湖南的寺院考察）時，我心裡實在為她擔心。但是，她卻說：「出家人，以寺廟為家，有佛陀相伴，不孤獨，無危險⋯⋯」，如此境界，令我敬佩得五體投地。

生活裡，永芸法師也不是將自己「孤立」於百姓之外，而是歡喜地融入我們，常見她在馬路上與人「侃侃而談」。這個「我們」，既有中國人，也有外國人；她不是在「傳教」，而是在「傳心」。我知道，她的身影漂流在北京的人海中，其精神棲息在幽深的寺廟裡和圖書館深藏著的文化叢林中。匆忙的行蹤，展示了她的豐富人生。滾滾紅塵，她期盼著北京的平安，世界的和平。

如今，法師又以這部《北京伽藍記》真切地告訴人們，即使像北京這樣歷史久遠、充滿帝王之氣和政治色彩的古都，也都籠罩在浩蕩的佛教文化之中。通過對北京寺廟寺院的考察與研究，不僅向人們展示了佛教在北京地區傳播的歷史，也細膩記錄了歷史風雨中寺廟的滄桑。「佛教傳入中國的融合與開創」一章可謂言簡意賅，不到一萬字的概說，竟準確地將佛教發展的歷史軌跡：誕生、成長、傳播、繁榮，在中國的影響、與儒道的融合等，說得淋漓盡致。其後的章節，將佛教的每一階段的歷史與其發展的相關情況，說得有明確的交代，加之對於寺廟、寺院的具體描述、介紹研究，整體構成一部嚴密的為佛教立傳的著作。

這部書稿除了強烈的學術性，輔以文學性的散文筆法，生動活潑，並以「寺院緣起、地理方位、歷史脈絡、宗派演進、建築特色、文物傳奇、出入名人……」的格式，書寫了北京佛教歷史。

星雲大師曾說，當年那個「兩眼熱淚落髮的小女孩」永芸法師，追隨他耕耘佛教文化經年，在其靈魂上歷練過生死涅槃、雲水禪心，感受過「一日生一日死的修持解脫」。現在這個曾經闖過荊棘叢林的「小女孩」，依然耕耘在佛教文化的園地裡。北京一年，我們也得以見證了她的耕耘和跋涉！

在佛光山，由於星雲大師的關懷，永芸法師懷抱對於文化的熱忱和使命，秉持愛心與堅持，為了佛光山，為了弘揚佛教文化，《人間福報》、佛光出版社和人間衛視，都有她的汗水與智慧。除此之外，她還出版《夢回天臺遠》等六本散文集和默默奮鬥五年時間編著的《走過臺灣佛教五十年》。

不要「熱鬧的掌聲」，更不要「閃亮的光環」，我想大概這就是出家人「修」練出來的品性吧！她的真誠，她的忘我，她的歷練，她的精神終於又一次如願以償，將我們所期待的《北京伽藍記》貢獻給北京和佛光山。

二〇一〇年十一月十七日　於北京

閻純德／北京語言大學教授

直示佛法的一大公案

林谷芳

談佛法，必及於造像，儘管「但見諸相非相，即見如來」，但相為意表，造像所及，佛法乃多在其中，所以言大乘必及於菩薩，説密教必論之明王，不僅方便，更契合中國人不喜抽象思維、禪家修行因事成理的本質。

因事成理，造像如此，伽藍亦然。伽藍之造，為造像之所住、僧徒之所居、佛事之所用，雖未如造像般於佛理之聚焦，卻更活生生映現著佛法在世間的總總，可惜歷來談造像者眾，説伽藍者少，在了解佛法的傳佈與映現上，不能不説是一種遺憾。

談伽藍者少，一因他未若造像般聚焦，另外也因它涉及更多歷史文化的軌跡，起落興替，未若造像直指不動的核心，在此好有一比，造像是戲，而伽藍正如戲臺，戲是核心，戲臺卻可多所替換，關注的程度自然有別。

然而，換個角度看，戲臺所發生的種種，不也正是一齣齣的戲嗎？且這戲還更真實、更貼切。所以説，伽藍雖未直指核心，但映現的種種卻更如實，參伽藍，如禪家所言，是參活句，不是參死句，在此只取一點：道場的興替起落，不就讓眾生對佛法所提的成住壞空更有領略嗎？

興替起落，帝都伽藍所映現的最能起人觀照，畢竟，佛法的傳佈與世間的種種脱離不了關係，政治走向則是其中的一大變數。如何應對，有權有實，結果如何，有起有落，有心人原可在此得有甚深的因緣觀照，千年前的《洛陽伽藍記》如此，今天永芸法師的《北京伽藍記》亦然。

於是，這書就不僅是北京寺院的內行導覽，也不只是今人循古人跡的問道指南，帝都伽藍的起落，在有心人眼中，永遠是直示佛法的一大公案。

林谷芳／佛光大學藝術學研究所所長

人生的偶然、歷史的必然

永芸

《洛陽伽藍記》的美學呼喚

重拾書架上的《洛陽伽藍記》，展讀一千五百年前一個因官派而回到洛陽古都的那位南北朝後魏撫軍司馬楊衒之，當他撫視落日餘暉下的洛陽城所發出的千年一嘆！他明著寫洛陽寺院，卻是一部活生生的南北朝興衰史。

臺大中文系教授林文月，在一九八五年發表的〈洛陽伽藍記的冷筆與熱筆〉，給予此書極高的文學評價：……就整體而言，洛陽伽藍記以空間為經，時間為緯，時空交織，又羼和其他極豐饒的人文因素而成的一部奇書。……呈現如此清麗典雅的效果……風采之流動……可與司馬相如之長賦、大謝之山水詩遙相媲美。

是宗教情操？是文化使命？是歷史呼喚？當年中國北方大都會洛陽的歷史，就在這名不見經傳的楊衒之筆下，為後人留下了涵蓋歷史、地理、宗教、文學、風俗等多采多姿的風貌。

如林教授所言：冷筆以寫空間，故條理井然，是洛陽伽藍記極具研究價值處；熱筆以寫時間，故好惡分明，是楊衒之有別於後世修史之枯淡處，冷熱交織，遂令這部稀世珍貴的奇書呈現特殊面貌而永垂不朽。

從史料分析，楊衒之不是初來洛陽，而是重返洛陽。因為他曾眼見過去洛陽的燦爛，今日再見，不禁感懷：「城郭崩毀，宮室傾覆。寺觀灰燼，廟塔丘墟。牆被蒿艾，巷羅荊棘。…京城表裡，凡有一千餘寺，今日寥廓，鐘聲罕聞，恐後世無傳，故撰斯記。」（見其自序）是這些景象觸動了一個文人志士的悲心？有別於史家修史的嚴謹，地理方志的枯燥，楊衒之以南北朝盛行的駢麗之文，突顯了文學之美、歷史鬥爭的殘酷、因果報應的昭彰，讀後令人唏噓！也藉此鏡鑑一個城市的崩毀，一個帝國的興滅！

這是一個知識份子的良知，以一己微弱之筆的吶喊，欲在紊亂的歷史中留下人間是非公理！

《走過臺灣佛教五十年》的編纂經驗

「看得到的，是已經過修飾的歷史；看不到的，是更多被遺忘、湮滅的歷史…」

這是我在一九九六年為《走過臺灣佛教五十年》一書寫「編後語」的開頭二句話。誠如《洛陽伽藍記》一書作者不能暢言的隱喻之苦，《走過臺灣佛教五十年》編輯過程的辛酸，也只有過來人，才能了解。沒有放棄，是因揹負了這麼多人的信任和期許，還有並肩作戰的幾個「傻子」的堅持。

而我的信念，無非就是為下一世紀的佛教留下一個伏筆。在緬懷前賢先烈時，是否有人憶念在這大江大河浮沉的高僧大德？那些曾參與革命者、為保護佛教寺院而殉教者，那種無我無畏的精神，在這歷史長河中，誰來為他們樹碑寫史？這或許也是推動著我，走入另一個歷史時空的動機？

《北京伽藍記》出書的二三事

落腳北京，是我人生一個意外的插曲。但這偶然的機遇，卻是歷史必然的牽引。

一九九二年秋，第一次到北京參加「敦煌吐魯番國際學術會議」，來接我們的麵包車，緩慢地在塵土飛揚的路上顛簸，金秋的夕陽照在兩旁白楊樹上，燦黃墨綠的光影令人溫暖。穿著印有「北大」T恤、說著一口京片子的年輕學子，是那樣青春昂揚。我不覺陌生、也沒有隔閡，竟是如親人般歡喜。因為「我是中國人，這是我的祖國！」

那次，在雲居寺考察房山石經，與千年石刻相遇，那一幕至今還鏤鐫在我的記憶。之後，幾次往來大陸，參訪佛教聖地遺跡，一次一次令人驚歎！奧運後的北京，一下子從黑白歷史進入了彩色現代，並躍上世界國際舞臺。中國，已是不可小覷的巨人！

二〇〇八年，因有一年「參學假」，我再度來到北京。感謝閻純德教授推薦北京語言大學比較文學與世界文學所所長李慶本教授作為我的博士導師。

在北語的日子，閻老師噓寒問暖，年節怕我一個人獨在異鄉，總是邀我一起過節吃飯。佛誕節還隨喜和我們十幾個同學一起去靈光寺浴佛，他有長者的敦厚又不失赤子之心，讓學生如沐春風。

我參與李慶本老師二〇〇八、二〇〇九級博士生的課，猶記在李老師的辦公室和韓經太副校長、閻老師一起討論《北京伽藍記》的企劃案，大家都為北京宗教文化勾勒的願景雀躍！但礙於時間、人力、經費，李老師理性地給了我較明確的可行方向，他說：先做〈佛教在北京的歷史發展和宗派演進〉吧！在他的指導、鼓勵、協助並親自和我們去了幾次寺院參訪後，我的進度亦趨成熟。

去年中秋認識作家岳紅，因彼此對文學的相契而惺惺相惜，共同策劃了很多想在中國推動的「文化夢」。她跟著我到處奔走，我沒有特別教她佛法，但相信聰慧如她，日久薰習，佛教早已融入她的心靈。我回佛光山銷假領職後，岳紅繼續我在北京未完的部份，我們兩地e-mail往返討論，當我審視著她傳來的文稿後，不禁閃爍淚光，浮現「**一千多年來，楊衒之這本書始終是極孤獨地懸掛在歷史的長空中，獨自閃爍著寂寞幽冷的光芒。**」（王文進：淨土上的烽煙——《洛陽伽藍記》）

作為一個長期從事佛教文化工作的比丘尼，有緣回到中國，繼《走過臺灣佛教五十年》後，單純地「想為北京佛教留下歷史」的使命，讓我穿梭在古今的時空中幾度迷失、落淚、感嘆！在這本書中，我們隱藏了踏查寺院後的個人情緒，期以散文的筆觸，統一以「寺院緣起、地理方位、歷史脈絡、宗派演進、建築特色、文物傳奇、出入名人……」的格式，書寫北京城的佛教歷史。

基於現實條件，我們無法做到盡善盡美，但求「拋磚引玉」，希望這本書也如王文進教授對《洛陽伽藍記》的最佳詮釋：「兼具地志的正確，歷史的批判和文學的優美三種性格」。

這本書能完成，是我在知命之年還有勇氣向自己挑戰的實踐，也是回報那些一直對我關愛和支持者的承諾！

感謝倩倩、雋雋、琳靜三位小友協助資料整理。感謝中國佛學院的宗性法師和中國佛教文物圖書館的呂鐵鋼老師對〈北京佛教大事記〉的勘誤。感謝師長、同學、朋友，給我意見、提供資料，陪同一起走訪寺院、攝影，甚至從一些老北京人口中得到的片段記憶⋯，是這些千手千眼菩薩，一起在寫歷史。

尤其正在哈佛作訪問學者的李老師，最先寄來他的序給我鼓舞，閻老師的序幫我回顧了北京的一年，林老師一貫以禪者之姿讓我們「參公案」。這些師長百忙中對我的關照和肯定，亦師亦友的情義，讓我感動落淚！

最後，感謝二魚文化的焦桐、秀麗好友和他們團隊的努力。此書橫跨二千年歷史滄桑，匆忙中必有疏漏，還望讀者諸君不吝指正。

願見作隨喜，功德回向十方有情！

01

佛教傳入中國的融合與開創

一、歷史軌跡

佛教起源於印度，二千六百餘年前，一個印度邊境小國的王子悉達多，拋棄世間榮華富貴的享受，到森林中修行，在菩提伽耶的菩提樹下金剛座上證悟到宇宙人生緣起的真理，成為「覺者佛陀」，創立「佛教」。時為公元前六世紀，那正好也是大思想家輩出的時代。

佛陀在人間說法四十九年，涅槃後，其弟子大迦葉為令正法久住，召集了五百位已證果的阿羅漢共同結集佛陀的言教。此後四百年間，衍生了不同的部派，經過幾次的經典結集，三藏十二部經教漸次完備。

到公元前三世紀的孔雀王朝時期，阿育王統一印度，大力護持佛教，廣建佛塔、集結第三次經典，推廣佛教普及全印度外，並派遣傳教師到現今的阿富汗及中亞細亞、錫蘭、緬甸等地弘揚佛法，將佛教發展成世界性宗教，同時產生跨文化的影響。後來隨著中土絲路的開拓，佛教也開始逐漸東傳。

1. 佛教的東傳

佛教最初傳入中國的時間，眾說紛紜，一般以《魏書・釋老志》①、《佛祖統記》②

的記載為誌：永平七年，漢明帝夜夢金人，聽到太史傅毅說：「西方有聖人者出，其名曰佛，陛下夢見的必定是這位佛陀。」心中大喜，於是派遣蔡愔、秦景、王遵等十八人，前往西域尋求佛道。永平十年，蔡愔一行人在中天竺大月氏國遇到僧人迦葉摩騰、竺法蘭，便邀請他們到中國弘法。兩位法師用白馬馱著佛像和六十萬言的梵本經典到洛陽。永平十一年，明帝下令在洛陽西雍門外為迦葉摩騰二人建白馬寺，而他們翻譯的《四十二章經》成為中國佛教史上第一本佛經③，從此，佛、法、僧三寶具足，展開了佛教東傳的首頁。

❶《魏書》卷一一四〈釋老志〉
及開西域，遣張騫使大夏還，傳其旁有身毒國，一名天竺，始聞有浮屠之教。哀帝元壽元年，博士弟子秦景憲受大月氏王使伊存口授《浮屠經》，中土聞之，未之信了也。後孝明帝夜夢金人，項有日光，飛行殿庭，乃訪群臣，傅毅始以佛對。

❷《佛祖統紀》卷三十五（大正四十九・三二九中）
七年，帝夢金人丈六項佩日光，飛行殿庭，且問群臣，莫能對。太史傅毅進曰：臣聞周昭之時，西方有聖人者出，其名曰佛，帝乃遣中郎將蔡愔秦景，博士王遵十八人，使西域訪求佛道。

❸《高僧傳》卷一〈竺法蘭傳〉（大正五十・三二三上）愔於西域獲經即為翻譯《十地斷結》、《佛本生》、《法海藏》、《佛本行》、《四十二章》等五部，移都寇亂，四部失本不傳，江左唯《四十二章經》今見在，可二千餘言，漢地見存諸經，唯此為始也。

2. 傳入的路線

佛教傳入中國的路線，一般分為西域陸路及南方海路。最初傳入中國的，大都是走西域絲綢之路。

陸上絲路：從印度西北部的犍陀羅（即今巴基斯坦、阿富汗東部一帶）經由中亞往東行，越過蔥嶺（今帕米爾高原），進入西域（新疆），再經玉門關、河西走廊傳入中國，之後再發展至韓國、日本與越南，一般稱此為北傳佛教，又稱大乘佛教。

海上絲路：從南印度經斯里蘭卡海路，再傳至緬甸、泰國等地，部分支派經華南進入中國南方，此系一般稱南傳佛教。這條著名的海上絲路主要展現上座部佛教，又稱小乘佛教。

還有一條路線，就是從東印度（含孟加拉及尼泊爾），越過喜馬拉雅山傳入西藏，再傳入青海、蒙古，即今所謂的藏傳佛教，或稱密教。

3. 譯經事業

東漢年間，繼迦葉摩騰、竺法蘭之後，來自安息、月氏、天竺、康居等西域地區的安世高、支婁迦讖、竺佛朔、安玄、支曜等人相繼東來，主要從事譯經事業，其中支婁迦讖、安世高為此時期最重要的譯經家。

安息國僧人安世高來到洛陽，譯有《安般守意經》、《陰持入經》等三十餘部佛經④，是將禪觀帶入東土的第一人。由於通曉漢語，其所翻譯的經典，梁代慧皎法師在《高僧傳》稱說：「義理明晰，文字允正，辯而不華，質而不野。」

支婁迦讖（簡稱支讖）所翻譯出的二十餘部佛典，多屬大乘典籍，是將大乘佛教傳入中國的第一人。其演說般若緣起性空的《道行般若經》，是般若類經典在中國最早的譯本，《般舟三昧經》則是淨土經典的先驅。

與魏地佛教相較，吳地譯經更具規模。支謙和康僧會來自西域，在漢地成長，長期薰陶，能將兩地文化融合，這是印度佛教在漢地本土化的標誌。康僧會儒釋道會通、大小乘兼具，尤其製作梵唄、建寺、設佛像，在中國佛教史上算是首創。

自安世高譯經以來，所譯經典缺乏系統的整理，道安第一次進行整理編目，並考證譯者。道安還統一了出家人的姓氏，以「釋」為姓至今。

被譽為中國佛教四大譯經家之一的鳩摩羅什從西域來到東土，在涼州十七年，對中土民情已熟悉，也通曉了中國語言文字。後秦姚興禮請羅什到長安，被禮為國師，在國立譯場逍遙園大興譯業。

---

❹《高僧傳》卷一（大正五十・三二三上）

案釋道安經錄云：安世高以漢桓帝建和二年至憲帝建寧中二十餘年，譯出三十餘部經。

羅什一生所譯經論凡三百餘卷，義理圓通，多為後來形成的佛教各學派、宗派所宗，對中國佛教的發展影響深遠。由於具文學素養，譯文簡潔流暢、易讀，受到很高的評價。

羅什所譯的般若類經典，有系統的展示了龍樹的般若性空之學，其中以《大品般若經》最為重要。《中論》、《百論》、《十二門論》三論為三論宗之所宗，故被尊為三論宗之祖，加上《大智度論》，成為四論學派。此外，所譯的《阿彌陀經》為淨土宗所宗。《法華經》、《成實論》分別是天臺宗、成實學派的根本要典。《坐禪三昧經》係諸家禪要之纂集，促成了天臺止觀的成立及禪宗的誕生。《梵網經》是大乘律的第一經典。《心經》、《金剛經》、《阿彌陀經》、《維摩經》等經皆深入民間，流布極廣。

當時跟隨羅什譯經弟子號稱三千人，對中國佛教的貢獻首推僧肇和道生。僧肇於般若學，道生於涅槃學，都有獨創之見。

東晉的慧遠在動亂中南下，於廬山自成一佛學中心。他與羅什探討般若的書信，後結集成書。由於南方佛教的禪典律典都缺，慧遠派弟子西行求經，帶回梵本，請佛陀跋陀羅譯出《達摩多羅禪經》，促使禪學在南方流行。慧遠的佛學思想體系是多方面的，他本質上雖是般若學，同時也注重禪修和淨土信仰。

東晉另一位重要的經師法顯，以近六十歲的高齡，西行求法。歷經萬難，遊歷了西域、印度等三十餘國，學習梵文，並抄錄經律典籍，回國後在道場寺與佛馱跋陀羅等人開始譯經。譯有《摩訶僧祇律》、《大般泥洹經》、《雜藏經》、《雜阿毗曇心論》，並將西行求法的見聞，寫成《佛國記》，對當時印度、中亞、斯里蘭卡等地區的歷史、風俗習慣及地理情況等，皆做了詳盡的描述，是一部珍貴的文獻，廣受各國學者的重視。

二百多年後的唐代玄奘，為求完整的原典，於唐貞觀元年從長安出玉門關，走絲路，克服萬般艱險，三年多後才進入印度。他在那爛陀寺跟隨佛學權威戒賢大師學《瑜伽師地論》，並行腳參訪整個南亞，走遍五印。在曲女城無遮辯論法會上，十八天沒人敢來辯難。玄奘不戰而勝，威震全印，被譽為「大乘天」。十七年後，帶回大小乘經典梵本，終於載譽歸國。

唐太宗在洛陽接見玄奘，依其意願，在長安弘福寺譯經。十幾年共譯出三百七十五部經論，並開創了中國的法相唯識宗，此學說日後也影響了其他宗派。玄奘遊歷的見聞，由弟子辯機撰述的《大唐西域記》，成為後世研究歷史、地理、考古的珍貴資料。

二、文化再造

中國與印度都是世界文明古國，經由佛教的傳入，帶來跨文化的多元面貌。相較於政治、戰爭的入侵，這種軟實力的傳播所及，彼此互補，反而創造了豐美的文化果實。

1. 譯經與文學

豐富多采、超越時空、充滿想像力的印度文學隨著佛經的翻譯傳入中國，影響所及，促進了之後的小說、詩歌、戲曲與平話的發達，帶動了前所未有的新文學體裁的發展。

以羅什為代表的新譯佛經，標誌著翻譯文學的里程碑，很多佛經從文學的角度來看，本身就是優美的文學作品，像《維摩經》、《法華經》，提供了新的思維方式、語言詞彙，甚至鋪陳、用典，一些佛教的詩、偈、贊、銘、論等作品相繼出現。

倡導白話文的先驅胡適，在《胡適文存》裡有一段話：「佛教的譯經師用樸實平易的白話文體來翻譯佛經，但求易曉，不加藻飾，造成一種白話文體，佛寺禪門成為白話文與白話詩的重要發源地。給中國學史上開了無窮新意境，創了不少新文體，添了無數新材料。」

梁啟超也在〈翻譯文學與佛典〉一文中說：「我國近代之純文學若小說、若歌曲，皆與佛典之翻譯文學有密切關係。」另在〈佛學研究十八篇〉提及：「佛教傳入中國後，中國文學中增加了三萬五千字、新名詞。」

國學大師錢穆也說：「《六祖壇經》是復興中華文話九種必讀經書之一。」

早期從事譯經事業的僧人，通曉漢語者，由自己作主筆。未精通漢語者，由文學素養深厚的漢人助譯，建立了中國佛教的特色，同時帶來了無數外來語。在不斷演進過程中，也形成了許多新的名詞與成語，大大地豐富了漢語詞彙的內容。

如曇花一現、一彈指頃、一塵不染、一廂情願、一念之差、一心不亂、一手遮天、一刀兩斷、不二法門、三頭六臂、三生有幸、四大皆空、五體投地、六根清淨、六道輪迴、七手八腳、胡說八道、十惡不赦、千差萬別、吉祥如意、稱心如意、本來面目、頑石點頭、大千世界、神通廣大、心心相印、心猿意馬、掌上明珠、借花獻佛、天女散花、天花亂墜、花花世界、鏡花水月、水中撈月、皆大歡喜、有口皆碑、聚沙成塔、對牛彈琴、執迷不悟、作繭自縛、當頭棒喝、枯木逢春、看破紅塵、真相大白、水到渠成、借花獻佛、狗急跳牆、指點迷津、醍醐灌頂、拋磚引玉、雁行魚貫、坐井觀天等，都是從佛教名相演變而來的，或是從經典擷取而來，或是從佛教故事衍生而來，或是禪門語錄中新拓的詞彙。

此外，也有充滿濃厚佛教思想、在民間廣為流行的俗諺，如「佛要金裝，人要衣裝」、「放下屠刀，立地成佛」、「家家觀世音，戶戶彌陀佛」、「平時不燒香，臨時抱佛腳」等，在在說明佛教在中國社會裡，產生了潛移默化，移風易俗的效果。

2.變文與小說

唐代開始有小說文體，因「唐人乃作意好奇，假小說以寄筆端。」（胡應麟《筆叢》三十六）唐代傳奇在中國小說史上的貢獻巨大，後因佛教的影響，變文話本普遍流行，促成宋、元以後平話和章回小說發展燦爛。像：沈既濟的〈枕中記〉、李公佐的〈南柯太守傳〉、及清朝蒲松齡的〈續黃粱〉、曹雪芹的《紅樓夢》、吳承恩的《西遊記》等作品，受到佛教的苦空無常、因果報應、輪迴思想的影響。

隨著佛教思想的開展，講經不再只限於佛教內部的佛理研究，而擴及名士文人。儒家經師在晉道安時制定的講經儀式，其參與之僧職分為五種：法師（釋經）、都講（唱經或誦經）、維那（糾儀）、香火（行香）、梵唄（歌讚），已有跡可循。

「變文」以佛教經典為主題，以詩歌和散文結合的形式陳述故事，是一種活潑的民間文學。敦煌所出的變文寫本，一為講唱佛經與佛經故事，一為講唱中國歷史故事的史傳變文，變文一般公認為俗講之底本。

由於這些通俗化的發展，由講經、唱導、俗講，讓佛教的思想義理藉此而深入民間，但卻為正統佛教所不能接受。這些被中國文化所融合的影響，加速佛教在本土生根，成為生活的一部分，帶動中國的俗文學、小說、戲劇、藝術等方面，是不容否認的一頁輝煌歷史。

3. 音樂與藝術

梵唄，是佛門中以清淨梵音來歌詠佛法、讚頌佛德的一種方式，能令誦者、聞者獲大利益。佛世時，有一位長得又矮又醜但音聲卻如天籟的唄比丘，他的梵唄之聲能感動人畜。一次，波斯匿王率大軍準備捉拿殺人狂央掘摩羅，行經祇洹精舍時，耳際忽然傳來唄比丘悠揚悅耳的梵唄聲，頓時，大象、馬匹都停下來傾聽，不肯前進，士兵也聽得出神。

由於軍隊馬匹都被微妙慈悲的梵音所攝，波斯匿王也油然生起慈心，撤回了軍隊，消弭了一場原本即將發生的戰禍。

佛教東傳不久，有人便用印度的聲律製成曲調來歌唱漢文的偈頌，將起源於印度的梵唄漢化，《高僧傳》中說：「天竺方俗，凡是歌詠法言，皆稱為唄；至於此土，詠經則稱為轉讀，歌讚則號為梵唄⑤。」也就是說印度的梵唄，傳到中國後，分為轉讀與讚唄二種形式。

我國梵唄起源，相傳為曹魏陳思王曹植遊魚山（山東省東阿縣境）時，忽聞空中梵天之響，清雅哀婉，其聲動心，於是摹其音節，寫為梵唄。南北朝起，佛教出現「轉讀」、「梵唄」、「唱導」等多種文學藝術形式，擴大佛教民間的影響。

佛教藝術在中國的發展，初時亦受犍陀羅希臘風格與印度影響，至唐宋則完全中國化。由於佛菩薩的的造像莊嚴淨美，以經文義理命意作畫，融會思想境界，南北朝時期的發展奠基，讓隋唐的佛教藝術達到輝煌成就。

中國佛教藝術的發展過程：從漢魏初期以佛菩薩像之描繪為主，到東晉依佛典命題之經變相圖創作，如〈維摩示疾〉、〈彌陀淨土變〉等，至北朝開鑿石窟，窟內壁畫多描寫經變。著名的石窟有：敦煌莫高窟、炳靈寺石窟、麥積山石窟、

⑤《高僧傳》卷十三（大正五十·四一五中）

雲岡石窟、龍門石窟。尤以位於河北省的響堂山石窟的特色是刻有石經，一號窟刻有《華嚴經》，二號窟刻有《般若經》，三號窟刻有《無量義經》，四號窟刻有《法華經》。這種石經的出現，啟發了後來北京的房山石經。

另外，北朝的寺塔建造、佛畫藝術也堪稱一絕。類似「洛陽永寧寺的佛塔，京師外百里就能遙見。」在《洛陽伽藍記》一書多有深刻描述。這些佛教藝術的成就，成為中國文化藝術的珍貴資產。

三、學術思潮

基本上，佛教是外來宗教，一個外來宗教想要在當地生根，必面臨本土化的適應、相應、融合的過程。代表中國思想主流之儒家思想發展至隋唐，一度與盛極一時的佛教思想彼此衝突。佛教不獨宗派繁衍、高僧輩出、理論深入人心，本土的儒家思想可謂面臨空前挑戰。但儒釋二教透過彼此之融會，最終儒家又發展出宋明理學，中國傳統文化思潮另闢新局。

隋唐佛教在穩定的政治環境中達鼎盛，各大宗派創立，漸驅「本土化」，翻譯經典是思想的移植，創立宗派是思想的更新。

最初將印度佛教中的概念與中國傳統思想中相應的的概念加以比附，以中國文化來理解印度佛教的格義佛教，發展到名僧與名士清談的魏晉玄學至南北朝廣泛研究大、小乘各種經論的過程，中國的佛教產生了學術思潮的革命轉化。

由於接受傳統思想的改造，為適應社會實際需要，中國佛教進一步擺脫印度佛教思想的影響。

1. 隋唐盛世 百花齊放

南北朝佛教時期因各朝皇帝有奉佛者、有毀佛者，有重義理者、有重修持者，形成不同特色的發展，奠定了隋唐佛教宗派學說創立的深厚基礎。

隋朝為鞏固自己的統治，在採取各種政治措施的同時提倡佛教。唐初雖有佛道之爭，但因武則天崇佛，頒布「釋教開革命之階，升於道教之上」⑧，且接待各方來的譯經僧並迎請神秀入京，促成禪宗、華嚴宗的快速發展。

禪宗是中國最重要的宗派，可說是中國佛教本土的產物。達摩渡海而來，以《楞伽經》授予慧可，至五祖弘忍，改變坐禪的傳統，所謂「挑水擔柴」都是禪，這種把日常勞動和俗務融入禪法的學說，對傳統佛教產生重大改革。

繼承弘忍衣缽的是後來形成北宗禪的神秀和南宗禪的慧能。

神秀時代以《大乘起信論》一心開二門說建立自己的禪法思想，又神秀被召入京，受華嚴思想影響，使其傳統經典依賴和漸次修習的特點相延續，較多保存傳統佛教的色彩。

北宗禪的繁榮和鼎盛，是在皇室、貴族、官僚的支持下實現，但與此同時慧能的南宗禪卻開創另一新局。

《六祖壇經》記載慧能說法內容，是流傳至今最重要的禪宗文獻。慧能給禪下的定義是「外離相曰禪，內不亂曰定」，禪是內心的體悟，不在於枯坐冥想。所謂「無念為宗、無相為體、無住為本」，主張「定慧等學」，提倡「一行三昧」，建立「頓悟成佛」說。慧能這種「自信自力、自我覺悟」的全新派別，給中國佛教思想一個開創性的思維革命，帶動日後禪宗「一花開五葉」的百花齊放。

神會是樹立南宗禪的關鍵人物，他公開向北宗禪宣戰，取得正統之地位，唐武宗滅佛後，北宗禪一蹶不振，更擴大了南宗禪的影響。

唐朝國勢強盛、文化繁榮，成為東方文明的中心。因此佛教在唐朝也處於鼎盛時期，當時主要的宗派有：天臺宗、三論宗、唯識宗、華嚴宗、淨土宗、禪宗。而寺院經濟、譯經事業、經錄編纂、文化藝術等發展，隨著大唐國家勢力的對外擴張使得佛教文化進一步向國外傳播。

❻《唐大詔令集》卷三載，天授二年（六九一年），武則天下制：釋教開革命之階……自今以後，釋教宜在道法之上。緇服（僧人）處黃冠（道士）之前。

2.宋代禪淨　元代藏傳

從五代末到宋初，社會大變動，長期分裂的形勢宣告結束，新的統一局面形成。在中國封建社會由前期向後期轉折的關鍵時期，佛教面臨著嚴峻的考驗。

永明延壽的《宗鏡錄》，總結了宋以前中國佛學的得失，指出未來發展的道路。禪宗所提倡的「禪教一致、禪淨合一、禪誦無礙、禪戒並重」都能在他的思想脈絡找到答案。《宗鏡錄》對後世佛教產生深刻持久的影響。宋代的淨土信仰已非一宗一派，而是佛教各宗派的共同趨向。禪與淨土的結合，天臺與淨土的融會，戒律與念佛的並修，成為這股潮流的主流，進一步普及到民間。

歷史上，儒、釋、道三教之間既有鬥爭又有融合，三教思想長期互相吸引、融合，隨著北宋的統一而進入新的階段。

北宋建立起的理學思想至南宋朱熹集大成，在形式上以儒家為旗幟，內容上則實現三教的融合。宋代禪宗特別重視與世俗生活相應的儀規制度、宗教修養，主張在現實生活中獲得精神解脱。

兩宋時期官僚士大夫參禪形成佛教主流、蔚為風氣。佛教以其獨特的哲學思辨、心性學説、止觀修行的思想擄獲了在官場上精神壓抑苦悶的士大夫。尤以蘇軾、黃庭堅、王安石等被貶的官場文人，他們留下很多參禪之作，不但反映當時被禁錮的心境，亦成為後世佛教文學的經典之作。

宋太宗恢復中斷近二百年的譯經事業，於太平興國寺譯經院西側建印經院，開始印刷大藏經，並將二院合稱「傳法院」。官、私刻印藏經之風興起，促進了印刷技術的發展，民間佛籍流通因此大增。北宋時期，密教崛起，很多譯出的密教經典有違中國儒家思想，太宗、真宗都曾詔令不准翻譯，譯出後也遭焚毀。

契丹國建立後，加強對漢文化的吸收和移植，遼太宗耶律德光取得燕雲十六州（今北京西南），佛教進一步受到重視。遼代的佛教宗派，因道宗通曉梵文，對華嚴學頗有造詣，並對僧伽設有考選制度，促進了佛學研究，所以華嚴宗、密宗、律學、淨土皆盛。遼代佛教的另一盛事就是《契丹藏》的雕印成功並傳入高麗。

元朝建都燕京（今之北京）後，以八思巴為國師、帝師，推動了藏傳佛教在藏、蒙和北方漢民族地區的傳播，加強了西藏和中央政權的關係。帝師不只是藏傳佛教和西藏地方的領袖，也是全國佛教的首腦。藏傳佛教的喇嘛在元代享有各種政治、經濟特權。

元代雖以藏傳佛教為國教，但對其他漢地的儒釋道，乃至外來的回教、基督教也不排斥。

3. 明清的居士弘講

明清是中國佛教的衰微期。在理學的制約下，佛學研究衰退，佛教為滿足一般信徒的現世利益，與儒、道，乃至民間信仰，神話傳說等更加緊密結合。

清王朝對藏傳佛教的支持，是統治政策的一部份。三教合一、禪淨雙修，念佛往生西方極樂淨土的思想深入民間，世俗佛學興起。

清末民初，弘揚佛法的中心已由寺廟轉向在家居士。學者、思想家無不競相研究佛理，政治家也涉略佛典，龔自珍、魏源、楊仁山、鄭學川、梁啟超、譚嗣同、章太炎等人遊走於儒佛之間。而出家僧眾如：敬安、太虛、印光、月霞、諦閑、弘一等大師，也深感佛教危機，發起言論、護教衛教。

這些僧俗二眾在各大學宣講佛教哲學，開創了近代佛教文化傳揚的新局面，漸走上佛學社會化、系統化、理論化。居士佛教成了中國近代民主革命思想中不可忽略的環節。

4. 現當代的人間佛教

中國佛教發展史，就是一部佛教思想與傳統文化融合的歷史。

辛亥革命以後，佛教由叢林轉向社會，佛學轉為科學研究，在家學者鄧伯誠、許季平、梁漱溟、湯用彤、熊十力、周叔迦、蔣維喬等，走上高等學府宣說佛法。佛學經過這一代人的努力，開風氣之先，為近代佛教掀起一股新氣象。

從八指頭陀敬安禪師到太虛大師，從一個出世的佛教轉為入世的愛國愛教，佛教起了一個改革興教的熱潮。太虛公開提出「教理革命、教制革命、教產革命」口號，注重人生佛教、建立人間淨土。這些在當年所謂的「新言論」駭人聽聞，引起各方批判。改革雖然失敗，但給當時及日後佛教，留下啟示與影響。

民國二十六年七七事變中日戰爭開始，太虛呼籲國內外佛弟子共赴國難，佛教組織「僧侶救護隊」，在戰時發揮很大影響力，寺院也暫做「難民收容所」。太虛又組織「佛教訪問團」，出訪緬、印、錫蘭，讓佛教「走出去！」

在幾番戰亂中，僧界發起自動興學、自護寺產，漸從「寺僧佛教」發展成「社會各階層民眾佛教」。近現代的佛教思想改革，有其時代背景的推進。佛教開始注重現實人生，強調「以出世思想做入世事業」，終致形成了「人間佛教」的崛起。

中國對外戰爭勝利不久，內戰又起。一九四九年，僧眾各奔赴臺灣、香港、海外等地避難，造成中國佛教另一波的外傳。

然而，「中國佛教會」在臺復會，未能發揮實際功能。促使來臺的有志僧眾另闢天地，耕耘出佛教文化、教育的生機，發揮弘法宣教的功能。

一九六三年，中佛會由白聖、賢頓、淨心、星雲等大師組織「中國佛教訪問團」，前往星、馬、泰、菲、香港、日本、印度等地宣教，得到印度總理尼赫魯接見，消息傳回臺灣，終於得到政府的重視。

臺灣的佛教有了這些大陸來的僧伽的努力，文化、教育、慈善、修持等走入人間的推動，開創一番新局。尤其星雲大師將佛教弘傳全世界，落實「人間佛教」的各項推動，在生活中帶動了「人間佛教學」的研究，已成現當代佛學的主流思潮。

02

兩晉時期北京興建的寺院

比北京城還老的潭柘寺

先有潭柘寺　後有幽州城

潭柘寺位於北京市門頭溝區潭柘山，距市區三十五公里。因寺後有龍潭，山上有柘樹而得名。提到潭柘寺，人們自然而然就會想到那句「先有潭柘寺，後有幽州城」的燕京俗語，由此可知潭柘寺比北京城還要古老，是北京現存最古老的寺院。

潭柘寺最早的名字叫嘉福寺，建於西晉永嘉元年（三〇七年），是佛教傳入北京地區後修建最早的一座寺廟。當時佛教還未能被民間所接受，因而發展緩慢。以後又出現了北魏和北周兩次「滅佛」，因此嘉福寺自建成之後，一直未有發展，隨著時間的增長而逐漸破敗。

唐代武則天萬歲通天年間（六九六～六九七年），居住在幽州城北的佛教華嚴宗高僧華嚴和尚「持《華嚴經》以為淨業」，他誦經講法的時候，整個幽州城的人都來聆聽，情形猶如廟會，一時名聞幽州城，很多信徒踴躍捐助，希望他在幽州開山立宗。見此情形，幽州都督張仁願也捐資並幫助華嚴和尚重修嘉福寺。華嚴和尚來到潭柘山，購買了嘉福寺附近西坡姜家和東溝劉家的土地，以原寺為中心，重修和擴建寺廟。

華嚴和尚帶領僧眾填平了寺內一個叫「青龍潭」的大水坑，修築起殿宇，開拓出了潭柘寺的雛形。當時，寺院後山有兩眼泉水叫「龍泉」和「泓泉」，在後山龍潭合流後再向南流，恰好流經寺院，這股泉水不僅滿足了寺院日常的生活用水，又灌溉了附近的大片農田，華嚴和尚將重建後的寺廟取名「龍泉寺」。正是因為有了這龍泉水，寺廟附近後來才出現了平原、南辛房、魯家灘等村莊。

華嚴和尚開山祖 立宗領眾共薰修

被尊為「開山祖師」的華嚴和尚帶領徒眾在龍泉寺修行，以華嚴經為淨業，使當時的潭柘寺成為幽州地區第一座確定了宗派的寺院，並逐漸發展興盛，在幽州地區產生了很大影響。

到了唐代會昌年間，因為唐武宗李炎崇信道教，在道士趙歸真和權臣李德裕的慫恿下，下令在全國排、毀佛教，當時的龍泉寺也沒倖免，從而荒廢。直到五代後唐時期，佛教又重新興起。著名禪宗高僧從實禪師來到潭柘山，帶領僧眾拓荒整舊，重修寺院，改華嚴宗為禪宗，並率弟子在寺內講經，聲名遠播，常常有千人聽法，香火鼎盛。使龍泉寺徹底擺脫「武宗滅佛」的陰影。

金帝整修敕建 確立禪宗地位

發展到遼代中期，由於幽州地區律宗大盛，禪宗退居次位，因此，龍泉寺的佛教地位有所衰微。直至信奉禪宗的金代統治，禪宗在中都（今北京）地區有了很大發展。金熙宗是第一位到龍泉寺進香的皇帝，皇統元年（一一四一年）這位皇帝不僅進香禮佛，還撥款對龍泉寺進行了整修和擴建，這件事對後代皇帝產生了很大影響，並爭相效仿，使龍泉寺的宗教地位快速提升，寺院香火日益繁盛。金熙宗同時大規模地對龍泉寺進行整修和擴建，將龍泉寺改為「大萬壽寺」，從此，開創了皇帝為潭柘寺賜名和由朝廷出資整修潭柘寺的先河。

金大定年間，皇太子完顏允恭代表其父金世宗到潭柘寺進香禮佛，當時的住持重玉禪師為此特寫下了《從顯宗幸潭柘》一詩，記述了當時的盛況，後於明昌五年（一一九四年）鐫刻成碑，立於寺中，現此碑猶存，鑲嵌在金剛延壽塔後方地階的崖壁上。

此後的住持、臨濟宗大師廣慧通理禪師開性，九歲時於龍泉寺出家、雲遊古剎，遍訪高僧，學習禪宗律法，大定初年被潭柘寺善海禪師帶領僧眾恭請回潭柘寺任住持，他任住持期間也是在朝廷的資助下，得以對潭柘寺進行了長達十一年的大規模整修和擴建，使潭柘寺的殿宇堂舍煥然一新。同時開性大師又整頓寺院僧務，制定《寺中規條》，弘揚佛法，潭柘寺的禪學從此中興，開性成為金中都地區公認的禪宗臨濟宗領袖，潭柘寺充當了臨濟宗中興寺院的角色。開性大師終老於寺中，著有《語錄》三篇，圓寂後被佛門尊為「廣慧通理」禪師。

自開性之後，潭柘寺高僧輩出，其弟子政言、善照、了奇、圓通、廣溫、覺本等人，後來也都成為臨濟宗的名僧。其中高徒政言禪師繼任潭柘寺住持後，「開法席，講禪學」，弘揚臨濟宗佛學，並著有《禪說金剛歌》、《金臺錄》、《真心真說修行十法門》等著作。另一位著名臨濟宗大師相了，自幼出家，鑽研禪學，造詣很深。明昌年間，應岐國大長公主之請，出任潭柘寺住持，使潭柘寺「宗風大振」，在歸老潭柘寺之前，還先後擔任過天王寺、竹林寺等名　巨寺的住持，在中都地區有著很高的聲望，被公認為是當時臨濟宗的代表人物。

妙嚴公主為父出家　禮懺拜磚成為文物

元代的潭柘寺最有影響的應該是美麗的公主出家之事了。忽必烈女兒妙嚴公主認為她的父親連年征戰，殺戮過多，決定替父贖罪而來到潭柘寺出家。出家後的公主每日在觀音殿內跪拜誦經，「禮懺觀音」，年深日久，竟把殿內的一塊鋪地方磚磨出了兩個深深的腳窩。後來妙嚴法師終老於寺中，墓塔就在寺前的下塔院。她禮懺時的「拜磚」也一度作為珍貴的歷史文物供奉於潭柘寺的觀音殿內。

元代末期崇信佛教的元順帝對當時名貫京城的潭柘寺也極為青睞，曾邀請潭柘寺時任住持雪澗禪師享用御宴，並且由皇妹親自下廚，禮遇之高前所未有。

皇帝后妃信佛　道衍影響格局

到了明朝，潭柘寺始終得到皇室的恩寵。從太祖朱元璋起，歷代皇帝及后妃大多信佛，由朝廷撥款，或由太監捐資對潭柘寺進行了多次整修和擴建，使潭柘寺確立了今天的格局。明成祖時期，因朱棣與高僧道衍的因緣，潭柘寺備受皇家厚愛。道衍原是明初重臣姚廣孝，被明太祖朱元璋挑選從侍燕王朱棣，朱棣削藩時，按照姚廣孝的謀劃，起兵「靖難」，從而奪取了皇位。朱棣繼位後，封姚廣孝為僧錄司左善世，慶壽寺欽命住持，後又加封為太子少師，賜名「廣孝」，仍參與軍政大事。姚廣孝功成名就之後，辭官歸隱潭柘寺修行。修行期間，明成祖朱棣曾到潭柘寺探望。道衍與潭柘寺的因緣對北京城也產生很大影響，據說當年修建北京城時，姚廣孝任設計師，設計靈感就來自潭柘寺的建築佈局，北京城的許多地方都是模仿潭柘寺修建而成，太和殿更是仿照並擴大了潭柘寺的大雄寶殿重簷廡殿頂，井口天花繪金龍和璽。後來姚廣孝因奉旨主持編纂《永樂大典》而離開了潭柘寺，但他修行時的住所少師靜室遺址至今還在潭柘寺。

在明代，潭柘寺曾進行了多次大規模的整修和擴建，是潭柘寺歷史上修建最繁盛的時期。宣德年間，「孝誠皇后首賜內幣之儲，肇造殿宇」，對潭柘寺進行了整修和擴建。從正統三年二月到第二年九月，潭柘寺又大興土木，在皇室的資助下，擴建寺院，廣造佛像。在此期間，英宗皇帝「詔考戒壇」，潭柘寺受命修建戒壇，英宗皇帝賜名為「廣善戒壇」，越靖王朱瞻墉還在寺內建造了一座高大的金剛延壽塔，正統四年，明英宗「頒大藏經五千卷」給潭柘寺。弘治十年（一四九七年），司禮監太監戴義出資作為工食費，並奏請明孝宗撥款，對潭柘寺再次進行了整修和擴建。正德二年（一五〇七年）三月到次年九月，潭柘寺又進行了歷時一年半的整修，「殿廡堂室煥然一新，又增僧舍五十餘楹」，再一次擴大了寺院的規模。萬曆年時，由神宗皇帝朱翊鈞達欽命的潭柘寺住持達觀大師，與朝廷關係密切，經常奉詔進宮為皇室講經說法，從而使潭柘寺與朝廷的聯繫更緊密。萬曆二十二年（一五九四年），神宗皇帝母親慈聖宣文明肅皇太后又出資，由達觀大師主持對潭柘寺進行了大規模的整修，增添建造了方丈院等房舍八十餘間。

明代的二百多年時間內，皇室除了對潭柘寺大興修建，皇帝還多次為寺院賜名，因而潭柘寺的名稱幾經更改。明宣宗賜名「龍泉寺」，天順元年，明英宗「敕改仍名嘉福寺」，但無論怎麼改，民間仍依俗稱其為潭柘寺。

外籍禪師駐錫　弘法傳戒興盛

明代的潭柘寺不僅佛教興盛，也成了大明王朝對外交流的重要場所，許多外國人久慕潭柘寺的盛名而來。日本的無初德始、東印度的底哇答思、西印度的道源禪師等著名僧人也來此學習並終老於此，為潭柘寺留下很多佳話。

無初德始禪師為日本信州人，幼年在本州出家，研究禪宗佛學。青年時隨日本商船來到中國杭州靈隱寺學習，「深得單傳之旨，後東歸，國人景仰，尊為禪祖。」明初洪武年間，德始再次來到中國，遍參名山高僧，後與姚廣孝一見如故，結為摯友。永樂十年（一四一二年），姚廣孝向明成祖朱棣推薦了德始禪師，明成祖任命德始為潭柘寺欽命住持。在任住持期間，德始禪師拿出了自己多年的積蓄，對寺院進行整修。除此之外，他還用獻王佈施的百兩黃金，建造了一座金彩莊嚴的西方三聖殿。並四次主持道場，弘揚臨濟宗佛法，受到佛教界內外的尊崇，在明代佛教史上有很高的地位。

東印度底哇答思是一位尼師，於洪武初年隨師父板的達到中國遊歷。得到過明太祖朱元璋的召見並親賜度牒，底哇答思曾在南京「隨方說法」，進出皇宮內苑，為后妃們講經。一四三五年底哇答思來到潭柘寺。她認為這裡就是她所理想的「西天佛國」，遂在寺院西側建造了一座庵堂，作為自己的終老之所。在潭柘寺期間，底哇答思尼師出資重新油飾了潭柘寺的大雄寶殿，並經常用自己的資財救濟貧苦百姓，深受寺僧和附近百姓的尊敬，九十歲時在潭柘寺圓寂，佛門尊其為「政禪師」。

西印度道源禪師在本土出家，精通戒律，學有所成。在北京地區佛教界頗有名氣。明英宗欽命道源禪師為傳戒宗師住持潭柘寺，在寺內修建戒壇開壇傳戒，成為潭柘寺廣善戒壇的開山祖師。

「明代四大高僧」之一達觀真可大師跟潭柘寺也有著很深的淵源。達觀大師師從臨濟宗第二十八代傳人笑岩大師，對各宗派兼融並重，廣蓄博收，學識十分淵博，創造出方便

▌潭柘寺在清代躍升為皇家寺院，住持由皇帝欽命

▌潭柘寺坐北朝南，殿堂隨山勢高低而建，錯落有致

閱讀的《方冊大藏經》。駐錫潭柘寺期間，除了講經說法，整飭佛規外，還在寺內建造了「一音堂靜室」，作為自己的靜修之所。寫下過許多贊詠潭柘寺的詩文，並有《續寫高僧傳》、《續燈錄》、《紫柏尊者全集》等三十卷著作流傳於世。由於曾反對宦官徵礦稅而遭記恨，在萬曆三十一年的「妖書大案」中受牽連入獄，慘遭刑杖死於獄中。

清代躍升皇家寺院　住持皆由皇帝欽命

清代的潭柘寺在諸帝王心中的佛教地位與明朝相比有過之而無不及，潭柘寺更由京郊名剎而躍升為皇家寺院，並且寺院的每一任住持幾乎都由皇帝欽命。康熙二十五年（一六八六年），康熙皇帝欽命與自己相交多年的律宗大師，時任廣濟寺住持的震寰和尚為潭柘寺住持。享譽京城的震寰和尚到任潭柘寺之後，「法侶景從，雲合霧集，檀越輔輳，不可億算」。他主持創建毘盧閣、三聖殿、齋堂、重修大雄殿、圓通殿、藥師殿、伽藍殿、祖師殿、鐘鼓樓、山門牌樓等工程。光大法門，弘揚律儀門風，使潭柘寺一時輪奐，崖壑交輝，成為西山諸剎之冠。益發器重他的康熙帝曾三次臨幸潭柘寺。震寰和尚住持的第一年秋天，康熙皇帝駕臨潭柘寺進香禮佛，並且留住數日，賞賜給潭柘寺御書金剛經十卷、藥師經十卷、沉香山一座、壽山石觀音一尊、壽山石羅漢十八尊。六年後又親撥庫銀一萬兩，整修潭柘寺。從康熙三十一年秋到三十三年夏，整修了殿堂共計三百餘間，使這座古剎又換新顏。康熙三十六年，康熙皇帝二遊潭柘寺，親賜寺名為「敕建岫雲禪寺」，並親筆題寫了寺額，從此潭柘寺成為北京地區最大的一座皇家寺院。康熙三十七年，康熙皇帝為牌樓親題匾額，並賜給潭柘寺桂花十二桶和龍須竹八缸，就是現今所謂的「金鑲玉」和「玉鑲金」竹。

清代欽命潭柘寺第二任住持、止安超越法師升座時，康熙又賜給鍍金劍光穩帶四條，安裝於大雄寶殿殿頂。止安超越禪師生平奇蹟頗多，曾有「説三皈使虎馴服」等奇事，因為怕流涉怪誕，命令門徒「不以語人」。止安禪師任住持期間曾監造東西廂房，兩角門，建震寰和尚塔，康熙四十一年夏（一七〇二年）病逝。

第三任住持林德彰律師於康熙四十一年欽命。林德彰律師潭柘寺住持期間，帶領僧眾持誦參禮從無一時懈怠，並繞寺內舍利塔念佛不輟。幾年後，舍利塔突然放光，並每年如此，遠近見聞無不歸心。林德彰律師住持潭柘寺的二十餘年時間裡，對寺院興造最多，監造觀音殿、文殊殿、祖師堂、龍王殿、大悲殿、孔雀殿、地藏殿、少師靜室，建止安和尚塔及下院奉福寺塔。

林德彰律之後，著有《律宗燈譜》的恒實源諒律師住持，曾得到帝后的特加榮寵，乾隆皇帝曾賜給他一尊金護身佛，為了迎接這尊御賜的赤金護身佛，潭柘寺黃土鋪道二十里。受具於潭柘洞主座的靜觀圓瑞律師繼任住持後曾于雍正年間入選藏經館，整理《大藏經》。圓具于恒實和尚坐下的了然行律師屬於大器晚成，遵循戒規、無作妙色，讓僧眾敬佩不已。這些歷代高僧大德成就了潭柘寺佛教名望和人心歸向。

歷代皇帝遊幸　賜禮墨寶豐厚

因為是皇家寺院，清朝諸帝來潭柘寺拜佛的腳步前仆後繼，不絕於塵。雍正年間，一向深居簡出的雍正皇帝也專程到潭柘寺進香禮佛。乾隆七年（一七四二年），乾隆皇帝第一次遊幸潭柘寺，「賜供銀二百金、匾額九、楹聯二、詩二、章幅子一軸、法琅午供一堂」。潭柘寺也處處留下乾隆墨寶，甚至其御筆心經和手書詩篇也賜給了潭柘寺。嘉慶皇帝也像其前輩一樣，崇信佛教，他到潭柘寺禮佛、賞景之餘，留下一首《初遊潭柘岫雲寺作》五言詩。

清朝末期，潭柘寺依然以嚴謹的佛教戒律傳承著佛教傳統。世人熟知的純悅覺正和尚擔任住持期間，堅持開壇傳戒度僧直到民國時期，在北京地區佛教界享有盛名，並在民國早期參與拈花寺開壇傳戒事宜。

過渡時期文物開放　文革浩劫重整傳法

民國之後的潭柘寺又迎來了新的歷史時期。純悅覺正和尚在清末和民國時期完成了潭柘寺佛教的過渡之後，茂林和尚成為民國中後期的潭柘寺住持，解放前後一直在寺內主持寺務。

解放前後的政府高層都與潭柘寺有著或深或淺的因緣，一九二九年蔣介石來北京時，還專程到潭柘寺去進香。

一九五〇年，北京市園林局接管了潭柘寺，稍加整修後，作為名勝古蹟景區向遊人開放，成為北京市首批開放的七個公園景區之一。六年後，全國人大朱德委員長到潭柘寺視察，指示有關部門修建一條從門頭溝通往潭柘寺的公路，為前來潭柘寺提供交通便利。

一九五七年夏，陳毅副總理到潭柘寺參觀視察。當年的十月二十八日，經北京市人民政府批准，潭柘寺被列為北京市首批重點文物保護單位。一九六四年春，全國政協委員、末代皇帝溥儀到寺參觀考察。

文革開始後，潭柘寺與全國所有寺廟一樣遭受了空前浩劫，殿宇被砸毀損壞，珍藏文物流失，妙嚴公主的「拜磚」也被砸壞。一九六八年底，潭柘寺被迫關閉，停止開放。因當時北京僧眾、道士、修女、神父都集中到北京市佛協所在地的什剎海廣化寺內，潭柘寺住持茂林和尚也移居廣化寺並逝於廣化寺。

文革結束後的一九七八年，北京市政府撥款重修潭柘寺。這次重修整修了殿堂，重塑了佛像。當年夏季，潭柘寺重新迎請法師到寺內主持法務。一九八〇年八月一日正式對外開放。

在很長一段時間內，潭柘寺雖然有僧眾進香禮佛，但始終沒有重要的佛事活動，基本上作為一處寺廟觀堂類人文景區接待遊客，直到一九九七年初才正式恢復宗教活動，從此潭柘寺的浴佛傳燈等佛事活動不斷。

二〇〇一年六月，國務院確定潭柘寺為全國重點文物保護單位。二〇〇三年夏季，潭柘寺舉辦一系列慶典活動，慶祝建寺一六九六年周年，潭柘寺創建於西晉永嘉元年（三〇七年）這個考證結果得到各界認同。來自房山的佛舍利從慶典日起在潭柘寺連續展奉一百零八天。二〇〇四年九月二十三日，四百年前由潭柘寺兩位比丘傳到北京市大興區白廟村，並由村民世代口傳心授流傳下來的三百多首工尺譜古佛樂，在十幾位年逾古稀的老人徐徐吹奏，和著禪韻禪樂念誦團的齊聲唱誦中又重新回到潭柘寺。二〇〇七年九月九日，潭柘寺舉行了隆重的建寺一千七百年周年慶祝活動。

歷史上的潭柘寺除了寺廟本院以外還有數座下院，其中最有名的是位於門頭溝區永定鎮栗園莊的奉福寺，位於北京阜成門內的栩教寺和位於阜成門外的海潮觀音庵，此外還有永定鎮四道橋村的龍王廟等幾座規模較小的下院。潭柘寺擁有大量廟產，僅在清代時上報戶部領取了憑證文書的土地就有二百八十公頃，有房九百九十九間半，未上報戶部的土地也不在少數，此外還有大量的林區和山場，在北京城裡還有許多房產。

北京佔地最大寺院　香林淨土枝葉掩映

如今的潭柘寺保持了明代佛寺的總平面佈局與規模，寺內占地零點零二平方公里，寺外占地零點一一平方公里，再加上周圍由潭柘寺所管轄的森林和山場，總面積達一點二一平方公里以上，仍然是北京郊區最大寺院，寺內現有房舍九百四十三間，其中古建殿堂六百三十八間，保持著明清時期的風貌。

寺院坐北朝南，殿堂隨山勢高低而建，錯落有致，全寺建築佈局可分為三大部分，主要建築全都建在南北中主線上。中軸線最南面是一座巨大木牌坊，三間四柱三樓式形制，頂上都覆蓋著黃色琉璃瓦，簷下裝飾有斗拱。木結構全部彩繪，前、後扁額都是康熙御筆金字，分別是「翠嶂丹泉」、「香林淨土」。牌樓下端兩邊有一對雄壯威武的石獅，前面有形狀奇特的兩棵古松，樹梢相連，枝葉掩映。經過牌樓，通過一座叫做「懷遠橋」的單孔石拱橋後，就是磚石結構的山門，山門為歇山項式，面闊三間，三座券門都用漢白玉石雕花，正中空門上懸著康熙御筆匾額「敕建岫雲禪寺」。

山門兩側為藍琉璃瓦頂的紅色院牆，左右兩邊「佛日增輝」、「法輪常轉」的琉璃字在陽光下熠熠生輝。山門內建築依地勢而建，一重高過一重。從山門進去第一進院落是天王殿，鐘、鼓樓分列兩邊。天王殿面闊三間，綠琉璃歇山頂，簷下裝飾有斗拱，大殿內供奉四尊高約三公尺的巨大彩塑神像，門前一口直徑一點八五公尺、深一點一公尺的銅鍋是潭柘寺兩寶之一。此鍋是寺僧熬粥用具，鍋底有「容砂器」，隨著熬粥時的不斷攪動，砂石會沉入鍋底的凹陷處，固有「潑砂不漏米」之說。

過了天王殿就是居全寺建築中最高地位的大雄寶殿，也是潭柘寺最大型的建築。面闊五間，從簷廡殿頂，黃琉璃瓦綠剪邊，上下簷均裝飾有斗拱。上下簷分別懸掛「清淨莊嚴」和「福海珠輪」金字大匾。殿前有寬大月臺，四周石欄圍繞，有漢白玉石垂帶踏步可供上下。正脊兩端各有一巨形碧綠琉璃鴟吻，各繫以金光閃閃的鎏金長鏈，氣勢軒昂。傳說龍生九子中鴟吻屬水，可鎮免火災。鎖以長鏈是因為康熙皇帝初來潭柘時，在馬上看到鴟吻躍躍欲動，大有破空飛走之勢，於是命人打造金鏈子將它鎖住。此鴟吻為元代遺物，色彩鮮豔，形象生動自然，在古代配件中極為罕見。大殿內正中供奉神態祥和的釋迦牟尼佛，佛像背光上雕飾有大鵬金翅鳥、龍女、獅、象、羊、火焰紋等。佛像下面是石質須彌座，左右兩側分別立有清代雕刻精美、木質漆金的阿難、迦葉佛像。

潭柘寺古木參天

潭柘寺蟠龍形象水道

大雄寶殿後面兩側是兩棵氣勢宏偉的銀杏樹，東邊一棵植於遼代，已有千年歷史，仍枝葉繁茂，生機盎然，三十公尺的樹冠濃蔭遮蓋大半庭院，樹幹需幾人合抱才能圍攏。據說這棵樹在康熙皇帝來潭柘寺時曾新生出一個側枝以表慶賀，乾隆下詔將這棵樹命名為「帝王樹」。與帝王樹對稱的西邊那棵樹，樹幹叢生，據說每出一位帝王此樹就增生一干，人稱「配王樹」。整個中路松樹都高大雄偉，插入雲霄，還有娑羅樹、玉蘭樹和各種名貴花木、果樹等。

中軸線終點是一座樓閣式建築，為康熙所命名的「毗盧閣」。閣為二層硬山木結構建築，高十五公尺，面闊七間，山調大脊，山牆的兩側有臺階直通上一層。下層室內有木質漆金菩薩五尊，均帶有背光。殿內掛有乾隆手書大匾「圓靈寶鏡」和勵宗萬所題「寺枕龍潭，七祖分支傳妙法；山連鷲嶺，九峰環翠擁諸天」楹聯。站在最上層，舉目遠眺，遠處群山如黛，近處全寺盡收眼底。

遠山如黛曲水流觴　寺有二寶消災解厄

寺院東部是由庭院式建築組成的方丈院和清代皇帝行宮，主要建築有方丈院、行宮院、廷清閣、流杯亭、舍利塔、地藏殿、圓通殿、竹林院等，碧瓦朱欄，綠竹蔥秀，頗有江南園林意境。行宮院中有一座方形流杯亭，重簷四角攢尖，綠琉璃筒瓦，黃琉璃寶頂，名為「猗玗亭」，匾額為乾隆所題。亭內巨大的漢白玉石基上，雕琢者彎彎曲曲的蟠龍形象水道，像龍頭，又像虎頭，當泉水流過時，放下帶耳的酒杯（古時叫「羽觴」）浮於水上，任其漂浮，酒杯隨水流轉，止於某處的人則取而飲之，與浙江蘭亭的「曲水流觴」有異曲同工之趣。

流杯亭北邊是一片青翠的修竹，名為龍須竹，是一六九六年康熙所賜，現已是潭柘寺特有珍品。東跨院東套間內，有一口大銅鍋，鍋口直徑四公尺，鍋深二公尺。煮一次粥，用米十擔，據說不管多少人也吃不完這鍋粥，這就是所謂「添人不添米」之說的由來。

寺院西部院落大多由寺院式殿堂組合而成，主要建築有楞嚴臺、戒臺、觀音殿、龍王殿、祖師庵、大悲壇、寫經室、西南齋等，一層層排列整齊，莊嚴肅穆，瑰麗輝煌。觀音殿是全寺最高處建築，面闊三間，紅牆綠瓦，巍峨壯麗。歇山黃琉璃瓦頂，簷下裝飾有斗拱，廊下懸掛一塊金字橫匾，上為乾隆皇帝手書「蓮界慈航」。大殿內供奉的觀音菩薩端坐于蓮花座上，斂目合十，逸秀端莊。觀音殿西側有龍王殿，殿前廊上有潭柘寺「兩寶」中另一寶的複製品：一條長約一公尺、重達一百五十公斤的石雕大魚。這魚遠看似銅，擊之能發出清脆樂音。傳說是南海龍宮之寶，龍王送給玉帝。後來人間大旱，玉帝送給潭柘寺消災。一夜大風雨時，石魚從天而降，掉在院中。據說石魚身上十三個部位代表十三個省，哪省有旱情，敲擊該省部位便可降雨。古人說它是一塊寶石，其實是一塊含銅量較高的隕石。

源起龍潭巍峨清幽 柘樹千章已不復見

潭柘寺前還有一個著名塔院，保存了金、元、明、清歷代不同風貌的僧塔共七十五座，是北京數量最多、保存最好的一處塔林，可謂「北京第一塔林」。塔林中的塔為磚、石結構、平面六角形或圓形，多層密簷式。塔院四周密林圍繞，綠蔭幽深，別有一番情境。塔院分上、下兩層，上塔院有藏式磚塔十座，下塔院有藏式磚塔十三座，都建於清代。其中建於清康熙三十八年（一六九九年）的震環大師塔頗具特色，純磚結構，單層覆缽式，基座特別高大，占全塔高度一半，裝飾十分簡單，覆缽呈球形，聳肩線條比較圓滑。此塔造型挺拔，風格秀逸，為墓塔中珍品。

作為潭柘寺名稱起源的龍潭，位於寺後面的集雲峰上，山間橡樹蔥鬱，奇花異草遍地叢生。山上有一座圍有欄杆的水池，池中龍泉涓涓不絕，清澈見底，喝一口甘甜清冽。

至於寺名中的柘樹，是一種罕見的樹種，而且渾身是寶，據說這種樹可以治許多種病，因此遠近的人們不斷來此剝皮挖根，致使柘樹已寥寥無幾，險些絕種，再也看不到史書記載的「柘樹千章」的情景了。一九四九年政府採取了保護措施，才使這一寶貴樹種得以保存下來，目前也只作為名寺應景之物，供人們觀賞。

時間靜靜流淌，潭柘寺始終也以巍峨殿宇、清幽庭院、超凡景色、名樹異木靜靜地訴說著歷史，於無聲無息中顯示著「氣攝太行半，地辟幽州先」的皇家寺院氣派。

紅霞映泉的紅螺寺

珍珠泉大螺螄　相映京華叢林

紅螺寺位於北京市懷柔縣城北部的紅螺山，因該寺所在山下有一珍珠泉，相傳泉水深處有兩顆色彩殷紅的大螺螄，每到夕陽西下螺螄便吐出紅色光焰，故山得名「紅螺山」，寺俗稱「紅螺寺」。是我國北方最大的佛教叢林，據說也是京華氣功的發源地。

紅螺寺初建於東晉咸康四年，當時中國北方正處十六國時期後趙的統治時期，西域高僧佛圖澄來到東土中國傳教，受到後趙皇帝石勒、石虎叔侄的優待，遂在後趙國境內弘法授徒，廣建寺塔。佛圖澄是經國家正式批准在中國授徒（中國人出家為僧）的第一人，享壽一百一十六歲，在中國弘法三十餘年，先後建寺近千所，紅螺寺即其中之一。

高僧駐錫　法筵大開

佛圖澄也是以「神異」著稱的第一個僧人。據《高僧傳》記載，他是一位精通咒術、了悟禪機、神通廣大的高僧，能洞察過去預知未來。西晉末年，佛圖澄受夢中感應來尋找中國北方佛教發祥地，二十餘年沒有結果。東晉咸康四年，他跟隨後趙石勒、石虎北征段

紅螺寺是中國北方最大的佛教叢林

遼來到漁陽城（現懷柔地區），發現紅螺山山形上部如舞動雙翅的大鵬金翅鳥，下有佛祖成道「觸地印」的瑞像，此山暗契聖教，瑞顯佛儀，恰合他感夢之境，於是留在紅螺寺，當年即創建此寺，取名「大明寺」，即現在的紅螺寺。

紅螺寺從建寺那一天起，就開啟了與歷代皇帝親密關係的歷史，在佛教界享有極高的聲譽和地位。有了佛圖澄這個來自西域的開山鼻祖傳道，大明寺的佛教影響很大。到了唐朝初年，紅螺寺首當其衝為太宗李世民所用，充當祈福安民的角色。大唐初年太宗對少數民族實行的「懷柔政策」，是自漢代以來統治者首次將「以戰為主」改為「以和為主」的政策。在李世民的恩允下，北方少數民族八千多靺鞨族人內遷到懷柔桃穀山定居。唐皇朝撥款將紅螺寺進行了大規模擴建，希望紅螺寺能為皇室社稷降祥賜福，以求國泰民安，民族和諧，天下統一。

金世宗完顏雍也同樣重視紅螺寺的政治作用，在金大定二年（一一六二年），將當時皇室最權威的聖安寺住持、高僧佛覺禪師派往紅螺寺做住持。一直在聖安寺講學的佛覺禪師，到了紅螺寺繼續講經說法，法席盛大，使紅螺寺成為與聖安寺同宗同派的佛寺。

元代成吉思汗時期，雖然元人信奉的是藏傳佛教，但因為大聖安寺與皇室的淵源，紅螺寺也同樣受到了統治者的保護和寵重。元代皇室祠廟大聖安寺做了四十年住持的高僧雲山禪師，是元代的佛學泰斗，經常受到皇帝的召見和請教，被朝廷授予「榮祿大夫大司空」的官銜，是皇上的政治顧問，常解答皇帝對有關時政的諮詢。在元至正十二年

（一三五二年），皇上恩准雲山大師歸老紅螺寺。

雲山大師到紅螺寺後，用累朝所賜的金銀珍寶，又向社會募集部分銀兩，對紅螺寺進行了兩次修繕，並且在北地嚴寒不宜竹的懷柔地區，栽種了大面積的翠竹，形成一片鬱鬱蔥蔥的竹林靜修之境。

風水寶地　賞竹觀松

雲山大師在紅螺寺的開導示眾，使紅螺寺佛教文化再一次興盛，成為十方叢林，同時還是雲遊僧人學習進修佛學知識的寺院，各地眾多僧人紛紛來此參道，紅螺寺西側的甘澗峪溝內建有寺廟群，號稱「二十四廟七十二庵」，都是紅螺寺所管轄的下院。為了保護紅螺寺，元朝廷更以法典《大紮撒》為依據，發佈鐫刻「榜示碑」並安放於寺廟山門牆上。「榜示碑」概述了紅螺寺本系皇家寺院，是為皇室祈壽祈福的地方，各色人等不得對本寺非理騷擾，並確定了寺廟的界限和土地樹木等，不得侵佔、砍伐。

到了大明王朝，皇室對漢傳佛教崇奉有加，每逢重大事件也必做佛事。明英宗正統二年（一四三七年），英宗的大姐順德長公主大婚，皇室為成婚大禮大修佛事，出資重修紅螺寺。明正統年間，皇帝英宗朱祁鎮來寺降香時，看到佛頂放光，認為是護國賜福的祥瑞之像，龍顏大悅，特為紅螺寺重賜新名「護國資福禪寺」。天啟五年（一六二六年），明熹宗皇帝朱由校賜紅螺寺一口「天啟大銅鐘」，大銅鐘上鐫刻皇帝敕賜的鐘銘。

紅螺寺到了清朝則進入了它的鼎盛期，也受到非常的重視和保護。清攝政王多爾袞為保大清江山永固，朝拜紅螺寺後親筆題匾「大光明藏」，並掛於大雄寶殿。康熙三十二年（一六九三年），玄燁到紅螺寺遊覽，對竹林讚賞有加，還指令隨行人員清點了翠竹的株數為六百一十三株。隔年康熙帝又聖駕紅螺寺降香，在寺前竹林西側的山亭中設御座賞竹，使紅螺寺賞竹成為流傳千古的一樁雅事。著名文人朱遵、王魚詳等經常到聖安寺聯句吟詩的風氣也很快傳播到紅螺寺，因而出現了眾多文人齊集紅螺寺，舉辦賞花、詩會等文化活動。

紅螺寺的聲名遠播也曾經吸引過慈禧太后的目光。嘉慶年間，慈禧太后朝拜紅螺寺時，對紅螺寺神奇的「竹林」、「古

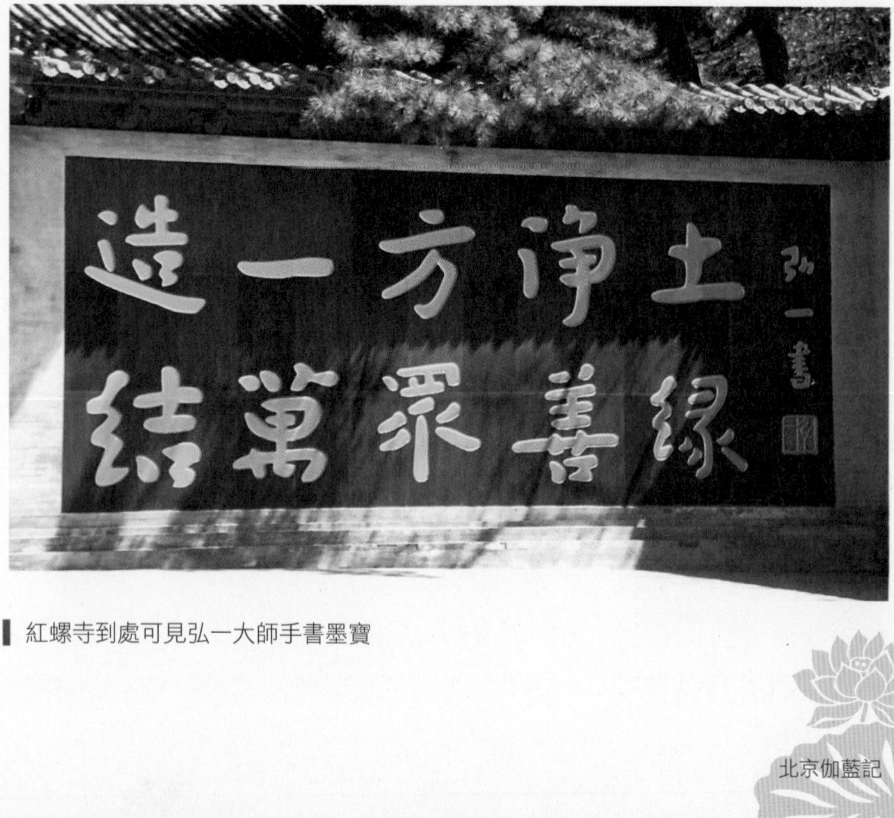

紅螺寺到處可見弘一大師手書墨寶

銀杏」和大殿後的「藤纏松」景觀讚不絕口。在寺南的青龍山觀看寺廟全景時，發現紅螺寺群山環抱、藏風聚氣、祥雲籠罩，是一處風水寶地。慈禧太后許願希望香火旺盛的紅螺寺能保佑大清江山，並重賞了紅螺寺。慈禧寫了「福」、「壽」兩個大字，掛於寺院東跨院的客堂，回宮後不久又差人送來了「四扇玉屏風」、「九曲蓮花燈」兩件重寶。

為了保護紅螺寺廟產，嘉慶年間，朝廷在大雄寶殿前設立了「四至石碑」，碑文中明確標誌紅螺寺八個方向的範圍界限。

淨土道場　聲名遠播

在朝廷的重視之下，清代的紅螺寺佛教地位益發重要，高僧輩出。淨土宗第十二代祖師際醒大師精通經史，遍習圓覺、法華、楞嚴、金剛諸經。嘉慶五年（一八〇〇年）到紅螺寺創建淨土道場，時稱法門第一人。際醒大師以淨土宗講經說法，勸人念佛，四方學者雲集，聲名遠揚。朝鮮等東南亞地區的僧人也不遠萬里，前來求經學道，至使紅螺寺聲名遠播，香火日盛。時有「海內淨土首推紅螺寺」之譽。除了講經說法，大師還苦心經營，勤儉持寺，為紅螺寺的長久之計，大師募置大量土地，並創造「福田制」這一善舉。當時紅螺寺共擁有田地約三百六十公頃，這些田地都以低租價讓農民耕種，收取的廉價租金除部分供自用外，其餘的均用於為百姓做善事。大師還在寺內設「舍粥場」賑濟孤貧，每年臘月二十五為附近窮苦百姓送白麵，開設藥房炮製觀音普濟丹，舍藥救人。「舍粥、送麵、施藥」三件善事還形成制度，並長期堅持下來。

印光、弘一淨土緣　南有普陀北有紅螺

在紅螺寺歷史上另一位著名高僧印光大師對中國佛教的影響更加深遠。大師「初讀程朱書，受其辟佛之影響，病目幾喪明，得聞佛經，始悟前非。」後於二十一歲時，禮道純和尚出家。勤習功課，功讀發願文和龍舒淨土文，從中悟出念佛及了生脱死之道，即專修淨土，心不離佛。光緒二十三年（一八八七年），印光禪師二十六歲時，從湖北竹溪蓮花寺不辭萬里勞苦，來到當時已名聞遐邇的紅螺寺這個淨土道場參學、深入研究經藏，妙契佛心，道業精進，並增修「淨土十要」等著述。一九三二年移居蘇州報國寺，閉關完成普陀、五臺、峨嵋、九華四大名山的修葺。後來前往浙江普陀山法雨寺，建立專修淨土道場，並創立「弘化社流通法寶」。為此，世間留下了「南有普陀，北有紅螺」之説，印光大師被譽為「民國以來第一尊宿」，列為淨土宗第十三代祖師。

近代著名高僧弘一大師對印光大師執弟子之禮，説印光大師為「當世第一高僧。品格高潔嚴厲，為余所最服膺者。」尊崇禮敬無以復加，一生拳拳服膺，對大師身教言教奉行不渝，對淨土法門深信、切願，並力行之，在淨土修學上有極高的成就。正是佛教史上這兩位高僧的師生緣，促使弘一大師為紅螺寺留下了「造一方淨土，結萬眾善緣」等眾多的匾額、墨寶。

進入民國時期直至解放以後，紅螺寺曾一度被改為學校使用。文革時，寺廟的核心建築大雄寶殿於一九七二年被拆毀，集中存放在殿內的大量文物、法器、佛經等幾乎全部丟失。此後，寺廟多年無人問津，破敗不堪。後來作為園區開放也僅僅是以自然景觀接待遊客，直到一九九〇年被公佈為北京市重點文物保護單位，才開始進行保護性的開發建設，逐步修復了殿堂、羅漢園、觀音寺等，大量植樹栽花美化環境，不斷增加完善旅遊配套設施，同時還投鉅資在紅螺山西側復建了「山西庵」、「三皇廟」、「朝陽寺」、「天溪庵」、「聖泉山觀音寺」等五處紅螺寺下院，並融入了「儒、道」等中國傳統文化，使紅螺寺佛教文化有了補充和延伸。

一九九三年四月，懷柔縣文物管理所清理普同堂地下室時，發現了際醒祖師舍利塔。找到了十三顆舍利和三顆牙齒。從此，紅螺寺珍寶際醒祖師舍利子供奉於紅螺寺。

走過解放 逐一修復

現在所謂的紅螺寺已作為風景區呈現，紅螺寺景區分紅螺山、紅螺寺、觀音寺、五百羅漢園等六個景區。紅螺寺坐北朝南，依山而建，佈局嚴謹，氣勢雄偉。寺院占地百畝，主要建築在中院，以山門、天王殿、大雄寶殿、三聖殿為軸心，設有東西四所配殿：千手觀音殿、伽藍殿、際醒祖師殿、印光祖師殿和誦經房數間。東院為接待處，西院為方丈退居寮和十方堂。

紅螺寺大門前是氣宇軒昂的四柱三門式巨型牌樓，牌樓雕樑畫棟，上方有「京北巨剎」四個大字。正門上高懸一幅楹聯，「一脈珠泉參妙諦，雙峰螺岫證如來」。大門內影壁上書「須彌勝境」四字。

進入山門，曲徑進入一片鬱鬱蔥蔥的竹林。此竹林正是元代雲山禪師所栽植，距今已有六百多年歷史，因深得康熙、乾隆二帝的喜愛和敕令呵護而得名「御竹林」，也是紅螺寺「三絕」之一。

走出曲徑通幽的竹林，再攀上高高的石階就到達紅螺寺主建築群。第一進天王殿匾額上寫著「護國資福禪寺」，殿裏供奉著神態各異的四大天王，背後供奉護法神韋陀菩薩。

第二進大雄寶殿已依原樣式進行了修復，正面供奉佛祖釋迦牟尼、藥師佛和阿彌陀佛，東西兩側為十八羅漢像。大殿內東側懸掛著明代天啟乙丑年（一六二六年）皇帝御賜的大銅鐘，名為「天啟大銅鐘」，大鐘為青銅材質，一七一點六公分高，口徑為一零三點六公分，重約一噸，雙龍鈕蓮瓣罩頂，底邊有八卦方位圖形，鑄造工藝細緻精美。鐘表面鑄滿整部《金剛經》，字體均為楷書，清晰規整，佈局嚴謹。釋迦牟尼像背後供奉一尊自在觀音像，觀世音菩薩一足下垂，一足盤膝，手拿柳枝，姿勢逍遙自在，是三十三種觀音像中的一種。侍者龍女和善財童子分立左右。

紫藤寄松　千年銀杏

大雄寶殿後面有紅螺寺三絕之二「紫藤寄松」，一株樹齡數百年的平頂松，樹高六公尺餘，有九個分枝，平直地伸向東側的四面八方，下面用十餘根木料支撐，平頂松附近，有兩株碗口粗的紫藤如龍蛇飛舞一樣繞生在松樹上，形成一個巨大的傘蓋，遮蔭面積四百多公尺，每年春末夏初，藤蘿花如串串紫色珍珠一樣，掛滿枝頭，碧綠的松枝與紫色的藤花相繼爭奇鬥豔，整個寺廟香氣撲鼻。

紅螺寺三絕之三是大雄寶殿前兩棵神奇的古銀杏樹，樹齡在一千一百年以上，樹高三十多尺，樹圍達七公尺。春天雄樹開滿淡黃色的小花，秋天不結果，雌樹春天不開花，秋天卻果實累累。

最後一進是三聖殿，裡面供奉阿彌陀佛、觀世音菩薩和大勢至菩薩。殿內兩邊牆上為二十諸天護法神的壁畫。

羅漢園是由居士捐塑的五百羅漢像分佈排列的樹

紅螺寺羅漢園中的五百羅漢像分布於樹林中

紅螺寺處於群山環抱中，景色優美

林，沿著去觀音寺的道路，放眼右邊，似有漫山遍野之勢，不過每個羅漢都披著布做的蓑衣，也是由居士和信徒捐贈，聽說蓑衣分顏色不同的幾套，隔一段時間會更換一次。

觀音寺座落在紅螺山前坡海拔三百六十公尺的橡樹林中，元代雲山禪師曾在此隱居修煉。觀音寺始建于金代，原寺早年被毀，現在的殿宇是一九九五年在原址上修復而成。觀音寺坐北朝南，有山門殿，送子觀音殿和會乘殿三重殿，分上下兩院，中間有一〇八級臺階相連。山門殿內供奉兩尊護法金剛，也就是民間所謂的「哼、哈」二將，形象兇猛。送子觀音殿內供奉的是送子觀音，會乘殿正中供奉觀世音菩薩，左右為文殊菩薩和普賢菩薩。

紅螺寺整座寺廟處於群山環抱之中，松林面積近六百畝，百年以上古松萬餘株。樹木茂密，遮天蔽日，確有「碧波藏古剎」的優美。這裡植物繁多，有各類樹木七十餘種，植物品種多達七百種，是一處天然植物園。

塞外風光　盡收眼底

由紅螺寺登上海拔八一三公尺的紅螺山頂，紅螺寺全貌盡收眼底，密雲水庫和萬里長城也依稀可見，登臨縱目，心曠神怡。

遺憾的是，現在的紅螺寺尚未歸還佛教界，仍屬文化文物局管理。每年春節期間有「紅螺廟會」，二、三月間舉辦梅花展，四、五月份是牡丹紫藤花節。除此之外，沒有任何隆重的佛事活動。

可惜了這個有著一千六百多年悠久歷史和深厚佛教文化底蘊、一直被奉為佛教勝地的寺廟，不僅昔日香火鼎盛不再，甚至難覓僧人影蹤。

目前被委派管理紅螺寺的懷柔人海峰法師雖然對佛學也有一定造詣，但也只是作為一名管理處的工作人員，主要從事公關和導遊工作。也許他和更多的僧信都在期盼著紅螺寺佛勢復興的一天吧！

天寧寺

天寧寺位於宣武西二環天寧寺橋西北廣安門外北面，始建於北魏孝文帝年間，是北京城裡歷史最悠久的寺廟。天寧寺的名稱更改次數相當多，剛建成時叫「光林寺」，到隋代文帝時改稱為「宏業寺」，唐代玄宗開元時（七一二年）改為「天王寺」。到了遼代，契丹人所建王朝雄踞於長城內外，佔有中國半壁河山，並在歷史上第一次將北京城作為統治中心，遼天祚帝的叔叔耶律淳歷時十個月主持建造了高大雄偉的舍利塔，可惜稱帝三個月即駕崩，所建寶塔成了這個短命王朝的唯一紀念，也是北京作為五朝古都最古老和唯一的地面見證物。天王寺在金代中都皇城曾是唯一大寺，所以在金世宗、章宗時修建得更為輝煌，並改名為「大萬安寺」。在元朝初年，輝煌的「大萬安寺」隨同豪華的金中都毀於兵火，幾乎化為灰燼，只有舍利塔卻安然無恙，傲然孤立。明朝時，成祖下旨重修，至宣德年間改名「天寧寺」，正統年間再次重修並一度改為廣善戒壇，但不久又恢復了天寧寺名，一直沿用至今。

天寧寺作為北京城區最古老的寺院，在近代的清康熙、乾隆年間及民國時期都得以重修過。新時期又分別於一九九二年和二〇〇二年進行過修繕，但都無法恢復昔日輝煌，寺院建築由原來的中、東、西三路變為僅存的中路。依次有山門殿、接引殿、舍利塔院。二〇〇二年至二〇〇七年為期五年的修繕，使山門殿、乾隆碑、接引殿、伽藍殿和舍利塔都恢復了往昔的風采。

山門前矗立兩株高大古槐，山門上書「敕建天寧寺」。殿內前供彌勒佛，後站持杵韋馱。後面面闊五間的接引殿內供奉接引佛，寓意接引眾信徒進入佛門廣接佛緣。大殿前有碑刻數方，其中有乾隆年間重修天寧寺碑。接引殿後為舍利塔院，高大的舍利塔聳立院中。

天寧寺最珍貴也最神秘的還是保存完好的八角十三層密簷式舍利磚塔，這座建於遼代的古塔通高五十七點八公尺，為北京最高的密簷式磚塔。磚塔建在一座巨大的四方平臺上。平臺上是兩層八角形平臺塔基，塔基上為雕有蓮花、獅頭等各種圖案的蓮花座。蓮花塔座上為高大的塔門層，塔門層以上為密簷塔層，十三層是皇家特許的最高級別。早年的天寧寺塔每層還懸掛有銅塔鈴，全塔共三千四百個，每當有風吹過，塔鈴叮噹作響，聲音悠揚悅耳，飄蕩數里。春節時皇帝率領百官到天寧寺點燃三百六十盞燈供佛，祈求一年風調雨順、國泰民安。百姓於飛火流螢中聚眾觀燈，史留「燈明三百六十點，風撼三千四百鈴」的壯麗描寫。可惜到清代後，塔頂坍塌，銅鈴也逐漸凋落。在那場慘不忍睹的唐山大地震中，古塔也被殃及，致使塔刹震落。

天寧寺塔身雕塑是按《圓覺經》佈置圓覺道場，建築和裝飾則是根據《華嚴經》經意設計成象徵大日如來的「華藏世界」，充分顯示遼代尊崇華嚴宗、融合顯密教的佛教特色。磚塔雕塑造型優美、手法細膩，建築學家梁思成贊其「富有音樂的韻律」。

明清時期「梵宮塔影」曾被列入當時京城「宛平八景」之一。就是每天中午時分，即使大士殿中門關閉，太陽光依然穿門縫照入，天寧寺塔的全部塔影恰好映在其中。古人云：「此非塔影，乃舍利珠光上聚，攝入塔影，即佛光也。」

天寧寺山門前矗立高大古槐氣勢非凡

磚塔既為舍利塔，而且據説是隋文帝獲獻佛陀真身舍利才頒旨在中原三十州各建一塔秘藏，天寧寺乃其中之一。那這座遼代磚塔下是否有安放佛舍利的地宮已成為天寧寺最大謎團。

而在最近這次大規模修繕中，接引殿東側金剛磚下發現的一口空無一物、缸壁卻有大小兩個規則圓洞的倒扣大缸引起了專家們激烈的爭論，廣人市民的各抒己見更增添了天寧寺的神秘。

從明末始，天寧寺就已成為京城賞菊、拜佛的最佳去處。九九重陽，秋高氣爽，市井百姓、達官貴人、善男信女紛紛前往。正所謂「天寧寺裡好樓台，每到深秋菊又開。贏得傾城車馬動，看花齊待玉人來。」一直至今日，天寧寺地區仍是北京秋季菊花交易的重要市場。

一九八八年一月，天寧寺塔被公佈為全國重點文物保護單位，天寧寺也重新恢復宗教活動，目前是禪淨雙修的尼眾寺院。監院法恩法師主持了二〇〇二年這次為期五年的大規模修繕工程，二〇〇七年七月七日，天寧寺舉行了盛大的佛像開光儀式。天寧寺繼續以對佛的虔誠守護著悠遠的神秘。

和平寺

和平寺位於八達嶺南麓龍鳳山腳下的花塔村內，又名花塔寺，史載由唐代名將尉遲恭監建，太宗李世民御筆親書「敕賜和平寺」一名。不過，在古代卻有「先有和平寺，後有潭柘寺」之說，但沒有確切考據，只留有晉初時僧人放生自養的兩隻白鴿飛落此地而建寺的傳說。

和平寺處在龍鳳山坳之下，山峰險峻景色秀麗，巧妙利用自然環境建造而成。歷經唐、宋、元、明、清各代的修建，形成四合院結構的宏偉規模，神堂、僧房、房屋共九十九間半，建築面積一千五百多平方公尺，殿堂錯落有致，遍掩於古樹參天之中，現已是北京市重點文物保護單位。

雖沒有確鑿證據證明和平寺早於潭柘寺，但寺院的歷史悠久卻是觸目可及，處處都有古樹古物，散發著濃濃古意。

走進山門，和平寺的第一層是一個二千多平方公尺的廣場。據說解放前場面紅火的西八村廟會就在這個廣場上舉行。廣場中間一棵一千三百多年樹齡的古槐，枝繁葉茂，樹圍超過三公尺，是北京市一級保護名木。

從廣場踏上三十四級石階後是寺廟的第二進院，院內花草樹木繁多，西禪房門前一棵白皮松樹，需三人才能抱攏，如此粗壯的白皮松樹在京西罕見，為國家一級保護樹木。

從院落中間登上十四級臺階，是寺院最高層，主要由三座大殿構成，中間如來佛祖殿簷下懸掛雍正皇帝親題的「大地金沙」匾額，殿內正中如來佛祖端坐於蓮花寶座之上，文殊、普賢分立左右，兩邊是形態各異或坐或站的十八羅漢。與眾不同的是，此殿門後邊還有一位羅漢，相傳是過路僧，進門休息被如來點化成佛，故而和平寺有十九羅漢。

大殿四壁畫滿了壁畫，在香煙繚繞中栩栩如生。大殿正前方有兩棵銀杏樹，直徑一公尺多，高十多公尺，左雄右雌，兩樹不能分開，否則雌樹就不掛果，兩樹相依相伴歷經千年風風雨雨依舊鬱鬱蔥蔥，碩果累累。

和平寺過去是京北佛教活動中心之一，深受歷代封建王朝所重視，如今依然香火鼎盛，佔據京北佛教的重要地位。

和平寺又名花塔寺處於龍峰山坳下，景色秀麗

03

隋代北京興建的寺院

樹立法幢戒壇的戒台寺

神州第一壇　釋門梁棟開山祖

戒台寺又名「萬壽禪寺」，位於北京門頭溝西南海拔三百於公尺的馬鞍山腰，占地面積四點四公頃，距潭柘寺八公里。寺內一座距今已有一千三百多年歷史的大戒台馳名全國，人們習慣地稱此寺為戒台寺或戒壇寺。

戒台寺的戒台與浙江杭州昭慶寺、福建泉州開元寺中的戒台並稱中國三大戒台。又因規模居三大戒台之首，並可授佛門最高戒律，故有「神州第一壇」的美譽。

戒台寺始建年代不詳，可考證資料能追溯到南北朝末期、隋代初期（五七〇～六二二年）。隋朝的開國皇帝隋文帝楊堅崇信佛教，在當時的幽州（今北京地區）興建了幾座佛寺，戒台寺是其中之一，當時名為慧聚寺。隋末，有「釋門梁棟」之稱的高僧智周大師，因厭倦城市喧囂而來到馬鞍山慧聚寺隱居修行，期間整修和擴建了寺院，並親手塑像七尊。後來「舊齒晚秀咸請出山」，圓寂後被弟子法度等人迎回本山。《續高僧傳》尊智周大師為戒台寺開山祖師。

唐代的慧聚寺荒廢於喜好道教的武宗時代，並一直持續了二百多年，直到遼代才得以復興，並開始步入了一段輝煌時期。

慧聚寺在遼代得以復興始於著名的佛教律宗大師、有「鐘普賢之靈，孕凡夫之體」之譽的法均和尚。法均大師生於遼開泰十年（一〇二一年），十六歲時在京西紫金寺出家，拜非辱律師為師，學習律宗佛法。清寧七年（一〇六一年）春奉詔在燕京整理佛經，同年秋季出任燕京三學寺論主。因成績卓著而被朝廷授以紫方袍，並賜德號「嚴慧」，後退隱馬鞍山慧聚寺。從咸庸五年（一〇六九年）開始，法均帶領僧眾，廣募資財，對慧聚寺進行了大規模整修，並新建一座戒壇，就是這座戒壇使慧聚寺登上了中國佛教戒律至高無上的地位。

御制戒本鎮寺之寶 最高學府律宗聖地

咸雍六年（一〇七〇年）四月戒壇建成後，法均開壇演戒，講經說法。前來聽講的人極多，每天都數以千計。就連當時與遼國對峙的北宋境內的佛徒，也冒險越境，前來聽講。同年十二月，遼道宗召見法均，請其在宮內講經，授其「崇祿大夫守司空」的高爵，稱讚法均「行高峰頂松千尺，戒淨天心月一輪」，賜予法均「戒淨天心月」一輪，並把自己親手抄寫的金字《大乘三聚戒本》賜與法均。《大乘三聚戒本》被佛門視為律宗正統代表的信物，凡持有《御制戒本》的人，就是律宗學派的領袖，成為律宗領袖的法均所持這《御制戒本》也成為戒台寺住持壇主歷代相傳的「鎮寺之寶」，同時也奠定了戒台寺成為我國北方佛教最高學府和律宗聖地的崇高地位，戒台寺因此而聲望日隆，香火繁盛。

法均大師於遼太康元年（一九七五年）三月初四圓寂，其大弟子裕窺和尚得傳《御制戒本》而繼任為律宗學派的領袖、戒台寺的第二任住持壇主。裕窺和尚在戒台寺開壇傳戒四十年，所度弟子多達五百餘萬，在整個燕京享有極高聲譽，被朝庭封以「檢校太尉」的高爵。

金代時，戒台寺依然香火鼎盛，繼續保持著律宗領袖的崇高地位。到了金熙宗時，住持悟敏將《御制戒本》傳給了其同門師弟悟銖，繼續弘揚律宗佛學。悟敏曾任燕京管內右街僧錄，他繼任戒台寺第四任住持壇主之後，金熙宗召見了他，賜其「紫袈裟」，並賜德號為「傳菩薩戒文悟大師」。

鐘鼓新音　禪宗時代

到了元代，戒台寺住持高僧月泉和尚不僅整修寺院，還植樹拓山，擴大了寺院的規模，同時弘揚律宗，開壇傳戒，承續戒台寺的佛教地位。但是到了癸丑（一二五三年）春，受戒台寺各殿堂主請求，戒台寺「安山耆宿，具疏堅請，開堂演法而住持之」，從此「雲山改色，鐘鼓新音，內外雍容，遐邇稱善」，戒台寺進入一個嶄新的禪宗時代。

然而，佛教的興衰總是與社會時局休戚與共。元末明初的連年戰亂使聲名顯赫的戒台寺受到了極大的損傷，甚至幾近荒廢，直到明朝政權穩定。

戒台寺在元代整修寺院、植樹拓山，擴大了寺院的規模；此為戒台寺戒壇

戒台寺自遼代修建戒壇後，一直深受歷代朝廷重視，很多住持均由朝廷選派，不少高僧被委以各種官職，多位皇帝到此進香禮佛。明代帝后大多信奉佛教，對於名聞遐邇的戒台寺尤為青睞，由皇家出資，對戒台寺進行了多次大規模的整修和擴建，使這座古剎形成了現在的格局。明代戒台寺的住持壇主由皇帝親自選派，並大多委以僧錄司的官職，寺內開壇授戒，必須有皇帝的敕諭，戒台寺直接處於朝廷的監管之下，從而更加奠定了戒台寺在當時佛教界的重要地位。

明宣德九年（一四三四年）朝廷撥出重金，委派當時著名的律宗大師、戒台寺欽命住持知幻和尚來主持，對戒台寺進行大規模重修。被尊為明代戒台寺第一代傳戒壇主的高僧知幻和尚很受明英宗器重，被封為「僧錄司左講經萬壽戒壇壇主」。英宗皇帝為了能經常與知幻談論佛法，在北京城內居賢坊為修建戒台寺下院，供知幻進城時居住。在重建寺院過程中，知幻與僧眾「鏟荒夷險，鬱起重構」，不但重修了天王殿、大雄寶殿、伽藍殿、祖師殿等主要殿堂，而且還增建了經堂和僧舍，整修了山門和圍牆，於是廊廡龍象，煥然一新。這次重修工程長達七年，竣工後英宗皇帝賜額「萬壽禪寺」，命知幻大師在戒台寺開壇演戒，並欽命無際、大方等十名高僧為傳戒宗師。之後，知幻和尚又陸續重修了戒壇大殿、戒台及法均和尚墓塔。

皇家敕諭保護　佛事功德整修

明成化十三年（一四七七年），朝廷再次出資對戒台寺主要殿堂進行了長達兩年的修繕。憲宗皇帝還應司設監太監王永的奏請寫下敕諭，為戒台寺劃定四至，明令保護，「嚴禁官員軍民諸色人等擾害寺院，盜伐樹木，牧放牛馬，作踐山場，私開煤窯，毀壞寺基」，此外還加封當時戒台寺的住持德令律師為僧錄司右覺義，並將這道敕諭鐫刻成碑，立於寺中，將戒台寺直接置於皇家的保護之下。

明代佛事興盛，除了朝廷的崇奉和重視，手握重權或斂有巨財的太監因為寄託來生幸福而大做佛事功德也是重要因素。嘉靖二十九年（一五五〇年），御馬監太監馬玉出資又一次對戒台寺進行了為期七年的大規模整修，使戒台寺的建築達到鼎盛，今天的戒台寺基本還保持明代建築風貌。

戒台寺的佛事活動在明代也處於歷史上的輝煌期。每年的四月初八是「佛誕日」，戒台寺對外開放半個月，舉行盛大的「沐太子像」的浴佛大會，僧俗人眾紛紛趕往戒台寺，馬鞍山上沿古香道兩側搭起蘆棚，商人、信徒摩肩接踵，熱鬧非凡，成為當時北京市民的一個重要風俗「耍戒壇秋坡」。

清代是戒台寺歷史上一個重要而奇特的時期。崇奉佛教的康熙、乾隆二帝都曾多次來到這座千年古剎，進香禮佛，遊玩留宿，給戒台寺題匾賦詩，賞賜珍寶。康熙皇帝為了保護戒台寺，親筆撰寫了《萬壽戒壇碑記》，明令保護這座千年古刹，並鐫刻成碑，立於山門殿前。康熙皇帝還為寺內的主要殿堂題寫了匾聯，乾隆帝更是留下四上戒台寺的佳話，每一次都留下詠誦戒台寺的詩篇，尤其是《初至戒台六韻》等於給萬壽禪寺重新賜名，從此人們更多稱用「戒台」寺名，並且一直延用至今。

清代朝廷對戒台寺的重修較少，除了康、乾時期有過一兩次撥款修繕，再有就是光緒十七年（一八九一年）由到戒台寺「養疾避難」的恭親王奕訢出資將羅漢堂、千佛閣及北宮（牡丹院）略事修葺，大規模的修繕甚至沒有。倒是許多民間組織如地藏會、三元大悲會、大悲隨心經會、廣益米會、五顯財神聖會、如意老會等等，紛紛在寺內空地建一些如財神殿、娘娘殿、老爺殿、地藏殿等小殿，使得這座佛寺中出現一些非佛教的殿堂。

這段時間戒台寺的佛教性質似乎也悄然改變，高官顯貴不但捐款捐物，還可以在寺內長住遊玩，戒台寺成為既可燒香禮佛，參禪悟道，及高官顯貴休閒納涼、遊山賞景、避世免災的好去處。徐世昌、張作霖、袁世凱、曹汝霖等眾多達官貴人都曾一享戒台寺的獨特清涼。

值得安慰的是，這段時間的戒壇依舊傳戒，朝廷欽命得道高僧成哲做戒台寺住持。康熙丁酉（一七一七年）奉旨，主萬壽戒壇。當時僧眾共有四百餘人，「佛號經聲，六時無間，過者爭停車馬，摳衣躡履，上山瞻禮」。可見香火旺盛，因而也高僧輩出，著名高僧紫哲公從康熙年起住持戒台寺四十餘年。明池大師，平生誦《藥師經》，晝夜不息，從

戒台寺在八國聯軍時曾為民眾的避難地

十六歲到戒台寺剃度受戒，至圓寂時享年一百二十八歲，是戒台寺僧人中有史以來最長壽者。實山大師原為石匠，在戒台寺門前雕刻石獅子時，每鑿一鑽，即念佛一聲，以表示虔誠，完工之後在戒台寺出家為僧，後遍遊天下名山，歸來後終老於戒台寺。

八國聯軍入侵 千人避難於寺

光緒二十六年，八國聯軍攻入北京，京城陷於一片慌亂，很多信徒寄望于戒台寺，紛紛逃往戒台寺以期躲過劫難。一時間，戒台寺幾乎成了避難所，前來避難的多達一千多人，其中包括恭親王奕訢的次子載瀅一家。載瀅之子溥心畬後來在現代中國書畫界有「南張北溥」之譽，早在「養疾避難」期間恭親王就資助大筆資金修繕戒台寺，戒台寺儼然成為溥心畬的家廟，溥心畬也得以在戒台寺度過了他的童年和少年時期。溥心畬的山水畫傑作主要取材於戒台寺外景觀，他能取得舉世矚目的藝術成就與戒台寺有著密不可分的因果關係。

民國初年任戒台寺住持為達文大師。幾易其主的北洋政府期間，京西地區天災迭至，戒台寺及其周邊道路均遭到不同程度的破壞，香客叫苦，商旅不便。恰逢時任民國要員的曹汝霖先生與達文大師見面，達文便與曹先生商量集資修路一事，曹先生慨然應諾，並召集社會名流李國傑、著名建築世家、實業家馬輝堂、英國滙豐銀行買辦鄧君翔、京劇名角譚鑫培、余叔岩、馬連良等人促成此事，使戒台寺道路修整一新。民國十一年（一九二二年），因寺院附近有人開礦採煤，達文又向社會呼籲，並提請北洋政府禁止開礦採煤，因而保護了戒台寺。

民國時期，儘管風雲詭譎，仍有三位北洋政府的大總統先後來戒台寺進香。第一位是袁世凱，他進香後為戒壇大殿題寫了「選佛場」的匾額。第二位大總統徐世昌見到明憲宗和清世祖所立的關於保護戒台寺的兩塊敕諭碑後，效法題寫了《戒壇寺碑記》，碑文中明確寫到「共和以來，據法為戒台寺丈量地界，禁止開挖採煤，保護戒台古　不被破壞」的明令，對戒台寺進行保護。這是最高統治者為戒台寺所立下的第三塊保護碑，三個不同時期的最高統治者明令保護同一座寺院，可想而知戒台寺的地位之尊。第三位大總統是在民國十二年參加當時著名高僧、戒台寺住持德成律師的荼毗禮，並為其撰文銘碑，這也是迄今門頭溝區境內所發現唯一一塊鐵碑。

七七事變以降　蕭條荒涼被毀

從盧溝橋事變爆發，戒台寺香火就日漸稀落，日本投降以後，還鄉團又繼續破壞。一九四九年前後，戒台寺與當時所有的寺廟一樣歷經戰爭和饑荒，一九四九年以後則完全停止了佛事活動，直到一九五六年被北京市園林局接管並開闢成公園。一九五七年十月二十八日，戒台寺被北京市人民委員會定為北京市第一批重點文物保護單位。然而，這個名號並沒有保護住千年古寺，儘管寺廟在一九五九年時曾受朱德委員長指示進行了小規模的維修，但在一九六六年因為修理天壇齋宮需用木料，竟然拆除具有千年歷史的千佛閣，文革開始後，寺內佛像更大部分被毀。

文革結束後，北京市政府決定修復戒台寺，一九八〇年，北京市政府撥款三百五十萬元對戒台寺進行了為期兩年多的大規模整修，修繕殿堂，重塑佛像，整修道路，增添旅遊服務設施。

一九八二年七月，北京市人大常委會第二十二次會議上通過《北京市建設總體規劃方案》，把戒台寺列為重點建設的旅遊景區之一，當年年底正式對外開放。一九九六年十二月十五日，經中華人民共和國國務院批准，戒台寺升級為全國重點文物保護單位。次年，

戒台寺匾額上題萬壽戒台禪寺

中國佛教協會選派僧人進駐，恢復宗教活動。

二〇〇五年，由於馬鞍山周圍採石放炮，戒台寺所在山體出現大規模地裂和山體滑坡，部分古建出現變形，北京市文物局及時進行整治，控制下滑。

整治開放　香客雲集

二〇〇七年，戒台寺經國家正式批准為佛事活動場所，至此，佛教活動也才正式展開。每月農曆初一、十五和佛誕日均舉辦佛事，千年古寺終於又開始香煙燎繞，鐘磬齊鳴，來自各地的香客、居士逐漸雲集。

始建於遼代咸雍年間的千佛閣曾經是戒台寺的中心，在明代重建，清代大修。千佛閣高三十餘公尺、寬二十一公尺、進深二十四公尺，是古建築中最高等級的「大五脊廡殿式」建築。閣為七開間，外觀分上下兩層，中間有腰簷及平座暗層。內部兩側各有五個大佛龕，每龕內有二十八個小龕，每個小龕內有三座形態不同的三寸大小的佛像，全閣共計有小佛像一千六百八十尊，是名副其實的千佛閣，曾是老北京市民有九月九登高賞景的最佳去處。北京奧運前期，戒台寺千佛閣作為北京市「人文奧運文物保護計畫」項目啟動，戒台寺住持妙有法師本著「十方來，十方去，共成十方事；萬人施，萬人用，同結萬人緣」的理念，廣邀各界護法大德復建千佛寺。

二〇〇七年九月九日（農曆七月二十八日），佛界高僧大德、四眾弟子、社會知名人士會聚戒台寺，為復建千佛閣、五百羅漢像重塑、戒台殿戒壇佛像安放舉行了隆重的祈禱開光法會。這些活動，也為佛事風光不再的戒台寺帶來一縷和煦陽光。

開壇演戒　佛教盛事

如今，這個擁有八千三百九十二平方公尺面積大的戒台寺仍延續著明代建築風格，整個建築依山勢而逐級升高，頗為壯觀。寺院分南北兩條中軸線，南中軸線自西向東依次分佈山門殿、天王殿、大雄寶殿、千佛閣、觀音殿，多為明清時期擴建，其殿堂的格局和殿內佈置皆屬常規，大雄寶殿是寺廟的正殿，匾額「蓮界香林」是乾隆親筆所書。更具特色和價值的還在北中軸線上的戒壇院，包括山門殿、戒壇殿、大悲殿和羅漢堂，大多為唐、遼、金時建築。戒台殿在正中，周圍有五百羅漢堂。

戒台寺因戒台而聞名，戒壇理所當然地成為戒台寺重中之重。過去的戒台寺最重要的佛事活動就是在戒壇大殿「開壇演戒」。開壇演戒分為佛教徒授戒和在戒壇為佛教徒講解戒律兩種。戒台寺的授戒儀式非常隆重，一般在夜半時分舉行。屆時，戒壇大殿內香煙氤氳，鐘鼓齊鳴，數百名僧人肅立於戒壇周圍，作為三師七證的十名高僧端坐在戒壇之上、佛祖像前。正面有居中的衣缽傳燈本壇壇主、左右分坐的羯摩阿闍黎和教授阿闍黎「三師」座位。三師左側有四個座位，右側三個座位，是七位尊證阿闍黎的座位，稱為「七證」。新受戒的僧人經過沐浴，焚香，換上新僧衣，分三人一壇，跪在戒壇下方正面，羯摩阿闍黎作為主持人，教授阿闍黎作為禮儀師宣讀戒條，壇主逐條詢問受戒人，「汝能持否？」受戒人回答：「能持。」詢問完畢後，七位尊證認為傳戒符合戒規，就齊聲說：「戒成。」傳燈壇主向受戒人頒發本寺的度牒，即僧人的身份證明。戒台傳授的是佛門最高戒律菩薩戒，是佛教的最高學府，僧人都以在戒台寺的戒壇受戒為榮。

今日戒台寺的戒壇，是在遼咸雍年間形成的規模，被稱為「天下第一戒壇」。戒壇殿的殿門上高掛「選佛場」的匾額，戒台殿頂中央，有一藻井，幾條金雕臥龍盤於井壁，藻井最深處一條龍頭向下，象徵蛟龍灌浴。戒台殿前有明王殿，供奉著持戒第一的優婆離尊者，又稱優婆離殿。

戒壇為高三點五公尺的漢白玉方臺，雕刻精美。戒壇分三層，每層臺均為須彌座造型，上下枋雕有流雲藩草，束腰處雕有佛龕。每個佛龕內均有泥塑戒神，雕像高不盈尺，但雕工相當精細，姿態各異。整座戒台共有佛龕一百一十三個，安放一百一十三座泥塑彩繪的戒神，這一百一十三尊泥塑金身戒神形態自然，栩栩如生，是迄今為止北京地區絕無僅有的一組戒神塑像。

戒台寺內還有方丈院、南宮院、牡丹院等許多院落，均屬王宮貴族及僧眾居住用房，既有北方寺宇的宏偉，又有江南園林的秀麗。牡丹院內遍植丁香、牡丹，院內建築融合了北京傳統的四合院形式和江南園林藝術的風格。

上 匾額「蓮界香林」四字為乾隆親筆所書

下 戒台寺之戒壇被稱為「天下第一戒壇」，戒壇殿門上掛「選佛場」匾額

鬼斧名松　神工岩洞

戒台寺除了無人不知的戒台，奇松、古洞同樣聞名於世。奇松遠近馳名，素有「潭柘以泉勝，戒台以松名」之贊，最負盛名的有臥龍松、自在松、活動松、抱塔松、九龍松。千百年的風霜雪雨如鬼斧神工，為這些古松塑造了神奇造型，展現於歷代文人雅士的篇章之中。

古洞大多在戒台寺後山，石灰岩構造在億萬年雨水的侵蝕之下，形成了許多天然溶洞，洞中的石鐘乳和石筍構成了千奇百怪、美不勝收的造型，讓人產生無比神奇的遐想。部分山洞經人工修整而成石窟寺，是當年寺內部分高僧靜修的地方，像這樣密集的石窟寺岩洞群，獨冠北京地區。

戒台寺的東北有塔院，保存有完整的遼塔和元塔，還有明代修建的法鈞和尚骨塔和衣缽塔。寺內還有近七十塊碑石、經幢林立，最早的是遼代太康年的經幢，一通通石碑則記載了戒台寺悠悠千載的漫長歷史。

以戒台寺為中心，構成了一個佛教藝術古蹟群，除了後山古洞連成的石窟寺，還有寺東南十五公里處石佛村的摩崖造像群是北京地區現存規模最大的摩崖造像群，離寺五百公尺處有一座建于明代的精美石牌坊。寺院東南側的外塔院松柏蒼翠，寶塔高聳，是明清時代戒台寺高僧安息的地方。

作為歷史上曾經是佛教最高等學府的戒台寺至今仍歸旅遊部門管理，成為缺少文化氣息的旅遊景點，不能不說是一種深深的遺憾。寺院裡缺少佛教文化，中國佛教的復興還有許多工作要做。

珍藏千年石經的雲居寺

僧靜琬承師志 房山刻經救法寶

雲居寺位於北京西南七十五公里的房山區白帶山，占地面積七萬多平方公尺。

雲居寺歷史首先要從房山石經講起，房山石經的創始人靜琬，南嶽天臺宗祖北齊慧思大師的弟子。慧思大師經歷過北齊至隋初的「魏武之厄」和「周武之厄」兩次滅法劫難，深感法滅的危機，而發現北齊時所刻石經卻得以保藏，遂產生刻經願望。後靜琬秉承師囑，發願要在白帶山刻造《華嚴經》等十二部佛經，從此開啟了綿延千載的房山刻經事業。

靜琬當時是白帶山智泉寺僧人，知道距雲居寺幾里外的石窩村盛產一種雕刻名石漢白玉，石窩漢白玉質地堅硬潔白，清潤素雅，莊重偉岸，自靜琬帶人刻經之後而名聞天下，並成為「國寶」。

在靜琬帶領的刻經人中，除了僧人，還有當地的工匠、民夫。靜琬和僧人在荒山野嶺中採石刻經需要食宿的房屋，他們和工匠民夫一起只能朝來夕歸，十分不便。直到唐太宗貞觀五年（六三一年）六月一次山洪暴發，白帶山杖引溪上游的兩岸崩塌，順著溪水漂流來上千棵巨大的松柏，真是天隨人意，靜琬終於如願以償，與當地民眾一起蓋起了寺廟，因「寺在雲表，僅通鳥道……山腰常有白雲縈繞」，故取名「雲居寺」。遼、金時代因刻造石經知名，故有「石經寺」之稱。明代因在白帶山東麓建東峪寺，而雲居寺居山之西，故亦稱「西峪寺」清初又改稱「西域雲居禪林」，仍然保留著雲居之名。

剛建成的雲居寺規模很大，圍繞著白帶山的方位，由東雲居寺、西雲居寺和中雲居寺三院組成。此外，白帶山上以華嚴堂為中心，形成了石經寺，又稱雲居上寺、雷音寺，在距雲居寺不遠的岩上村還有專供刻經的磨碑寺。從此，雲居寺見證和堅守著長達一千多年的神聖刻經事業，刻經的雕琢聲也始終伴隨著雲居寺的每一段歷史進程。

玄宗賜經　公主修道

靜琬第三代弟子惠暹時期，刻經事業因得到唐玄宗和他妹妹金仙公主的大力支持而進入全盛期。唐開元十八年（七三〇年），已經出家修道的金仙公主奏請玄宗頒賜新舊譯經四千餘卷，作為刻經底本。唐代以前的佛教寫本除敦煌外，世間所存不多，因此，有了唐玄宗賜經，房山石經得以把大量隋唐寫本以石刻形式保存下來。應金仙公主請求，玄宗還賜雲居寺大片田園山場作為刻經費用，促成了盛唐刻經的壯闊場面，規模遠超過北齊的音堂山摩崖石經和泰山石峪刻經。雲居寺僧人特地在白帶山頂的石塔上銘文紀念這一歷史事件，石塔也從此被稱為金仙公主塔，歷經一千二百多年，至今仍然完好無損地聳立在白帶山山頂。修道的金仙公主能有此作為，說明唐王朝時期儒釋道三教並用。

靜琬以石窩村盛產的漢白玉刻經，開啟雲居寺房山刻經事業；圖為雲居寺遼塔

在惠暹時期，雲居寺進行了創建後的第一次重修。晚唐高僧真性住持雲居寺時期，雲居寺是禪、律兩宗同處，真性不僅承啟前賢，主持晚唐時期的石經刊刻，還在雲居寺內另起道場，請高僧轉藏經七遍。真性圓寂不久的唐會昌三年（八四三年），武宗廢佛，雲居寺遭受劫難，寺院毀廢，僧人逃遁。會昌法難之後，雲居寺雖得以恢復，卻無法逆轉衰落之勢，隨之而來的唐末至五代的戰亂繼續摧殘著雲居寺，石經刊刻也被迫停頓。

遼入主幽州後，雲居寺劃入遼統治。得到遼統治者支持的雲居寺開始出現轉機並再度興盛。每年四月八日的佛誕法會盛況空前，「凡水之濱，山之下，不遠百里，僅有萬宗，預饋供糧，號為義食」、「香車寶馬，藻野縟川……從平地至於絕頂，雜遝駕肩；自天子達于庶人，歸依福田」。鑒於此，當時的寺院住持謙諷和尚于應曆十四年（九六四年）對雲居寺進行了大規模修復，共修建大小殿堂七十餘間，不僅唐末五代以來「風雨之壞者及兵火之殘者」得以修復，還擴大了原寺規模。為了修寺護經，謙諷和尚還與遼代官員王正合力宣導廣聯僧俗，結「千人邑」會，組織民間募捐以保「寺不壞於平地，經不墜於東峰」。

當時雲居寺能做的惟有修寺護經，因為中原與遼之間為爭奪幽州屢動干戈而使社會動盪，雲居寺刻經事業無法恢復，直到「檀淵之盟」遼宋之間化干戈為玉帛以後，遼人才得以在雲居寺繼續刻經。

禪律宗派互易　修寺刻經延續

遼代的雲居寺由晚唐的禪、律共處改為律宗道場。「具戒比丘常不滅五百，莊園典庫供贍有餘」。道宗重熙年間，郡守侍中劉六符與寺僧可信等人又對雲居寺進行連續的大規模建設，著名的南、北二塔也建於此次工程。南塔內藏舍利三百餘顆，北塔有供塔燈會的燃燈佛事盛行。

到了金代，雲居寺依然沒有因朝代更替而衰落，反而影響更大，刻經事業也基本沒有間斷。大定二十年（一一八〇年），議歉法師任住持，雲居寺又改律為禪。金世宗子、章宗伯父顏永中施刻《增一阿含經》、《雜阿含經》，議歉又對雲居寺進行修復建設，當時長鄉城（今房山區良鄉城）、義井院、李河（今房山區吉洋村）開化寺都請議歉為提控宗主。

大元一統後，雲居寺石經又得到元統治者的重視，元仁宗賜經律論藏經藏于雲居寺內。高麗（今朝鮮）僧人慧月修葺華嚴堂、補刻堂內殘損經版之舉更為雲居寺增添生動一筆。元末，文宗、甯宗還對雲居寺進行了又一次較大規模的修復建設。

印度僧來傳密教

明朝立國後，奉旨視察的名僧道衍感動於靜琬三十年不輟的刻經事業，從而奏請朝廷促成了對雲居寺的大規模修復。永樂年間，來自佛教發源地印度的高僧桑耶巴拉住持雲居寺，並被封為「圓融妙慧淨覺弘濟輔國光範衍教灌頂廣善西天佛子大國師」，他來雲居寺傳播大乘密教是雲居寺佛教發展史上的一件大事。

盜賣石經　令人髮指

明中葉以後，雲居寺逐漸衰落，所謂「珠林鞠為草莽，金碧化為泥塗」。當時雲居寺的香樹庵及靜琬以下百餘座歷代高僧靈骨塔均被寺僧賣與巨室。尤其令人痛心和髮指的是萬曆十五年（一五八七年），雲居寺住持竟然掘開壓經塔地穴，盜賣石經以漁利。在罕見失盜的石經歷史上卻由僧人自盜實在是聞所未聞，讓人怵目驚心。此事被明廷查辦後並責房山縣典吏督工，將盜掘地穴及時用磚石封砌，明文刻石禁止。

就在信眾紛紛哀歎人心不古的情況下，雲居寺贏得了一個復興契機。萬曆二十年（一五九二年），五臺僧人達觀真可禪師送龍子歸京西潭柘寺時來雲居寺，參拜石經山雷音洞，見洞內像設凋敝、石經薄蝕，乃命人整飭，竟發現石函及內藏三顆佛舍利。此事得到慈聖太后的重視，迎入寢宮供奉三天，又覆以金身如來佛像一尊送回雷音洞原處安放，並給予資助修繕雷音殿。達觀真可得到太后的供養金和法燈等人的資助，贖回了之前被賣出的百餘座歷代高僧靈骨塔和香樹庵，為香樹庵購置一所五百畝的下莊。

雲居中興開山祖　募資修葺恢復禪律

到了清代，雲居寺改為臨濟正宗，並世代相傳。但雲居寺的廟宇建築則遭到了明末清初戰火的破壞。當時老僧如全和弟子募化籌資，陸續修復了一些殿宇。康熙四年（一六六五年），東雲居寺住持性林拿出自己積蓄加上募化集資款重修了東雲居寺，之後又著手修復香樹庵。達觀真可當年贖回的香樹庵傳到庵僧石壁手上時又遭厄運，此僧盜賣庵屬五百畝地後棄庵而逃，終致香樹庵淪為瓦礫。到康熙十一年（一六七二年），時任住持溟波大師開始對雲居寺進行全面修復，共修復殿宇、禪堂、寮房、廚庫等二百多間，規模空前，另外還塑造八大菩薩、十二藥叉大將、二十四諸天，並遵雲居寺刻經傳統，刻造《金剛經》、《藥王經》兩方經碑。溟波大師圓寂時工程尚未完成，他的弟子圓通繼任並秉承其遺志直至完工。溟波大師成為雲居寺歷史上中興之祖、重開山第一代，圓通為重開山第二代，師徒兩代徹底改變

雲居寺山門殿

雲居寺是佛教經籍薈萃之地，寺內珍藏石經、紙經、木板經三絕；圖為雲居寺石經地宮

了明末清初以來雲居寺的衰頹敗落景況，重塑雲居寺作為佛教聖地的莊嚴。雖不再有刻經盛事，作為當時聞名朝野的高僧，溟波師徒將雲居寺逐漸塑造成參禪論道之所，使人心歸向。

雲居寺在清代之所以能得以重修並興旺，與經常得到清統治者的賞贈財物和田產有很大關係，康熙、嘉慶分別賞賜過白金和稻田，末代皇帝溥儀也曾資助雲居寺。另外，社會各階層給雲居寺捐贈田產、財物也蔚然成風。如第七代住持福淵的俗家弟子真善先後捐資重修大悲殿、千佛殿，並出資贖回淪為俗產的香樹庵作為雲居寺的別院。乾隆年間的「麥會」、光緒年間的「任家營會」、宣統年間的「朝山會」等都以各種形式捐助雲居寺，使雲居寺的興盛勢頭一直延續到民國時期。

民國時期的雲居寺仍保留著明末清初的宏大規模。寺貌整潔，建築規整，各殿宇及平台之間有石階、走廊、小徑相連，整個寺廟樹木蔥蘢，碑碣環立，頻繁有人慕名前來觀光。

戰火摧毀　重整石經

然而，七七事變後，雲居寺屢遭戰火，一九四二年日本侵略軍的大肆轟炸終於使這座千年古剎成了斷壁殘垣，從此走向衰落。

一九五六年，適逢佛涅槃二千五百周年，中國佛教協會決定以發掘拓印中國唯一石刻大藏經房山石經為紀念大會獻禮，把發掘出鐫刻一千一百二十二部、三千四百五十二卷佛經的房山石經全部進行編號並拓印了一遍。發掘整理工作相當徹底，工作人員還收集拓印了散落于石經洞外和地穴外的數百塊殘片，全部拓印了雲居寺及石經山上的碑記、經幢、題名、題記、造像、摩崖石刻等，歷時三載，於一九五八年結束。幸運的是，文革時期，在全國寺廟都遭到破壞的情況下，來自廣東的解放軍防化學兵一團軍人千方百計甚至報告到周總理那裡求得指示，從而保護住了石經山九個藏經洞的文物。一九八〇年建造石經庫房、展室及配房共三十六間，次年將壓經塔地穴遼金石經全部移入庫房加以保護。

正如雲居寺周圍流傳的一句民諺「山門不倒，寺必重修」，一九八二年，雲居寺修復工程啟動，一期工程到一九九三年結束，共投入八百多萬元資金，修復面積六千一百六十平方公尺，完全修復總面積的三分之二。一九八七年十月一日，雲居寺正式對外開放。同年，恢復了具有一千三百多年歷史的「浴佛節廟會」，並成為一年一度的固定活動。

各界捐資修復　石經重回地宮

雲居寺的修復工程得到了社會各界和香港、臺灣及海外僑胞的慷慨捐助。特別是臺灣佛教居士會會長劉世綸女士，為雲居寺修復奔走於海外募捐三十萬美金，於一九九二年五月二十三日親自捐獻給雲居寺，事蹟感人至深。

雲居寺二期修復工程於一九九八年啟動，總建築面積三千一百平方公尺，投資總額九百九十九萬七千元，一九九九年七月全部竣工，完成修復面積的百分之九十以上，重現了古老雲居寺殿堂的鱗次櫛比，流光溢彩。

雲居寺的緣化得以恢復緣於一九八三年時任總書記的胡耀邦考察雲居寺蒼涼山野之後的感慨和指示，後歷經十多年，累計造林投入一千多萬元，雲居寺初步回復「回首林煙漠」的景觀。

一九九九年為了徹底解決庫存石經的風化問題，使石經回歸地下得到更好保護，北京市成立「北京雲居寺石經回歸活動組織委員會」，時任中國佛教協會主席趙樸初任委員會總顧問。委員會向全國召開新聞發佈會，並協同佛教界先後到新加坡、香港寶蓮寺等地募捐善款一千多萬元，於一九九九年二月啟動建造四百平方公尺的恆溫、恆溼、密閉、充滿氮氣的藏經地宮，七月三十日，地宮落成。一九九九年九月九日，雲居寺舉行了盛大的石經回藏活動慶典。上午九時九分九秒，文物工作人員將《鐫葬藏經總經題字號目錄》碑抬入地宮，淨慧法師奉安石匣，北京市文物局局長梅甯華將地宮大門緩緩關閉，觀眾注目，眾僧合掌，恭祝石經歸安，當時的場面莊嚴肅穆且恢弘壯觀。地宮內部設有九個觀察視窗，可以直接觀察到一萬零八十二塊遼、金石經的壯觀景象。

六進殿宇　珍藏三絕

新修復的雲居寺依然沿襲原來的五大院落六進殿宇，每層院落逐步升高。第一進是天王殿，也就是經過款龍橋之後的雲居寺山門。天王殿中間供奉彌勒佛，彌勒佛背後供韋陀菩薩，兩旁供四大天王。第二進殿宇是毗盧殿，殿內供奉毗盧遮那佛，蓮座是千葉蓮花。第三進大雄寶殿，當然是供奉釋迦牟尼佛。第四進藥師殿供著東方淨琉璃世界的教主藥師佛。第五進彌陀殿供奉西方極樂世界的教主阿彌陀佛。第六進也是最後一進是大悲殿，供奉觀世音菩薩。

雲居寺是佛教經籍薈萃之地，寺內珍藏著號稱「三絕」的石經、紙經、木版經。一九九二年，作為世界上保存石刻經版最多的寺廟入選「北京旅遊世界之最」，同年雲居寺塔及石經列為世界文化遺產預備清單。二〇〇一年榮列國家4A級旅遊景區。

北京敦煌　世界刻經之最

雲居寺因為與石經密不可分，因此，所謂的雲居寺其實是指包括雲居寺、石經山九個藏經洞及歷代塔群在內的一片佛教聖地。由於擁有石經版和木經版二個世界之最，故有「北京敦煌」之譽。石經全稱《房山雲居寺石刻佛教大藏經》，一萬四千二百七十八塊，清雍正十一年（一七三三年）至乾隆三年（一七三八年）的木版經書，現存七萬七千餘塊。是世界上僅存的兩部漢文木刻大藏經之一，集佛教傳入中國一千七百年以來譯著之大成，雲居寺還珍藏明代刻印本和手抄本紙經二萬二千餘卷，數量之多甚為罕見。

石經山即白帶山，因石經而得名石經山，海拔四百五十公尺，是房山石經刊刻起源和佛舍利出土之處，半山腰開鑿九個藏經洞，共藏四千一百九十六塊石經。九個洞分上、下二層，其中八個洞為封閉式，裝滿經板後用石堵門，以鐵水澆鑄。只有一個規模最大的第五洞雷音洞為開放式，藏經最早也最重要，靜琬最初的刻經一百四十六塊石，嵌在洞的四壁。洞內有四根八面的立柱，柱上雕有佛像一千零五十六尊，故稱千佛柱。洞前有石門，可以開閉。此處幾案爐瓶皆為石造，洞內石幢刻著石經目錄。全部房山石經鐫刻一千一百二十二部、三千四百五十二卷佛經，堪稱世界佛經鐫刻之最。這些石刻佛經主要有：《華嚴經》、《法華經》、《涅槃經》、《維摩經》、《摩訶般若經》、《大般若經》、《勝天王般若經》、《大寶積經》、《大集經》、《正法念處》、《瑜伽師地論》、《大智度論》、《成唯識論》、《集論》、《雜集論》等。房山石經是原刻石板，沒有寫經傳抄所易產生的那種訛誤、版本校勘價值極高。同時，它保存了五十種以上的各版大藏經所沒有的經籍。鏤刻技術精湛，書法秀麗，不僅是有價值的佛教文物，也是中國書法雕刻藝術的精品。

唐塔古老　稀世珍寶

塔群保存唐遼時期的石、磚塔十餘座，風格各異，唐塔七座，遼塔五座。北塔是遼代磚砌舍利塔，又稱「羅漢塔」，始建於遼代天慶年間（一一一一～一一二〇年），高三十多公尺，塔身集樓閣式、覆缽式和金剛寶座三種形式為一體，造型極為特殊。塔的下部為八角形須彌座，上面建樓閣式磚塔兩層，再上置覆缽和「十三天」塔刹。這種造型的遼塔，十分少見。

四座唐塔都有明確的紀年，塔的平面呈正方形，七層，分單簷和密簷式兩種，而造型大致相同。塔身上雕刻著各種佛像，其中唐開元十五年（七二七年）所建的石塔，內壁雕刻外國人形象的供養人，估計與當時唐代與中西亞交流廣泛、大量任用外族為官有關。

這批遼、唐石塔是北京地區現存最早古塔，成為研究唐代幽州地區文化史和佛教史的珍貴實物資料。尤其北塔，是我國唯一一座鐘鼓樓式塔。

雲居寺目前正在按照元明時期的原樣修復南塔，修建中的南塔由須彌座和塔身組成，須彌座之上將建十一層密簷式磚塔，全塔高近三十公尺。將在二〇一二年建好。

一九八一年由中國社會科學院世界宗教研究所佛學家羅焰在洞內研修之際，於原地面拜石下五公釐處，發現一個石函，裡面珍藏著一千三百多年的兩粒佛舍利，二〇〇九年六月，佛舍利曾重返雲居寺，接受公眾為期十天的觀瞻。二〇一〇年雲居寺已獲批將新建一座一百多公尺高的舍利塔。舍利塔將建在雲居寺範圍內的文化景區內，是景區內的最高建築。

房山石經　國之重寶

雲居寺，這個為了刻經而興建的寺廟，如今依然以虔誠的靜穆守望著這些稀世珍寶。

人們也懷著無比崇敬的心來瞻仰石經，為了便於參觀隋唐石經，雲居寺于一九九九年開通了八百三十公尺長的往石經山的索道，是全國第一條跨越鐵路的索道，在乘坐途中可一覽雲居寺全貌及石經山四周優美的山色風光。

「國之重寶」房山石經這一部自隋唐以來綿延千年的佛教經典、也必將為雲居寺支撐著永遠崇高的佛教地位。

04

唐代北京興建的寺院

丁香賦詩的法源寺

憫忠高閣　去天一握

法源寺位於北京宣武區菜市口西南法源寺前街，是唐朝時幽州地區最大和最有影響的寺廟，也是北京城內現存最古老的寺廟之一。

法源寺始建於唐朝貞觀十九年，當時，唐太宗發動了一場對遼東高麗的大規模戰爭，這場戰爭從二月開始籌備，四月在幽州完成軍士之集結並出征，十月班師回幽州。唐太宗憫惜東征陣亡將士，收其遺骸，葬於幽州城西十餘里，為哀忠墓。又在幽州城內建憫忠臺，到了武則天萬歲通天元年（六九六年）才完工，真正建成了憫忠寺，寺中建有一個高聳的樓閣，當時有「憫忠高閣，去天一握」之喻。

律宗道場　高僧輩出

唐代幽州地區興建的寺廟約六十座之多，在這些寺廟中，以憫忠寺的規模和宗教影響最大，其他寺廟大多分佈於憫忠寺周圍，形成眾星捧月之勢。憫忠寺一建寺就開創了律學宗風，以弘傳佛教律宗為主，是一座律宗寺廟，經過了一千四百餘年的歷史直至今天，期間雖然有革律為禪的變化，但歷史上大部分時間保持了律宗的傳統和特色。由於憫忠寺律學興盛，當時全國各地僧人都投奔於此，有史載的可止、義存等人都是在憫忠寺受戒納具。從建廟到唐末，憫忠寺先後湧現了法貞、明鑒、複嚴等弘律的高僧大德。

西元七五五年至七六三年，憫忠寺見證了震驚全國的「安史之亂」。製造安史之亂的安祿山和史思明兩人是同鄉，安祿山叛亂被殺後，史思明先是投降朝廷，後再次反叛。而對於法源寺，兩人還分別於玄宗天寶十四年（七五五年）和肅宗乾元元年（七五八年）都在寺內建塔，兩塔東西對稱，遺憾的是，在唐中和二年（八八二年）的一場火災中，兩塔俱毀，整個憫忠寺都焚燬殆盡。不過，法源寺的憫忠臺內保存了史思明建塔時所立的石碑《無垢淨光寶塔頌》，這塊高一百二十公釐、寬七十三公釐的石碑正是安史二人建塔的重要實物見證。

舍利放光　庇祐生靈

法源寺供奉的玄奘大師頭頂骨舍利來自智泉寺，智泉寺在唐大和八年（八三四年）八月二十日夜晚遭雷火化為灰燼，此後不久因唐武宗毀佛滅法，寺廟一直無人問津。到唐宣宗即位後，重興佛法，在當時幽州刺史張仲武護持下重建，重建工程開始時，「於廢寺火燒浮屠下，得石函寶瓶舍利六粒及異香玉環銀釧等物」。張仲武「固護釋門，殷誠修敬」，見到出土的舍利石函，十分歡喜。為了讓廣大士庶都能瞻仰舍利，他下令將舍利送到憫忠寺供養，到當年九月二十八日，正式將舍利安奉於憫忠寺多寶塔下。三十多年後多寶塔遭火焚燬，當時擔任幽州地方最高長官的李匡威為「大庇生靈，巨崇像設」，佈施出自己的俸祿，發心造一座觀音閣。與此同時，寺僧複嚴也四方募化，將化緣所得塑成一尊觀音巨像，供奉在觀音閣中。到唐景福元年（八九二年），寺僧們商議，欲將會昌六年（八四六年）重藏於多寶塔下的舍利遷於觀音閣中，並奏請朝廷。朝廷同意寺僧的請求，從多寶塔廢址中取出的舍利大放光芒，並散發出濃郁的異香。為了滿足民眾的要求，又以旌幢恭送到子城東門讓百姓瞻仰、供奉。之後迎回寺中，以盛大莊嚴儀式奉入觀音閣內觀音巨像前。這次「重藏舍利」還奉入了原憫忠寺已故臨壇大德明鑒隨身供養的兩粒新舍利。

劫難重修　僧官位高

憫忠寺在遼代曾經歷了兩次災難、四次重修。四次重修中以第三次規模最大、歷時最長，也是得到了朝廷的支持。有「詔趣完之，表寺額，始加大字」之說。第三次重修開始於遼清寧二年（一〇五七年），至遼咸雍六年（一〇七〇年）竣工。因為憫忠寺在清寧二年遭受了地震的破壞，所以這次重修是對憫忠寺全寺進行全面複建，從而形成了今日法源寺的規模。修復工程完成後，遼興宗賜寺額「大憫忠寺」，在原寺名上特別加上一個「大」字。

法源寺在遼代重修後形成了今日的規模

法源寺內毗盧殿前置一大石缽

法源寺山門

重修過的大憫忠寺僧人眾多，共有僧人二百四十人，這在當時是一個不小的數字。另外，寺中高僧輩出，共有無礙大師等十二位僧人獲得了懺悔主、鈔主等各種佛學學銜。其中，懺悔主、鈔主都是遼代最高等級的佛教學銜。當時的大憫忠寺也享有很高的政治地位，遼時燕京管內自上而下的各級僧官都有憫忠寺僧人擔任。在《大遼燕京大憫忠寺紫褐師德大眾等石函題名》碑前十二位署銜的僧人中，十二人都享有皇帝賜紫以及賜予的德號，四位擔任過重要僧官，其中擔任最高僧官的覺晟和善制還享有朝廷的封爵「榮祿大夫和大司徒」。

遼代大憫忠寺有事蹟可查的高僧有詮明、智光、守淨、覺晟、薦福（尼師）、善制、文傑、溥滋等。其中禮憫忠寺守淨上人落髮出家的覺晟一生心行禪、身持律，起居動息，皆有常節，無論嚴寒隆暑、風雨黑夜，四十餘年禮佛誦經，手不釋卷。曾經讀誦《雜花萻》達一百遍。當時燕京的信眾，無論貧富貴賤，無不對他欽仰敬信，聲譽很高。門人、沙門、以及法孫等五人共同為他立幢記述生平事蹟。此幢現存北京陶然亭慈悲庵內，高約二點七公尺，由石雕而成。

無礙大師詮明不僅是遼代大憫忠寺最著名的高僧，也是當時燕京乃至整個遼國第一流的佛學大師。他是一位唯識學家，撰寫了多部經鈔，被冠以「鈔主」的稱號，他還是一位僧官，為燕京管內最高僧官「左街僧錄」。他信仰兜率淨土，在遼統和八年（九九〇年）為憫忠寺興建了一座釋迦太子殿。詮明一生最輝煌的成就是主持編定了遼代大藏經《契丹藏》。值得慶倖的是，為無礙大師而造的密簷式、十二公尺高的舍利塔至今還保存在大興縣李河村。

政爭混亂 帝后囚寺

憫忠寺到了金代明顯衰微，因為金統治者從太宗開始的歷代帝王都有過限制佛教的言論和政令。北京地區的佛教明顯不如遼代興盛，當時的憫忠寺自然難逃厄運。憫忠寺最引人注目的恐怕就是北宋欽宗被囚禁寺中的事了，當時，金兵攻破汴京後，俘虜了包括徽宗和欽宗在內一萬四千餘人，其中皇帝后妃等三千餘人，宗室成員四千餘人，貴戚五千餘人，各色工匠三千餘人，教坊三千餘人，民間美女三千餘人。金人先將他們集中於青城，然後於一一二七年初分成七組押回金國。欽宗一行到燕京後與先前到達的朱皇后一起被囚禁在憫忠寺。欽宗被囚憫忠寺一共三個月，這三個月期間，經常前往憫忠寺東面的延壽寺看望父親徽宗皇帝。也正是因為欽宗的被囚，連帶了憫忠寺另一件大事「旃檀佛像」入供寺中。

旃檀佛像是佛典記載的佛教造像史上出現的第一尊佛像。在西元前六世紀的古印度，佛陀為超度生母摩耶夫人，去三十三天為母親說法，當時人間虔誠的優填王恐怕佛陀走後心生渴仰，便請佛陀站在水邊，命令國中優秀工匠照著佛陀印在水中的倒影，用牛頭旃檀木雕造了一尊佛陀的形象。由於此像是用旃檀木雕刻的，所以稱作旃檀佛像或旃檀瑞像。

因為是古印度優填王發起並命工匠雕造的，所以又稱優填王造像。這尊佛像於四零一年由鳩摩羅什帶到中國，之後在中國的大江南北輾轉流傳，旃檀佛像傳到汴京滋福院後，於金天會五年（一一二七年），隨著金人入侵俘虜徽、欽二帝而被擄掠到燕京憫忠寺，直到一九〇〇年在最後一個供奉地：北京西安門內弘仁寺與弘仁寺一起被火焚燬。

蒙元佛道之爭　樹立佛教地位

蒙元時期是法源寺歷史上的重要發展時期。先有高僧隆安善選受朝廷委派住持並重修遭受戰爭破壞的憫忠寺，繼之有高僧祥杲在此弘傳律學，並受持據說是遼道宗刺血混合金砂親筆書寫的金字《菩薩戒本》，而後在蒙古憲宗八年（一二五八年）和元至元十八年（一二八一年），忽必烈兩度敕命於此焚燬道教偽經，至元二十二年（一二八五年）忽必烈召集編纂的《至元法寶堪同總錄》，又有憫忠寺僧人湍吉祥參與校勘，四年後，南宋名臣謝枋得被囚禁憫忠寺時絕食身亡。

高僧隆安善選的主持和重建，使憫忠寺完全恢復了昔日的盛況，成了燕京城中一座舉足輕重的佛教活動場所。因此，忽必烈兩度將焚燬道藏偽經的地點選擇在憫忠寺。

十三世紀，蒙古民族為取得中原地區的統治，積極地拉攏中原各派宗教勢力，藉以達到「因其俗而柔其人」的目的。蒙太祖十四年（一二一九年），成吉思汗派人詔請全真派掌門人丘機處赴大漠相見。丘處機應詔前往，隨行弟子十八人經過三年抵達大漠。成吉思汗見到丘處機極為歡喜，對他寵重有加，臨別還「賜號神仙，爵大宗師」，讓他「掌管天下道教」。丘處機回到燕京後，與其門徒依仗成吉思汗的恩寵，大力發展本教勢力。不僅廣招門徒，大興道觀，而且肆意詆毀佛教，侵佔佛寺，搗毀佛像及碑幢。如編撰《老子化胡經》，說佛祖為老子所化。侵佔佛寺四百八十二所，僅燕京地區的佛寺就侵佔了三十餘所之多，妄圖淩駕於中原諸教之上。種種行徑激起了中原佛教徒的憤慨，紛紛起而攻之。為了平息風波，蒙古統治者在佛教界的強烈要求下，前後召集了三次佛道辯論會。三次辯論均以道教失敗告終。到至元十八年十月，道經真偽的甄別工作告竣，具體負責這項工作的官員張易上奏甄別結果曰：「參校道書，惟《道德經》系老子親著，餘皆後人偽撰，宜悉焚毀。」忽必烈接到上奏後，立即詔諭天下：焚燬除《道德經》外所有《道藏》偽經。詔令下達第三天，大都地區的《道藏》偽經全部集中到憫忠寺，在朝廷官員和佛教四眾弟子的監督下全部焚燬。經過這次打擊，道教再也無力與佛教抗爭了。至此，歷經數十年的佛道之爭，劃上了圓滿的句號。

充分顯示憫忠寺宗教崇高地位的還有忽必烈親自召集編纂、湍吉祥參與校勘的《至元法寶堪同總錄》，作為憫忠寺一位通達佛理、擅長經論的高僧，湍吉祥曾得到元世祖忽必烈賜封的「通辯大師」之號，還曾從國師受戒，受賜「吉祥」之號。能參與《至元法寶堪同總錄》的校勘工作，說明元世祖對其是相當重視。因為，此書是元朝舉辦的一項重要佛教學術活動，也是元朝做出的一項重要佛學成果。

更名禪寺 重開律學

明代時，法源寺發生了較大變化：一是它在明正統、萬曆和崇禎年間經過了四次重修，這四次重修基本改變了此前法源寺的面貌，而奠定了今日法源寺的建築格局。二是在正統三年（一四三八年）第一次重修竣工後，法源寺改成了禪寺，並更改了寺名，英宗皇帝親賜寺名「崇福禪寺」。這次重修以太監宋文毅出力最大，他不僅是發起人和牽頭人，而且出資也最多。宋文毅來自越南，當時與他一起參與重建法源寺的還有他的同鄉阮民福、黎文遙等人。他們重修法源寺的事蹟無疑是研究明代宦官歷史和中越關係史的一段重要資料，也是中越文化交流源遠流長的重要歷史見證。

明初時，朝廷制定了對佛寺和僧侶宗派的分類制度，將佛教禪宗擺到了最高的位置。因此，崇福寺作為禪宗道場延續了一百七十餘年，直至萬曆四十二年，江南永海律師來寺重開律學。永海律師是明代法源寺律宗的第一位傳入者，所以後來被尊奉為「憫忠寺第一代律主」。

入清以後，每一位皇帝都對佛教採取攏絡政策。順治是滿族入關後的第一位皇帝，在位十八年，只活了二十四歲。他的一生雖然十分短暫，但與佛教卻結下了深厚的因緣，他禮敬江南禪僧，參禪問道，應請五世達賴喇嘛，修建寺塔，崇佛和好佛的態度在清初的法源寺歷史上留下了一段令人難忘的印記。

順治好佛　出家未成

順治帝對禪宗的喜好最初是出於政治目的，因為清朝入主中原後，並沒有使廣大的中原百姓完全歸服，反清鬥爭不斷發生，江南地區尤盛，很多明朝官宦子弟剃發出家隱匿。順治便想召僧問道瞭解情況，以便實施籠絡政策令其歸順。然而，當世祖與這些禪僧接觸後，很快被禪宗博大精深的思想和機鋒深深地吸引，並產生了極大興趣。從此專心於向禪師們參禪問道，對禪宗有了深切領悟。他拜玉琳通琇為師，自取法名「行癡」，凡請禪師說法之類禦箚都自稱「弟子某某」或「癡道人」，而對通琇禪師弟子均以「法兄」或「師兄」相稱。

順治十八年，世祖愛妃董鄂妃去世，世祖的心靈受到沉重打擊，一直以來接受和領悟的佛教思想使他萌發了出家的念頭，並讓玉琳通琇的弟子筇溪行森為他剃髮，考慮到大清江山社稷的安穩和億萬蒼生的安危，危急關頭，深明大義的玉琳通琇勇敢地阻止了順治。

清歷代皇帝護持　修寺賜匾立宗

康熙是清代最有作為的一代皇帝，雖然從小受的是儒家思想的教育，但對佛教也有濃厚興趣。當認識到佛教對清朝統治的重要性之後，他一直對佛教採取扶持和保護的政策，在世六十一年，興修佛寺，禮佛敬僧，為佛教做了大量功德。先後禮敬過五位住持高僧，其中一位就是憫忠寺第六代授璽律師。授璽律師主法源寺期間，一次平南王兒子尚之信來寺中遊玩，授璽見他「舉止輕躁，野性殘狠」，感到十分厭惡。三藩叛亂爆發後，康熙皇帝一次駕幸憫忠寺散心，授璽從容地寬慰康熙皇帝「尚之信佻悖無行狀，三藩必敗，不足煩聖慮。」三藩平定後，康熙皇帝念及授璽曾經對他的一番忠誠之語，特地御筆「存誠」二字賜給授璽律師。此匾至今還懸掛在法源寺淨業堂上。

在清代的帝王中，清世宗雍正與法源寺的關係最值得關注，他不僅對法源寺進行了全面修繕，並賜寺名，更重要的是以帝王的身份為法源寺正式確立了律宗的地位，並請來江南著名律僧永海福聚住持寺廟，開壇傳戒，重新開啟了法源寺律宗傳播法脈的端序。他重振律宗的目的非常明確，就是挽救禪宗的頹勢，要求佛教徒遵守戒律，做到識心達本，最後在定慧上得到成就。

雍正之後的乾隆皇帝更是一位熱心佛教的帝王，他與法源寺的因緣開始於乾隆九年（一七四四年），當時他為法源寺書寫了一部《般若波羅密多心經》。此經後鐫刻於石，現在還保存在法源寺大雄寶殿前。四年後，又撥款對法源寺進行大修，兩年後重修工程落成時，乾隆親幸法源寺瞻禮，親賜「法海真源」四字匾額，並即興賦詩《法源寺瞻禮詩作》，其中「最古燕京寺，由來稱憫忠。」一句廣為流傳。「法海真源」御匾則一直懸掛在法源寺大雄寶殿內，書法渾圓，遒勁有力。

清代的法源寺因為帝王們的眷顧而香火旺盛，高僧輩出，法脈傳承不斷，是法源寺歷史上律宗弘傳歷時最長、最有影響的時期。因為寺廟名稱的改變，律宗的法系也被分為憫忠和法源兩系。憫忠系共有秀岩、無還、常修、授璽、海潮、心宗、雪林、洪修、體德、師禮、慧寬共十一代。法源系共九代，文海第一，性實第二，圓林、圓升第三，明眼、明銘、明寬第四，定明、定誠、定齡第五，慧成、慧貴第六，昌濤第七，海祥第八，道階第九。道階法師一生研讀、弘法不輟，直到民國時期，於一九三四年示寂於南洋怡寶塢三寶洞。

法源寺天王殿中供奉彌勒佛銅像

法源寺中大雄寶殿是佛寺正殿，供奉釋迦牟尼佛及他的十八羅漢弟子

八指頭陀　革命詩僧

動盪不安的民國時期，法源寺經歷了各種各樣的歷史事件。時任住持的道階法師為法源寺乃至中國佛教做出了極大貢獻，他在法源寺的傳戒、紀念佛誕等佛事活動，對當時的社會產生了很大影響。他領導發起的《法源寺志》（王樹枏總纂）、《北平法源寺沿革考》（張仁海居士撰）等是研究法源寺歷史的重要文獻。《法源寺志》是民國期間完成的第一部法源寺志書，使法源寺這座千年古剎第一次有了志書，意義非常重大。他對佛教最大的貢獻是他主修的《新續高僧傳四集》，這是佛教歷史研究上的一塊豐碑。

法源寺歷來與高僧大德、社會名流有著不解之緣，民國時期也不例外，空也法師在這裡建立了中華佛學院，半途夭折後又成立法源佛學院。觀空法師曾在這裏住持學務，他翻譯的《三主要道》成為中國佛學院初期教材，是中國翻譯史上的一段重要史料。倓虛大師為了保住因諸多官司幾被當局沒收充公的廟產，臨時接管法源寺從而引發一段因緣。

法源寺有淵源的另一著名高僧就是寫過「洞庭波送一僧來」的詩僧八指頭陀，他十八歲出家，一生寫詩一千九百多首，他的詩反映現實社會，憂國憂民。一八七七年秋，在阿育王寺佛舍利塔前燃二指供佛，故有八指頭陀之稱。一九一二年，南京臨時政府成立，全國相繼成立了很多佛教團體，其中上海成立的中華佛教總會影響最大，八指頭陀被推舉為會長。為解決逐僧毀佛、侵奪寺產諸事而北行，到達北京後就住在他的法嗣道階住持的法源寺。面見當時禮俗司司長杜某時，八指頭陀據理力爭，使杜某理屈詞窮，無言以對，竟然厲言正色，對年屆高齡、深受各界敬重的佛教領袖人物大加訓斥。八指頭陀憤而辭出，回到法源寺住處，胸膈作痛，當夜病逝，時年六十二歲。八指頭陀作為名望極高的高僧，其足跡遍及東南，來北京駐錫法源寺，社會各界人士都欲一睹為快，商議召開歡迎大會，而八指頭陀卻撒手人寰，於是各界代表人士七十三人倡議改為追悼會。八指頭陀生前詩文集就已出版多種，圓寂後由楊度為之結集，一九一九年冬刊於法源寺，板存法源寺文楷齋，詩集十卷，詩續集八卷，文集一卷，共一函四冊。

丁香詩會　藝文雅集

法源寺詩名名聞遐邇、橫跨古今。除了早期的詩僧八指頭陀的詩名，法源寺的丁香則將法源寺三個字沾染了濃郁的幽香詩情。如今提到法源寺的同時就會說起「丁香詩會」。到寺中遊覽或禮拜，任何一個僧人、信眾或工作人員隨口都會為你講述香雪海中的詩情畫意。

「丁香詩會」起源於明、清踏青時節詩人吟詩唱和活動，至清代極盛。每年春天法源寺內丁香盛開之時，僧人備好素齋，邀集文人名士賞花賦詩。當時赫赫有名的紀曉嵐、洪亮吉、顧亭林、何紹基、龔自珍、林則徐等人和名噪一時的宣南詩社，都在這裡留下過足跡和詩篇。

民國時首開丁香詩會的是時任清史館館長、八十三歲的湘綺老人王闓運。一九一四年的春天，王闓運老人來京，約請在京名流、先朝耄舊百餘人，聚集法源寺共賞丁香，開留春宴，各賦一詩，會後還繪有《留春圖》。王闓運老人首唱五律二首，詩前作序，特別提到「丁香盛開，淨筵斯啟。群英翌至，喜不遐遺。感往欣今，斐然有作。列其佳什，庶繼蘭亭……」

十年後，印度大詩人泰戈爾到中國訪問，著名詩人徐志摩陪泰戈爾遊覽法源寺成了中印文化交流史上的一段佳話。而徐志摩本人更於法源寺傳出雅事一樁：當時正當丁香盛開，香氣襲人，徐志摩竟在樹下作詩一夜。此一雅事觸動了梁啟超的靈感，當年秋天，集宋詞以八尺宣寫了一幅大楹聯贈送給徐志摩以紀念此事。

遺憾的是，此後的社會動盪致使丁香詩會一直不能得以延續，直到二〇〇二年，由著名作家、學者李金龍先生提出恢復舉辦「丁香詩會」得到了有關部門的認可。當年四月十日，首屆「丁香詩會」隆重舉行，京城藝術名家、詩人、作家等集聚法源寺，吟誦詩篇。從那以後，每年的四月十日準時在法源寺舉辦丁香詩會。

傳戒佛誕盛會　文革佛事凋零

法源寺的傳戒始於清代雍正十二年文海大師首傳衣缽，天月和尚繼承法位，代代相傳，迄至清末戒法不斷。民國時期只舉辦了兩次傳戒活動，一次是一九二一年十月，道階法師接任法源寺方丈，經過十年慘澹經營才得以成全，傳戒共五十三天時間，傳授千佛三壇大戒、沙彌戒、比丘戒、和菩薩戒。同戒錄前有當時徐大總統、前黎大總統及蔡元培先生的題詞。第二次是一九三六年，由當時的方丈梵月法師特請退居現明法師主持傳戒。現明法師在傳戒錄中寫了《傳戒說明書》，從第一戒法、第二戒體、第三戒行、第四戒相四個角度對佛教之戒進行了論述。

除了兩次傳戒活動，民國時期的法源寺還分別於一九一三年和一九二三年舉辦了兩次佛誕紀念活動，兩次紀念活動都非常隆重莊嚴。但法源寺隨著社會動盪沉浮，情境每況愈下，經濟狀況也開始走入困境。雖然從寺廟擁有的田畝數（六十六頃）看還相當可觀，但由於實際收取的租額不高，無法滿足法源寺僧眾的日常開銷，為了生計，開始做起經懺佛事和出租房屋停放靈柩的經營生意。

解放後，法源寺得到政府保護，多次撥款維修。一九五六年中國佛學院在此設立。一九六三年的亞洲十一個國家和地區佛教徒會議在法源寺舉辦。然而，「文革」時期法源寺又遭到了徹底破壞，佛像被毀，圖書、文物被焚燒，凋敝景象慘不忍睹！只有歷代碑石及碑石上的冰冷文字倖免遇難，殿堂一片空寂，年久失修的建築岌岌可危，後來被一些單位和居民占住。

改革開放後　文教事業興起

一九七八年底，中國佛教協會報請政府將寺院收回重加修葺。一九七九年法源寺被批准為北京市重點文物保護單位。一九八〇年五月五日，中國佛教圖書文物館成立，因此，法源寺成為佛教文化和佛學研究一大中心。當月十八日，法源寺以嶄新的面貌迎來了鑒真大師像的展出，供奉七天時間，有十六萬信眾前來瞻仰。第二年，法源寺又舉辦了弘一大師書畫金石音樂展。此後，中國佛教協會傾注了大量的人力、財力，多次修葺，使法源寺得到了全面的恢復，殿堂佛像莊嚴，各項佛事活動正常開展，千年古剎重獲新生。

新時期的法源寺共升座明真法師、明學法師和一誠法師三任住持。寺內的中國佛學院也先後經歷了四任院長：學富五明精通佛學的喜饒嘉措，精通漢藏文化、有「當代玄奘」之稱的法尊法師，學養俱佳、以佛教為命的趙朴初居士，第四任院長由一誠法師兼任。

新時期的中國佛教圖書文物館也開創了新的輝煌，下設房山石經整理研究組、圖書室、善本室、藏文室、文物修復、文物保管、照相室、法源寺流通處等八個機構開展工作。

歷史悠久　處處古物

如今的法源寺紅色山門，格外醒目。門前有石獅、影壁，山門正中是一九八零年嵌入的用大理石雕刻而成的金色的「法源寺」三字。山門三門並立，院內松林修竹，紅牆古建，碑刻整齊排列，頗為壯觀。山門右邊的文官果樹已有三百年歷史，因當時「揚州八怪」之一的羅聘遊寺題詩而被列為法源八詠之一。

進得院落，左右是鐘、鼓二樓，令人遐想「暮鼓晨鐘」。通往天王殿的甬道上有一座鐵鑄香爐，兩隻青銅獅子，分別鑄於雍正和乾隆年間。鼓樓前有五塊碑刻，其中一塊為無字碑，其餘分別是《大悲院堅固塔記》、《住持錫梵碑》、《北平法源寺道階法師靈塔銘》、《道階老法師弘法之頌》。

在天王殿東側，翠竹掩映著《大蒙古燕京大慶壽寺西堂海雲禪師碑》、白話《聖旨》碑和《大元福壽興元觀記》三塊元代石碑。

面對山門的第一個殿就是天王殿，三開間，半圓拱門，拱圈有磚雕花飾，兩側半圓窗都有雕飾。天王殿兩側有門道賀廊廡，兩池翠竹依東西廊廡，葉茂色鬱，微風吹過，竹影紅牆相映成畫。

天王殿正中供奉的是彌勒佛銅像，高過一公尺，製作於明代。彌勒菩薩的兩邊分別供奉製作精良的四大天王明代銅像。彌勒菩薩背面是與之慈祥形象截然相反的韋陀菩薩，因為是佛寺的保護神，所以威嚴而震懾。這尊韋陀也是明代製作的銅像，高一點七公尺，雙手合十，橫杵於腕上。

院中第二進是位於一公尺多高平臺之上的大雄寶殿，也是寺中最大的一座殿堂，兩邊廊廡巧挾配殿，北望不見盡頭，更顯大雄寶殿神秘而莊嚴。台下遍植花草樹木，高大的白皮松和老槐樹遮天蔽日。寺裡的丁香也都集中在大殿左右，和憫忠閣周圍的丁香連成一片。在綠樹掩映下，明清兩代六座石碑分列大殿門前左右，石碑主要記載歷代修寺的經過。抬頭眺望，樑上高懸的乾隆御筆「法海真源」匾額格外搶眼。最不顯眼的是殿中迤南兩座青石柱礎，蓮葉翻卷，與唐代石幢花紋相近。而殿中一鐘一鼓確是法源寺原物。

大雄寶殿是佛寺正殿，供奉釋迦牟尼佛和他的十八羅漢弟子。釋迦牟尼佛像通高三點九七公尺，結跏趺坐於蓮台之上，左手定印、右手觸地呈「成道相」。文殊、普賢菩薩分立兩旁，身軀稍顯前傾，有元代造像風格。

大雄寶殿後面是憫忠臺，又稱戒壇、觀音臺、念佛臺。臺高一公尺，周圍護以磚欄，殿宇建於臺上，外牆以十二柱為架，室內以十二柱支撐。臺前有一具乾隆時造的石爐，下襯須彌座，幾層簷複蓋罩在上面，爐身雕鑄八寶盒雲紋，非常精細。臺內陳列法源寺從唐至今的歷代石刻文物，件件珍貴，發人深思。其中《無垢淨光寶塔頌碑》非常奇特，碑文一反常規，從左至右書寫，這在古代碑刻中絕無僅有。憫忠台東西配殿分別是齋堂和禪堂，是寺內僧眾和學僧日常過堂和坐禪修習之所。

憫忠臺再往裡一進是毗盧殿，又叫無量殿、淨業堂，殿中供奉毗盧遮那佛，殿前端置一大石鉢，鉢身周圍海水花紋並刻有山龍海馬，根據「瀆山大玉海」仿製而成，也屬稀罕之物。毗盧殿廊下東西兩側分立明萬曆年間的「九蓮觀音菩薩」和「達摩渡江」像碑兩座。

再往前就是大悲壇，院落不大，幾棵古松更顯清靜。大悲壇樑上懸掛康熙帝賜予授璽和尚的「存誠」匾額。大悲壇正中供奉聖觀音，左右分別是尊勝佛母和十八臂觀音，東西兩方供奉千手千眼觀音和綠度母、海島觀音和送子觀音。

經過大悲壇，通過側邊圓門進入就是藏經閣。藏經閣是兩層五開間建築，兩邊的兩個院落是東西方丈院，法源寺歷代方丈都居住東方丈院，西方丈院樓下是石經展室，樓上陳列房山石經拓片以及兩千多包藏文經典。大部分為北京版、拉薩版和德格版。藏經閣前古木參天、花草繁茂，銀杏樹綠蔭婆娑，臺階旁，種於一九五六年的兩棵娑羅樹枝繁葉茂，把院落襯托得恢弘壯觀。階前兩株西府海棠因龔自珍的一闕《減蘭》小序也成為「法源八詠」之一。

藏經閣內供奉明代木雕佛涅槃像，全長七點四公尺，是北京最大臥佛。上層正面供奉明代泥塑觀音、文殊、普賢三大士像。周圍明代經櫥中藏有南藏、北藏、嘉興藏、清龍藏等各種版本的大藏。閣內有四件青石制柱礎，是景福年間重修法源寺時建觀音閣之物。臥佛東邊是造於清乾隆年間形態各異的三座琺瑯塔，西邊供奉著出土于房山北鄭村遼塔內的陶幢和陶塔。

二千年，臺灣作家李敖所著《北京法源寺》出版後，在海內外廣泛流傳，使法源寺名聲大噪。如今，這座千年古　憑著崇高的宗教地位、悠久的文化歷史和滄桑的建築歷程而吸引著人們朝聖的腳步。

供奉佛舍利的靈光寺

石砌招仙塔　供奉佛牙舍利

靈光寺位於北京西山餘脈翠微東麓的山腰間，是西山八大處中最早建造、最重要的一座寺院。因供奉佛牙舍利而聞名於世，並成為全世界佛教徒朝拜中心之一。

靈光寺創建於唐代大歷年間（七六六～七七九年），當時名為「龍泉寺」，歷史對當時寺廟的佛事鮮有記載。到遼代咸雍七年（一〇七一年）曾經加以擴建，丞相耶律仁先之母鄭氏為供奉佛牙舍利建造了「招仙浮屠」（塔），塔為八角形，以雕磚砌成，規模宏大。「十層八樓，俗稱畫像千佛塔，繞塔基有鐵釘龕十六座。」金世宗大定二年（一一六二年）重加修葺，改為覺山寺，後來年久傾塌。明朝宣德三年（一四二八年）年又重修一次。

在靈光寺歷史上第一次較大規模重修應該是在明英宗正統年間，即一四三六至一四四九年，當時在全國各地徵調木材進行擴建，完成後，賜名大靈光寺，從此，寺名一直沿用，再也沒有更改過。

據記載，明朝修建的靈光寺「殿宇弘邃、廊廡深靜，崇墉高門既周既堅，像塑儼設」，整個寺廟極為宏闊壯麗，可惜這些壯觀建築都已不存，只能供後人遐想而已。

清代在靈光寺的歷史上，整個沒有過大修的記載，倒是在光緒年間遭遇了一場讓人痛心疾首的滅頂之災。事情緣於北京城內一個叫韓靄軒的「倉花戶」，以妓院營生，賺了很多錢，在靈光寺置了外宅。此人也非等閒之輩，清末著名的妙峰山香會之「小馬圈五虎棍會」即屬他所辦。因為與洋人關係密切，一九〇〇年，韓靄軒被義和團所殺，他的家人請當時已經攻入北京的八國聯軍來替他復仇。當時義和團正好在靈光寺設壇，聯軍在靈光寺東二里地的四平台村口架炮轟擊，寺內招仙浮屠被炸塌，又「屠戮居民甚眾，並及諸剎。而靈光為肇事地，故受禍亦劇」。從此，靈光寺夷為一片廢墟，數年後，滿院荊棘蒿草，一派淒涼。靈光寺僧海山和尚雖欲重修志願誠懇，但畢竟勢單力薄，慘澹經營數年，也僅蓋起幾間屋舍，再無力修建殿堂。於是拜託承恩寺聖安長老。聖安長老在師兄法安的協助下，經過近二十年的募化，積蓄三萬六千兩白銀，慷慨力任，篳路藍縷，自一九〇一年到一九二三年，終於「成殿宇廊舍七十餘間」。使靈光寺得以重生，故命名「重興靈光寺」，人們只呼「重興寺」。

在重建靈光寺過程中，清理遼塔塔基瓦礫時，發現一裝有沉香木匣的石函，匣上寫著「釋迦牟尼佛靈牙舍利，天會七年（九六三年）四月廿三日記、善慧書」，打開木匣，果然看到一顆佛牙。匣文記錄人善慧是北漢名僧，據此推斷這顆佛牙已經進入中國一千五百多年，並已在這裡供奉了八百多年。聖安和尚遂率眾僧將佛牙舍利供奉于靈光寺禪堂，作為鎮寺之寶。從此，靈光寺聲名遠揚，僧眾信徒紛至沓來。

一九四〇年起，靈光寺住持叢棠法師在寺裡開辦了三年的佛教講習所，供青年僧侶修習佛學經典。講習所學僧大多來自大鐘寺、拈花寺，也有來自南方寺院。講習所講授佛教史、佛教經典和古文，「沙門釋子共聚名藍，黃卷青燈、晨鐘暮鼓，令人羡慕不已」，在當時的僧眾中很有影響。

當然，真正吸引僧眾向心和崇拜腳步的還是珍貴的佛牙舍利。因為這是佛祖圓寂火化後僅留下的兩顆佛牙舍利中的一顆。另一顆傳到了錫蘭（今斯里蘭卡），現存靈光寺的這

靈光寺佛牙塔

一顆最早是傳到當時的烏萇國（今巴基斯坦境內），後來由烏萇國傳到於闐（今新疆和闐縣）。五世紀中，東晉高僧法顯到和闐遊歷，把這顆佛牙舍利帶回南齊首都建康（今南京）。隋朝建立後，佛牙被送到長安。五代時期，中原戰亂，佛牙舍利又輾轉傳到了當時北遼都城燕京（今北京）。難以想像這顆佛牙舍利在流傳過程中經歷了怎樣的因緣際遇，無比幸運的是，它最後落定于西山翠微山麓了。咸雍七年（一〇七一年）重修時，特別為這一稀世珍寶新建招仙浮屠，以長久供奉。招仙浮屠被八國聯軍炸塌後，佛牙舍利也沉靜於廢墟中二十多年，直到重修靈光寺時，聖安和尚發現並供奉到殿堂。此後，由於長期社會動盪，佛教界一直秘密保藏、供奉著這顆佛牙舍利。直到解放後的一九五五年，中國佛教協會將佛牙舍利迎請到廣濟寺，供奉在舍利閣七寶塔中，供國內外佛教徒瞻仰、朝拜。為了讓更多的人得以瞻仰這一聖物，從一九五五年和一九六一年，中國佛教界曾應緬甸和斯里蘭卡佛教界請求，護送這顆佛牙舍利供兩國信徒朝拜。

新建佛塔　地宮珍寶

一九五六年，八大處被正式宣佈為第一批文物保護單位，靈光寺曾經的神聖得以鉤沉。次年，中國佛教界倡議依照佛教傳統在原塔址西北重建新塔，永久供奉佛牙舍利，這一倡議得到周恩來總理的大力支持。一九五八年開始動工，歷經六年的精心設計和建造，到一九六四年春天，一座莊嚴雄偉的佛牙舍利塔在靈光寺落成，並修建了山門殿和東、北兩配殿，形成一個以佛牙塔為中心的佛教寺廟建築群。

新建的佛牙舍利塔，並沒有完全復原遼代招仙浮屠的原貌，而是融入了上世紀五、六十年代佛塔建築的新元素，比遼塔更加雄偉壯美。舍利塔高達五十一公尺，八角形，為十三層密簷塔格式，底部以高出地面二點七公尺的漢白玉石作塔基，飾以蓮花石座和玉石雕欄，周牆遍鑲石刻碑記與經文。塔頂八角攢尖，覆綠色琉璃瓦，塔頂石露盤上以梵、巴利、漢、藏四種文字刻寫《法身偈》等偈文，塔頂內供奉著尼泊爾國王贈送的佛陀肉身舍利。塔頂以下共六層，佛牙塔第一層與塔門為同一層，塔室用大理石砌成。第二層是供奉佛牙舍利處，佛牙舍利金塔安置在大理石砌成的金剛寶座上，金塔自塔剎、塔身到塔座通體純金並鑲滿各種珠寶，佛牙舍利供奉在塔內的金蓮花座上。金塔四周有八座小金塔，每座小金塔的塔身玻璃窗內各有一幅佛像。舍利塔前的硬木雕刻供桌上是「乾隆五彩」瓷五供及八寶。這一層的金塔及供品都是上世紀六十年代北京故宮博物館提供的皇家珍貴文物。

佛牙塔第二層以上還有六層空心塔室，塔室內供奉的是來自全國各地、各民族三大語系佛教徒敬獻及東南亞佛教國家饋贈的珍貴經像法器，儼然一座小型佛教博物館。

塔下有地宮，地宮裡立有「佛牙舍利修建委員會一九五八年六月釋迦牟尼佛誕辰奠基碑」和「中國佛教協會佛牙舍利塔重藏碑記（一九九六年立）」兩塊石碑。地宮內的法器法物是一九九六年製品，為曼荼羅壇場佈置。

一九六四年六月二十四日、二十五兩天，中國佛教界舉行佛牙舍利塔開光盛大法會，恭迎佛牙舍利入塔。中國佛教協會時任會長喜饒嘉措大師主持法會，副會長趙樸初、阿旺嘉措、噶喇藏、巨贊、周叔迦及首都佛教界參加了這一隆重盛典。同時，柬埔寨、錫蘭、印尼、日本、寮國、蒙古、尼泊爾、巴基斯坦及越南等亞洲各國佛教界都應邀派遣代表團前來參加朝奉。

如今，靈光寺佛牙舍利塔已經成為八大處的象徵，提起八大處，人們就會想到佛牙舍利塔。

法師守塔　十方來朝

一九七九年，中國佛教協會委派臨濟宗第十一代傳人、淨慧雙修的海圓法師到靈光寺守護佛牙舍利塔。海圓法師生於一九〇七年，來靈光寺時已屆七十二歲，在那經濟困頓，物質匱乏的年代，孤身一人守塔，其艱苦可想而知。但海圓法師畢竟是一代高僧，在當時的艱難境況下，仍主持僧伽刻苦修行，嚴守戒定慧三學，勤於功課，生活簡樸，威儀嚴謹，使靈光寺道場得以宏揚光大。海圓法師守塔二十多年，靈光寺佛光普照，法雨廣施，信徒猛增，弟子達十萬之眾。來此朝拜的有緬甸、英國、法國、日本、朝鮮、韓國、東南亞各國及港澳臺地區信眾，也有慕名而來的政要。靈光寺逐步發展成為國內外聞名的佛教道場。

如今的靈光寺依舊維持著聖安大師重修時坐北朝南縱向佈局的建築風貌，但因數次重修、擴建，古建群落已發生了徹底改變，殿堂閣舍的功用也不同以往。寺內以佛牙舍利塔為中心，結合山勢走向形成東南朝向的軸心，南部為大悲院和金魚池院，北部分別為方丈院、塔院、居士院和大雄寶殿。

塔前山門殿也是佛牙舍利塔的拜殿，為歇山卷棚頂式，面闊三間，殿頂用明黃琉璃瓦，在陽光下金碧輝煌，簷下懸「佛牙舍利塔」鎏金大字的巨匾，殿中供奉著泰國僧王贈送的釋迦牟尼佛純銅貼金銅造像。從山門拜殿到佛牙舍利塔，以及附屬殿堂都是一九五八年興建的仿古建築。

歸來庵前　臨池照水

大悲院殿內供奉千手千眼觀音。東殿房是臥遊軒，供接待遠道前來拜佛的嘉賓香客使用，西側配房為僧舍。金魚池院的大金魚池是古蹟，在殿後峭壁下，建於清咸豐年間，原為寺內放生池。池中有子午蓮，「錦鱗遊弋，魚盈尺許」，據說，這些金魚是在一八五一年以前放養的，在這裡繁殖已有一百三十多年。

水池北側的五間軒舍始建於清末，舊時稱「歸來庵」，一九八四年重建時增建了一條長廊，把歸來庵和拜佛殿連綴起來。庵堂灰瓦紅柱，遍施丹青，臨池照水，相映成趣。

佛牙舍利塔北側有兩處新景觀：一個是石梯拾級而上、於二千年依山而建的心經壁，一個是五百羅漢牆。

壁刻心經　浮雕羅漢

心經壁上是已故中國佛協會長趙樸初手書般若波羅密多心經，壁寬三十公尺，高七公尺，基座為花崗岩，牆面是青白石，頂端以綠琉璃瓦覆蓋，莊嚴典雅、質樸大方。此壁鐫刻的心經行楷大字，由趙樸初居士生前潛心恭錄，貼金大字，如行雲流水。

五百羅漢牆建于二〇〇四年，是立體式鏤空浮雕，長二十五公尺、高八點三五公尺，由福建省莆田市四十餘位雕刻師耗費了兩年多時間雕刻而成，石材全部採用花崗岩、青白石，僅耗用毛石材就達一千多噸。這樣大的五百羅漢浮雕，在中國罕見。牆上的羅漢形象，神情畢肖，充滿藝術想像。

靈光寺於一九八三年被國務院確定為漢族地區佛教全國重點寺院，中國佛教協會派駐僧人管理，承續著海圓法師當年開創的每月初一和十五公開佛事法事，與香客見面，共同參與佛事法事的傳統；四月初八「浴佛節」前後，寺內會舉行誦經法會，用花草作花亭，亭中放置誕生佛像，再以香湯、水、甘茶、五色水等物從佛像頭頂灌浴。同時還會舉行拜佛祭祖、供養僧侶等活動。

一九九八年十一月二十二日，紀念佛教東傳二千年法會、中國佛教二千年紀念大會，就在靈光寺佛牙舍利塔前舉行，使靈光寺更成為在中國佛教界舉足輕重的重要寺院。

相信佛牙舍利將永遠吸引著全世界佛教徒的目光，也必將永遠彰顯著靈光寺的崇高和神聖。

臥佛寺

臥佛寺即「十方普覺寺」，位於西山北部壽牛山南麓、香山東側，距市區三十公里，因寺內一尊臥佛聞名而俗稱臥佛寺。

臥佛寺始建於唐貞觀年間（六二七～六四九年），原名兜率寺，是大乘佛教唐代禪宗的皇家寺廟。兜率梵文意為「妙足」、「知足」。以後歷代有廢有建，寺名也隨朝代幾經變更。

元延佑七年（一三二〇年），元仁宗之子、元英宗碩德巴剌繼承帝位，當年九月下令在兜率寺的舊址上擴建壽安山寺，但過程頗多曲折，其間有人認為修建寺院大興土木，勞民傷財，於是上書極力勸阻，元英宗非但不聽，反而判殺和杖罰了上書人，「給鈔千萬貫」，繼續責人專門監督修建。經至治、泰定、天曆，到至順二年終於完工，改名「大昭孝寺」，後又更名「洪慶寺」。

明宣德、正統年間再修，賜名「壽安禪林」，並頒大藏經一部藏於佛殿。歷經宣德、正統、成化、嘉靖、萬曆等朝五次大修，臥佛寺的規模趨於完整。其中，成化十八年（一四八二年），明憲宗在寺前建起一座如來寶塔以供奉舍利，只是這舍利後來不知所蹤。

至清代雍正十二年（一七三四年），因感於「此七寶床上古佛，現前丈六金身，蓋覆大地，占斷三際，不往不來，豈非一佛臥遊十方普覺歟？」清世宗賜寺名為「十方普覺寺」。乾隆年間，又對臥佛寺進行了大修，終於形成今天的格局。

臥佛寺依山勢而建，坐北朝南，建築規整，對稱嚴謹，環以花園，水石奇秀，竹樹交蔭。整座寺院背靠壽安山，共四進殿院，左右圍以廊廡配殿。山門正中門額上懸著「十方普覺寺」，原有雍正御筆，現為趙樸初補題。天王殿、三世佛殿、臥佛殿、藏經樓，依次由南而北排列在中軸線上，中軸線東側為齋堂、大禪堂及霽月軒、清涼館、祖堂等。西路院為行宮院，雍正、乾隆兩代皇帝所修。行宮院前後五重院落，三座行宮。院裡有兩組假山，名曰「積雲」。清高宗在行宮內多有詩作。東路院共五進院落，為僧舍。前面還有一小院。三組建築平行排列，組成一個長方形整體。

站在寺前環顧三面環山而居於中的處境，就能體會當年建寺選址之講究。臥佛寺建築群是中國佛寺早期的一種佈局方法，沿襲唐代伽藍七堂的法式，這種平面佈局在北京非常少見。清雍正皇帝稱其為「入山第一勝境」、「西山蘭若之冠」。

臥佛寺最出名當然還是臥佛，想當年更是一木一銅兩尊，實屬難得。木像放在三世佛殿，銅像放在後面臥佛殿。可惜那尊珍貴的香檀木臥佛在清代已不知去向，現在能看到的只有銅臥佛。銅臥佛據說是釋迦牟尼在印度拘屍那伽城外圓寂前的姿勢，側臥榻上，頭東腳西，面朝南方，雙目微合，表情安詳，體態均勻，衣褶流暢，右臂彎曲，右掌托頭，左臂伸直，指掐吉祥印，似大徹大悟之態。佛像身長五點二公尺，用銅二萬五千公斤、用工七千人。是北京現存最古、最大、最精的銅臥佛，做工極為絕妙，「滲金甚精」。臥佛身後三面環立著十二尊塑像，都是他的大弟子，亦稱十二大士，即「十二圓覺」像。除了臥佛，因秋季樹葉多為黃色，在文人筆下還有一個美麗的別名「黃葉寺」。因深得皇帝崇敬，寺廟中多有皇帝題字。另有六塊明代石碑記載著寺廟的變遷史。

臥佛寺裡還有一件可以與臥佛相媲美的寶物「三世佛殿前的兩株娑羅樹」，曾經有「遊臥佛寺，看娑羅樹」的說法，可見娑羅樹之地位特殊。

娑羅樹「不芘凡草，不止惡禽」，葉似枇杷，花苞如拳，一簇三十餘朵，花期長達一個月。原只在南方幾個城市生長，在北方的臥佛寺長得枝幹參天，實屬少見，也是此山獨有。據說兩棵娑羅樹是建寺時從印度移植而來，但現僅存一棵。

臥佛寺除了這些寶物，還有四大景觀與眾不同，即半月池、古蠟梅、古銀杏和十八羅漢。

天王殿前的古蠟梅於唐貞觀年間的臘梅曾經一度枯萎，而後又發出新芽，長勢茂盛，所以又叫它「二度梅」。近幾年，這株千年古蠟梅年年開花，芳香四溢，每年早春吸引著眾多愛梅人士來觀賞拍攝。

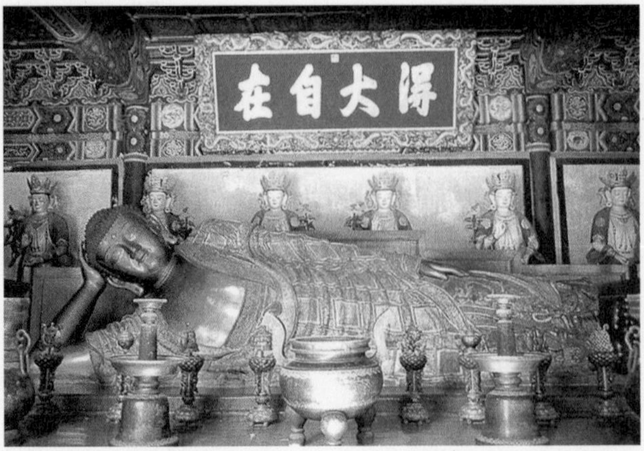

臥佛寺中的銅製臥佛

臥佛寺兩株古銀杏樹齡已超過在八百歲，依然挺拔蒼勁。傳說，這兩棵樹是為了象徵釋迦牟尼涅槃於娑羅樹下，早年從印度移植來的，因而此樹又有「聖樹」之稱。

三世佛殿內，三世佛兩廂泥塑彩繪的十八羅漢，個個身披袈裟，手拈佛珠，神態各異，栩栩如生。唯獨東面最南端的一尊羅漢卻戴帽穿靴，身著雙龍戲珠袍，與眾不同。原來，篤信佛教的乾隆皇帝即位前曾一心想皈依佛門，但即位後未能實現心願。在臥佛寺大修時，他自認為已修成正果，便命手下將其中一個羅漢去掉，換成了自己的塑像，這才有了現在帶有乾隆皇帝塑像的十八羅漢。

歷史悠久、積蘊深厚的臥佛寺於一九五七年和二〇〇一年分別被列為北京市和全國重點文物保護單位。遺憾的是，如今稀有經聲佛號，僅僅作為遊覽勝地了。

崇效寺

崇效寺位於法源寺南邊偏西位置，雖然現僅殘存一座明代二層帶樓廊的藏經閣，但因早於法源寺十八年建寺，且當年曾有牡丹與法源寺丁香相提並論而名噪一時，所以不禁要追憶一下它的輝煌歷史。

據清李慈銘《桃花花聖解庵日記》載，崇效寺為幽州節度使劉濟於唐貞觀元年（六二七年）舍宅而建。到元代，「以唐貞觀元年所建佛寺舊址建寺，賜額崇效寺」。明朝天順及嘉靖年間先後兩次重修。

歷史上的崇效寺坐北朝南，占地面積八千多平方公尺，有房屋一百一十四間，附屬房屋十六間。主要建築有主殿、大殿、後殿、天王殿等。

崇效寺一直以育花著稱。清初棗花出名，到清中葉以丁香出名，後來又育牡丹。「法源寺丁香、崇效寺牡丹」一直被世人相提並論、津津樂道。每到暮春三月，牡丹盛開。平時地僻人稀的崇效寺就會有人紛至沓來欣賞牡丹。當時的牡丹圃在崇效寺大殿西北角，占地大約三分之一畝，除了常見的姚黃、魏紫外，還有一兩株名貴的墨牡丹和綠牡丹。據說崇效寺墨牡丹是其他地方絕無僅有，堪稱天下一絕。圍繞墨牡丹，還有一個故事：清末大學士王文韶退居林下後，在牡丹怒放的季節想到崇效寺觀賞墨牡丹，提前一天派人通知和尚，和尚乃趨炎附勢之人，第二天看到另一位捐班候補道王大人率眾浩浩蕩蕩而來，以為是王文韶光臨，就隆重接待，並恭請素齋，在王大人觀賞之餘更索性把那枝墨牡丹剪下來讓王大人帶回去瓶供。等到下午，王文韶小帽便服來到崇效寺時，已經枝殘花無，再也看不到墨牡丹了。

明吏部主事楊繼盛曾來崇效寺遊覽，並為寺院題「無塵別境」。清朝直到民國，王士禎、林則徐、康有為、梁啟超、魯迅、許壽裳都曾到此領略寺院景致。雖然崇效寺到一九三〇已基本廢棄，人跡罕至，但每到牡丹盛開季節，還是有很多人前來觀賞牡丹。一九三五年，北寧鐵路局特開觀花專車，接運客人來崇效寺觀賞牡丹。一九四九年後，朱德、徐特立、黃炎培等也曾來此觀花。

一九五〇年，葉恭綽先生自港赴京，看到崇效寺牡丹大部枯萎，非常惋惜，便向北京市人民政府建議把牡丹移到中山公園。如今要想欣賞當年崇效寺的牡丹，就只好去中山公園了。

隨著牡丹的外遷，崇效寺也不復存在而變身白紙坊小學。崇效寺往日的輝煌再也不見蹤影，牡丹的花香也早已飄逝，現存十分老舊的藏經樓孤零零佇立其間，似乎在向人們訴說著久遠往事。

好在白紙坊小學以「崇真、效善、尚美」校訓，繼承「崇效」真髓教導學生，這也算是昔日崇效寺對於今天的意義吧！

銀山塔林

銀山塔林位於昌平天壽山東北下莊鄉海子村西南銀山南麓的大延壽寺遺址內，距離北京市區五十公里。這裡群峰連綿，巨石累累，岩壁色黑如鐵，到了冬季瑞雪紛飛之際，山上積雪似銀，故有「鐵壁銀山」之稱，居明清「燕平八景」之首。

追溯銀山塔林的歷史要從大延壽寺的淵源說起。早在唐憲宗元和年間（八〇六～八二〇年），當時名僧鄧隱峰禪師便在此處創佛嚴寺講經說法，建有佛殿僧舍七十餘間，在古幽州寺院中規模突出，成為高僧闡揚佛教的重要道場。遼壽昌年間（一〇九五～一一〇一年），滿公禪師又在此山修建了寶岩寺，其後通理、通圓、寂照三位禪師也先後來此說法修行。金天會年間（一一二三～一一三五年），禪宗五家之一的「雲門宗」高僧佛覺大師也來到銀山，並於天會三年創建了大延聖寺。寺廟依山而建，殿宇巍峨，雄偉壯麗，引得各地法師、高僧紛至沓來，雲集於此，銀山因而名聲大噪，與著名的江蘇鎮江金山寺遙相媲美，時有「南金北銀」之譽。

元朝及其以後直至明朝，銀山一帶的寺院建築不斷增加和改建，寺院越建越多，規模日益擴大。明宣德四年（一四二九年），司設監太監吳亮出重資重修大延聖寺，歷經八年方告成，明英宗朱祁鎮欽賜寺額「法華禪寺」。當時的法華禪寺，有殿五座，山門、禪堂、方丈齋廚大小建築完整配套，與周圍眾多小型寺院連為一體，時稱七十二庵。

大延壽寺作為佛教聖地，來此講經弘法的高僧不斷，這些高僧、法師圓寂後便建塔紀念。金、元、明、清四代，銀山相繼建成眾多墓塔，這些墓塔形制各異、大小不一，高則數丈，小有數尺，分佈於山麓之上或寺院之中，民間有「盧溝橋獅子數不清，銀山佛塔數不盡」之說。

在這些數不清的寶塔中，建在當初鄧隱峰說法臺上的蘑菇狀石塔最為著名，被譽為銀山寶塔中的「鎮妖塔」，又叫「轉腰塔」。千百年來，鎮妖塔猶如一名忠實衛士，以佛法壓邪鎮惡，捍衛著銀山正氣。又因為有「繞塔左右各轉三圈能治癒腰腿疼痛」的傳說，所以直到現在，來銀山的遊客都要登上轉腰塔轉上幾圈。值得一提的是，說法臺旁有棵松樹，彎曲形狀猶如衣架，隱峰大師說法時常掛衣於此，所以成就今日「隱峰掛衣處」一景。

一九四一年日軍進犯平北抗日根據地路過銀山時，毫不猶豫地將罪惡之手伸向這清幽古剎，廟宇建築遭到拆毀，靈塔的劫難更是不堪入目。

目前保存最完整、最大的是延壽寺廢墟上的遼金時期五座大型磚塔。分別為遼金時期佛覺、懿行、晦堂、圓通、虛靜等五位著名佛教大師的靈塔。這些造型精美、雕藝精湛的塔群歷經六百年歲月和人世滄桑，依然完好地聳立於優美雄奇的銀山之中，成為我國現存古塔中的珍貴遺存，銀山也因而成為中國現存遼塔最多的風景區。

改革開放以後，經政府和各方善信籌資修復，銀山又恢復了部分景觀。一九八八年銀山塔林被公佈為第三批全國重點文物保護單位。銀山也因坐擁大型歷史古蹟而成為4A級風景區。

如今，銀山鬱鬱蔥蔥的松柏，大片的橡樹、梨樹、栗樹、核桃樹形成的四季各異的紛繁色彩包裹著古老塔林，讓其深厚佛韻的幽靜和隔絕得以長久留存。

銀山塔林有鐵壁銀山之稱，居燕平八景之首

寶應寺

寶應寺位於宣武區登萊胡同二十九號，相傳是唐代建制的古剎。廟裡有明朝萬曆年間編修顧秉謙撰文的《重修寶應寺碑》，根據碑記推斷寶應寺最晚也在明朝以前修建，明萬曆三十年（西元一六〇二年）重修，清乾隆六十年（西元一七九五年）曾大修。

清乾隆至道光年間，山東黃縣賈東愚等在京為官的同鄉集資所蓋的山東人同鄉組織和寶應寺合併，被改為山東登州、萊州、膠州三州義園，統稱登萊膠義園。但周圍居民不認「登萊膠」，從來都叫寶應寺。五十年代以來，棄佛辦學，成為後來的「宣武師範二附小」。

寶應寺坐北朝南，格局規整，以現存圍牆為界，南北六十九公尺，東西六十一公尺。中路從南向北依次為天王殿、正殿、後殿，西路為兩進院落。近幾年又在僅存的四大殿和偏院基礎上進行大修，並新建廟門、院牆和頭層大殿。廟門上石刻橫額「寶應寺」，潔白粉牆，青瓦蓋頂，比原來的寺廟更壯觀，但目前還沒有對外大開山門。寺內還保存明萬曆三十二年（西元一六〇四年）所鑄銅鐘。

鳳翔寺

鳳翔寺位於懷柔縣城東南十里的仙台村內。始建於唐代，原名「仙聖傳院」，金代改為「鳳翔寺」，最後一次修建是在清嘉慶年間。

鳳翔寺原有七層殿宇，今僅存天王殿，建築在一個能容納八、九十人的地下古洞之上，面闊三間，面積約八十平方公尺。左右各有耳房兩間，東西廂房各有三間。院內有古柏兩株，直徑達二尺，樹齡約五百年。嘉慶年間重修鳳翔寺碑立於大殿前面。東廂房北山牆處存有一點三公尺高的明萬曆年間鐵鐘。大門外有遼代經幢兩尊等古物。

鳳翔寺名聞遐邇，在國內外都有較高知名度，據說日本仙台市就是由鳳翔聖地仙臺村得名。另外，寺廟還保存唐代建寺高僧真金化身。

05

遼、金、元時期北京興建的寺院

漢藏融合的白塔寺

漢藏喇嘛塔　顯密佛教傳

白塔寺位於在阜成門內大街路北，是北京唯符一一座漢藏合一的寺廟。白塔寺即妙應寺，因寺內一座通體潔白、雄偉壯觀的藏式喇嘛塔被人們習慣地稱為「白塔」。白塔從建成開始直至今日在歷朝歷代所有僧俗二眾的心中始終有著舉足輕重的地位和影響。

白塔寺始建於遼道宗壽昌年間（一〇九五～一一〇〇），原名永安寺。遼道宗耶律洪基是遼代歷史上奉佛最虔誠、最熱心的一位帝王，史稱他「一歲飯僧三十六萬，一日而祝髮三千」。在他的扶持和帶動下，遼代佛教在他在位時達到了鼎盛。當時的永安寺就成為一座典型的密宗傳播道場。遼代著名的佛學大師道㲀曾在此弘法，並主持興建了一座佛塔「釋迦舍利之塔」。道㲀大師自幼出家，十五歲學習律學，後來四方參學，博達多聞，「內精五教之宗，外善百家之言」，一生大唱顯密圓通，認為顯教和密教在理論和修法上應當互相吸收、融合，優勢互補，同時他也將這一理論貫徹於自己的修行中。他的淵深佛學和獨特思想在當時人口眾多、文化繁盛的燕京贏得了極高的聲譽，道宗因此賜予他「顯密圓通法師」之號，他的思想全部凝聚於著作《顯密圓通成佛心要集》中。

道㲀大師對永安寺最大的貢獻是主持造塔供奉舍利，塔內藏有釋迦佛舍利戒珠二十粒、香泥小塔二十四座、《無垢淨光》等陀羅尼經五部，體現了永安寺鮮明的密教色彩。只可惜蒙古汗國在一二一一～一二一四年對金中都城的四次圍攻後終於得手，連續幾年的蒙古滅金戰爭使城中宮闕廢為瓦礫，永安寺也無可倖免地被毀。

到了元代，原本信奉薩滿教的蒙古民族接觸到藏傳佛教後，民族生活習俗、民族心理和宗教信仰的相似性使他們選擇藏傳佛教為主要信仰對象，因而建造寺廟以祝願祈福成為一種需要。而為了增進與藏民族的關係，確保多民族國家的長治久安，忽必烈對藏傳佛教大興賜封，廣建寺塔。至元八年（一二七一年），因在永安寺原址發現了舍利和「開乎天意」的「至元通寶」，因此敕令重建永安寺。為了祝禱皇帝生辰而取名為「大聖壽萬安寺」。

尼泊爾良工之萃　融兩國特色建造

大聖萬安寺是先建白塔後建與之配套的殿堂群落。忽必烈建萬安寺的用意頗深，寺廟工程開始以後，作為帝王的他表現出了超乎尋常的關心。在興建白塔時，他親自選派尼泊爾著名工匠阿尼哥負責形式設計並主持建築工程。

阿尼哥在元朝四十餘年，共建造了「塔三，大寺九，祠祀二，道宮一」共十五座宗教建築。並為皇室製作了很多集繪畫與手工工藝於一體的「禦容織幀」。在造像藝術方面不僅傳授自己的兒子，還教出了漢人弟子劉元。後來，北京廣濟寺、八大處香山寺、白雲觀、東嶽廟等處的神像都出自劉元之手。

阿尼哥精心負責修建的白塔既採用了尼泊爾的形制，又融合了具有中國民族特點的裝飾，是喇嘛塔中的精品。磚石結構的白塔由塔基、塔身和塔剎三部分組成。臺基高九公尺，塔高五十點九公尺，底座面積一四二二平方公尺。臺基分三層，最下層呈方形，臺前有一通道，前設臺階，可直登塔基，上、中二層是亞字形的須彌座。臺基上砌基座，將塔身、基座連接在一起。蓮座上又有五條環帶，承托塔身。塔身俗稱「寶瓶」，形似覆缽，上安七條鐵箍，其上又有亞字形小型須彌座，再上就是十三天相輪，象徵佛教十三重天界。頂端為一直徑九點七公尺的華蓋，華蓋以厚木作底，上置銅板瓦並做成四十條放射形的筒脊，華蓋四周懸掛著三十六副銅質透雕的流蘇和風鈴，微風吹動，鈴聲悅耳。華蓋中心處，還有一座高約五公尺的鎏金寶頂，以八條粗壯的鐵鏈將寶頂固定在銅盤之上。喇嘛塔所用材料多數為石塊且表面塗灰刷漿，通體皆白。而塔剎圓盤多用銅鑄，因此在紅日藍天下，光彩耀目。

白塔落成之日，京師為之震動，元代碑文中清晰地寫道「非巨麗，無以顯尊嚴；非雄壯，無以威天下！」此塔的出現，對內地明清兩代喇嘛塔的興建有著極其深遠的影響。是元大都保留至今的重要標誌，也是中尼兩國人民友誼和文化交往的歷史見證。

一箭之地 巨剎聳立

白塔建成後，忽必烈又請八思巴帝師的同父異母弟弟、在當時京城的佛教界也享有很高聲譽的亦憐真親自為白塔裝藏，並敕令以白塔為中心向四方各射一箭以規劃寺廟的宏偉藍圖，「一箭之地」按現在推算大約是二百公尺的距離，那麼萬安寺的面積應為十六萬平方公尺，相當於一般寺廟的好幾倍。歷經九年工程之後的至元二十五年，一座「殿陛欄楯，一如內廷之制」的巨剎終於聳立在當時都城平則門（今阜成門）裡街北。因塔、寺位於元代大都城的西部，故又有「西苑」之稱。

從元世祖忽必烈開始，萬安寺一直作為宮廷「百官習儀之所」。成宗元貞元年（一二九五年），鐵穆耳在萬安寺主持「國忌日」活動，飯僧達七萬多人。萬安寺的規模之大，從元人記載的「萬安寺闕山門要騎馬搖鈴」可以想像。

規模宏大的萬安寺在元朝九十餘年的歷史上始終香火旺盛，在宗教上享有崇高地位，是當時皇家進行宗教活動和百官司儀的中心場所，同時也是蒙漢佛教及其他經書的譯經之處。元世祖忽必烈於至元三十一年去世後，皇室在白塔兩側修建了神御殿（也稱影堂），每個月都要派遣官員致祭。

萬安寺宗教地位的另一個體現是忽必烈將在印度和中國流傳了兩千多年的旃檀瑞像迎至萬安寺供奉。萬安寺的僧侶地位極高，尤其是寺中住持多為朝廷賜封，享受世俗爵位。

第一任住持知揀由忽必烈親自委派上任。知揀是「領釋教都總統開內三學都壇主開府內同三司光祿大夫大司徒邠國公」，在元代宗教政治、社會政治和佛學上均有極高的地位和影響。

裝藏譯經　文化交流中心

萬安寺是顯密兼弘的道場，知揀、理吉祥、八思巴、亦憐真等漢藏高僧都在此留下了道影，因而也使萬安寺成為元朝漢藏文化交流、活動中心，尼泊爾、朝鮮等國的藝術家和學僧都曾在萬安寺活動。朝鮮學僧惠永帶領一百寫經僧到大都，送給元世祖一部金字《法華經》。

然而，代表著元朝帝王們宏大祈福願望的萬安寺最終沒有保佑忽必烈「聖壽萬安」，在大元江山傾倒之際，也於一場雷火中化為灰燼，只有白塔倖免。致使曾經旺盛不衰的香火斷了八十九年也無人問津，雖然曾於舊址上修建了號稱「重樓巨構三千間」的道觀朝天宮，但是後來又一場大火將之化為焦土，從此再也沒有恢復。直到明天順元年（一四五七年）宛平人郭福奏請朝廷，由司設監太監廖秀出資，才得以在廢墟上重建寺廟，歷經十一年才建成，朝廷賜名妙應寺。

明朝改為漢傳佛教　太監太后護持修建

妙應寺的規模比原寺小了很多，占地僅一點三萬平方公尺，只有原寺的八分之一大。不僅規模縮小，建築形制和宗派屬性也發生了根本變化，由典型的藏傳佛教寺院而改為漢地宋代開始形成的「伽藍七堂」的格局，因為明朝統治者不信奉藏傳佛教，所以妙應寺也從此改為漢傳。但是對白塔卻常有修葺、增飾。成化元年（一四八二年）皇帝敕令在白塔周圍用磚造燈籠一百零八座，「以奉佛塔」。萬曆十四至十五年（一五八五～一五八六年），慈聖皇太后又出資修繕白塔天盤壽帶。萬曆二十年（一五九二年）重修了白塔寶蓋，並在覆體上放了一座小銅碑。白塔華鬘下的十六個銅鈴有三十個是明代信徒施造。

明代護持佛教的主要力量來自宮廷的太監和太后，太監們因為身份地位特殊，牟取了很多權、利之後，卻無法享受今生的幸福和快樂，於是通過佛教寄託來生。太后們則是因為篤信佛教，在兒子幼小她自己掌管大權或兒子稱帝當政期間，往往會利用手中權利為佛教做功德。

清朝藏傳興起　修葺發現寶藏

清朝建國後，藏傳佛教在內地的傳播與發展再度興盛起來，格魯派黃教更是盛極一時，藏傳佛教寺廟也像雨後春筍般興起，妙應寺古老而聞名的藏式白塔尤其受到統治者和藏傳佛教信徒的崇重和青睞，成為京師喇嘛廟之冠。除了正常佛事活動，還有定期和不定期的喇嘛、信眾「轉塔」活動，每年的農曆六月四日的釋迦牟尼初轉法輪日和十月二十五日的白塔落成紀念日，這兩天的「轉塔」規模最大，這一活動從清朝興起，一直延續到民國。

上 妙應寺因雄偉壯觀的藏式喇嘛塔被稱為白塔寺

下 白塔寺是北京唯一一座漢藏合一的寺廟；圖為白塔寺三世佛殿

清朝統治者對妙應寺崇重備至，多次撥款修葺並進行賞賜。其中以清初康熙與乾隆二帝對妙應寺的關照最為突出。康熙二十七年（一六六八年）敕令對寺塔進行全面維修，修完後還專門御制兩通石碑立於寺內殿亭之中以紀事稱功。七十多年後的乾隆十八年（一七五三年），乾隆皇帝又敕令「增飾鼎新」，這次修繕在妙應寺歷史上是規模空前的一次，工程持續了兩三年，耗資巨大。修塔之後，乾隆帝還特地奉置了一套重要的佛教文物在塔剎中，立有石碑為證。一九七五年，唐山發生大地震，波及北京，白塔也被震損。塔剎歪斜，支撐華蓋的相輪上部砌體嚴重崩塌，塔身肩部嚴重開裂。工作人員檢查白塔時發現了這批在塔頂裡沉睡了二百多年的佛教文物，文物之多之珍貴令人瞠目結舌：七百二十四函龍藏新版《大藏經》，可裝載一卡車。乾隆帝手書經咒各一份，三尊各高二十公分的銅質三世佛像，裝滿了八寶、念珠、各朝各代貨幣的四個銀瓶，一尊黃檀木整雕連龕觀音像，像下面有一個圓形小缽，內藏三十三顆舍利子。一尊精雕細刻的小赤金舍利長壽佛，高五公分，全身鑲嵌四十多顆紅寶石。一套五方佛冠和補花錦緞袈裟，上綴千餘顆珍珠、珊瑚珠、檀木珠和藍、紅寶石。有白、藍、黃、綠三色絲織大「哈達」，長五點三公尺，寬零點七六公尺，上織「八寶」圖形和藏文「利樂歌」等等。大小箱子中都按佛、法、僧三寶的規矩順序安放，格式十分嚴謹。整套文物質地優良，工藝精湛，其中完整的佛冠和袈裟，還有大幅素織的「哈達」，是目前北京地區僅存獨有的。

二十三年後的乾隆四十一年（一七七六年），乾隆帝又敕令修繕妙應寺，這次重點對殿堂進行修繕，並賞賜寺僧。康乾二帝以及嘉慶二十一年（一八一六年）的修繕，使妙應寺面貌煥然一新，除了現存意珠心鏡殿和七佛寶殿之間的工字殿基造於明代，其他的全部被更新。

千叟宴 犒勞長者

清朝妙應寺最著名的活動就是乾隆五十年（一七八五年）舉辦的「千叟宴」，當時在中外臣民中引起轟動。千叟宴是清朝皇帝犒勞國中有功長者而舉行的盛大宴會，參加者一般年齡在六十五歲以上，人數有一千左右，清朝歷史上共舉行過四次。在乾隆五十年這次盛宴上，酷愛作詩的乾隆皇帝即興賦詩八首，題為「妙應寺八韻」，並勒於碑石。

社會動亂 難以清修

清末民國時期的白塔寺遭受過兩次大的破壞，一次是一九〇〇年八國聯軍的破壞，寺廟幾乎毀滅，白塔倖存，但歷代供養寶物、經卷蕩然無存。第二次是日本軍國主義強盜的破壞，將七佛殿金柱鋸斷當做馬槽使用，使寺院屋舍倒塌，野草叢生。白塔寺遭受摧殘之後，迅速得到一些佛教信徒和愛好文物的社會有識之士的護持得以重新崛起，繼續書寫著它的輝煌歷史。

白塔寺在民國二年（一九一三年）遭遇生存困境時，曾出租場地開辦廟會，後來廟會逐漸興盛，成為北京五大廟會之一。《妙應寺沿革考》中描述：「沿阜成門大街迤邐三、四里，以至廟內，攤販雜陳，舉凡人生日用所需，無不俱備，屆時仕女雲集，人煙輻輳，頗類明時之市、燈市與城隍廟市也。」白塔寺廟會雖然深受京城百姓的喜愛，但畢竟偏離了佛教的方向，有違寺廟清修的宗旨，當時並不為佛教徒所接受。

從一九四九年到一九六六年是建國初期，百廢待興且安享和平，這時的白塔寺作為宗教活動場所，廟會仍然定期舉行。久負盛名的白塔廟會從一九五八年始逐漸衰落，到一九六一年最終停止。

一九六一年至一九六五年是文革前奏，社會已經開始出現動亂，白塔寺寺廟碑刻、佛像相繼被砸毀，部分法器移交給雍和宮。一九六五年管理權由中國佛教協會移交給北京市文化文物局，從此改變了寺廟作為宗教活動的性質。及至「十年動亂」期間，整個中國進入是非顛倒的非常狀態，寺內喇嘛被遣散，白塔寺殿堂變成了西城區查抄辦公室場地，東西配殿及房屋被居民佔用，大量文物遺失或被損毀。尤其令人痛心的是在一九六九至一九七〇年間，寺廟山門和鐘鼓樓被拆毀並改建成西城區副食品商店。一座格局完整的寺廟只剩下中軸線上幾座空蕩蕩的殿堂和白塔。

恢復舊貌 遙想古風

隨著中國歷史的變遷，文化古蹟的價值開始逐漸為人們所重視。從一九七八年至今，

白塔寺經過修繕後，寺廟面貌煥然一新

白塔寺也從此步入正軌，開始全面發展，國家撥鉅資重新修繕，寺廟面貌煥然一新。

如今的白塔寺，整個寺廟沿中軸線由南到北依次排列山門、鐘鼓樓、天王殿、三世佛殿、七世佛殿和塔院。山門面闊三間，東西兩旁有八字影壁，中間券門上有石刻橫匾，上書「敕賜妙應寺禪林」。進門後，兩側分列樓閣式鐘鼓樓。其後為天王殿，面闊三間，內塑四大天王像。再往北是三世佛殿，面闊五間，前有月臺，內供三世佛，各高三點三公尺，均為元代楠木雕全身金佛像，頂飾三座盤龍藻井。三世佛殿往北為七世佛殿，面闊五間，內塑七尊佛像，兩旁為十八羅漢，頂飾三盤龍藻井。大殿兩旁都有配殿廊廡。寺廟最北為塔院。塔院地勢較高，以紅牆圍成一個單獨的院落，院內四隅各建角亭一座，白塔位於中央偏北。院牆南門上題額：敕建釋迦舍利靈通寶塔。門內是一座名為具六神通的殿堂，正中懸掛著「具六神通」四字牌匾，為乾隆御筆。殿的上方木雕鎏金三佛結跏趺坐，供奉在三個大小一致的木質佛龕內，造型皆具西藏造像特徵，殿內兩壁掛著八幅藏傳佛教畫像，為清末作品。其北即為白塔。

儘管當初阿尼哥建造白塔時賦予了它深厚的佛教象徵意義，歷經風雨春秋之後的白塔寺還是在歲月中逐漸淡去了佛教的意蘊和地位。雖然還偶爾舉辦一些珍藏文物、藏傳萬佛造像藝術、佛典瑰寶等展覽，但白塔寺最終還是淪為一座供遊客遊覽參觀的寺廟。開放旅遊以來，前來禮塔的尼泊爾客人接連不斷，白塔寺接待的尼泊爾重要政府首腦人物來參觀白塔就達十餘次，也算是為增進中尼兩國人民的友誼發揮了重要作用。

如今，追尋佛法的人再到白塔寺，只能通過那些古老的殿宇、神奇的佛像，還有在藍天白雲下熠熠生輝的白塔而遙生遐想了。

弘慈廣濟的都市梵宇廣濟寺

廣濟寺位於阜成門內大街路，與白塔寺平行分佈於歷代帝王廟的左右。

且住為我說法　乃建西劉村寺

廣濟寺始建於金代，金時的西四屬於金中都通玄門外北郊，有兩個劉家村，西邊叫西劉村，村裏有個叫劉望雲的人，自稱是天臺劉真人的後裔，有練氣之法。有一天，一位僧號叫「且住」的和尚經過村莊，見到劉望雲就說：認得老僧麼？說完掉頭就走，劉望雲頓時心領神會，上前抓住和尚的手說「且為我說法去」，懇請且住和尚留下講經說法。不久，劉望雲出資「為之建寺，曰西劉村寺」。

在金代，統治者鑒於遼代佞佛的教訓，對佛教採取利用與限制相結合，防止佛教氾濫，甚至一度規定不准民間建寺，直到金世宗時才所有改觀。由此推斷西劉村寺極有可能就建於金世宗時代。繼遼金之後，元朝又一次以少數民族身份入主中原。元代諸帝自忽必烈開始直至元末順帝都對佛教大力扶持、禮遇有加，元統治者及王公貴族都紛紛修建寺院，都城內外大小寺廟星羅棋佈。這個時期的西劉村寺，因為元大都的位置整體北移而劃入都城西南部，並一舉成為都市民眾佛教活動的重要場所。可惜元末戰爭中，歷經金、元兩代的西劉村寺也在劫難逃，於兵火中蕩然無跡。

明代諸帝，除世宗外皆信奉佛教，不僅帝王即位要度僧為替身，而且皇室的太子及諸王出生時「俱剃度童幼替身出家」，加之將幸福寄託來世的那些得勢宦官太監利用手中權、財廣建佛事，多積功德，從而導致明代佛教趨於鼎盛。

山西僧人中興 京城寶剎第一

景泰年間（一四五〇～一四五六年）村民耕地，發掘出陶製佛像、供器、石龜及石柱頂等物，才知這裡是古剎遺址。一年後，山西僧人普慧、圓洪師徒雲遊至此，發願在西劉村寺遺址上復興廢廟，當時掌管皇帝冠服的尚衣監廖屏得知此事，正遂其心願，於是大力資助，僅用了兩年時間就營造了一座莊嚴佛剎。寺建成後，廖屏奏請憲宗皇帝賜寺名，憲宗皇帝乃賜額「敕賜弘慈廣濟寺」，又授圓洪為「僧錄司右覺義，尋升右闡教僧，住持于內」。此後，廣濟寺僧人不斷進行修建，到成化二十年（一四八四年）才算全部完工。次第建成山門、天王殿、大雄寶殿、大士殿、伽藍殿、祖師殿、鐘鼓樓、齋堂、禪堂、方丈室、僧舍等，巍峨壯觀，富麗堂皇。《廣濟寺志》稱：「點染丹雘，煥然一新」，「幡幢供器，寺所宜有者，無不畢具」，「京師寶坊，斯為第一」。廣濟寺從此躋身京城名剎並再沒更改寺名。普慧作為弘慈廣濟寺的開山之祖，以戒行精嚴著稱，頗受同道欽仰，憲宗皇帝稱讚他「早通釋典，克持戒律」。

廣濟寺到萬曆年間時已歷經百年，寺內佛像斑剝、殿宇傾頹，為此，當時的中軍都督府彭城伯張守忠和後軍都督府惠安伯張元善慷慨解囊並募款重修，作了「重修廣濟寺碑記」。

清朝初年，北京人恒明法師住持廣濟寺，將之改為律宗道場，在此設立戒壇，從清順治五年（一六四八年）起，延請玉光律師在寺內開堂傳成，歷時十三年。清世祖於順治十三年親臨廣濟寺禮佛進香，並頒賜滲金釋迦立佛像一尊。此後，清世祖從廣濟寺高僧「結制二期，說戒一期，龍車數過，恩禮特隆」。順治帝對德光監院也是恩寵有加，凡是濟貧、做佛事所降聖旨都由德光拜受，廣濟寺因此在京城的名聲日益顯赫。恒明法師住持廣濟寺後，南下捐印南刻大藏經，完成為廣濟寺請來全套大藏經的夙願。康熙二年興建藏經閣以貯藏這些經書時，一度被誤為「妖」而押至刑曹，緊急關頭，德光監院據理力爭才使藏經閣得以繼續建設。閣建成後，康熙皇帝曾親臨藏經閣參觀並預覽大藏經，令人痛心的是，這些經書後來全部毀於一場火災。

毀於地震　敕修增建

康熙十八年，京師發生地震，廣濟寺幾乎全部毀滅，殘垣斷壁令人目不忍睹。當時的監院復初痛心疾首，乃晝夜修行感化信眾，廣募善緣，後得鎮國將軍支持，復初監院帶領僧俗四眾奔走效勞，終於將廣濟寺修蓋如故。康熙皇帝親臨震後重建的廣濟寺，「駐蹕山門，遊幸大殿，深嘉法地精嚴有霽色」。時隔不久，臨濟宗三十三世傳人天孚和尚于鶴林

廣濟寺於康熙十八年因地震幾乎全毀，後整修增建才恢復舊貌

德法後回歸廣濟寺，並興建了一座大悲壇。天孚和尚在廣濟寺別築一室韜晦自養，時人稱之為「別室天孚和尚」。別室前被譽為廣濟八景中「仙棗垂瓔」的神異之樹頗得康熙皇帝讚譽，後來又得乾隆題詩，曾是廣濟寺一寶，可惜後來也毀於火災。

康熙三十八年（一六九九年），朝廷又敕修廣濟寺，增建了御制碑文匾額和御臨米芾的《觀音贊》，還增塑了釋迦牟尼鎏金佛像。清朝的每次修繕基本都保持著明朝重修的佈局。當時的廣濟寺在京都還擁有幾個下院，在北海西面有柏林寺（現為北京圖書館分館），德勝門內有蓮花寺，後海有廣化寺，西直門內有彌勒院，龍鬚溝有龍泉寺等，盛極一時。

作為律宗道場的廣濟寺在京城的傳戒地位與憫忠寺幾近，時有「都城說戒之地，北則廣濟，南則憫忠」之議論。

清朝末期，帝國主義列強入侵，國力日衰，進入民國時期後，時局更是動盪不安，京城佛教也久靡不振。現明法師住持廣濟寺時正值多事之秋，寺廟處於亂世，逐漸淪為僧俗混居的大雜院，民國四年十月間大雄寶殿供奉的一尊普賢銅佛失竊的案子也不了了之。一九一二年，孫中山選在廣濟寺會見北京各界人士，揭舉「政治改革、五旗一家、不分種族」的政治主張。

厚待僧俗名流　良莠不齊漸沒落

民國時的廣濟寺雖然難續昔日輝煌，但因深厚的歷史傳承和適中的地理位置，仍然備受京城名流居士的偏愛，仍是京城佛教活動的重要場所。現明住持與京城各界信眾也多有交往，當時的交通部長葉恭綽、鐵路督辦蒯若木、財政部司長徐蔚如、教育部參事蔣維喬等都是護法大居士，他們共同組織講經會，應請高僧大德來京城講經說法。民國十年（一九二一年），一代佛學大師太虛應邀赴京，在廣濟寺舉行隆重法會，轟動一時，廣濟寺日日善信盈門，前來掛單修行的外省僧人也與日俱增。

廣濟寺從清代鼎盛時起便有厚待僧俗信眾的傳統，並沿為寺風。民國時期更有不少外地僧人因聞廣濟寺「廟內傳戒每月猶給錢文」而投奔寺內掛單修行，形成良莠不齊的僧人入住現象，因此也引發了民國十二年曾轟動北京城的廣濟寺和尚行兇傷人事件。

民國年間的寺廟除了例行佛事之外，逐漸形成各自特色，有專辦婚禮喪考，有致力慈善救濟，而廣濟寺則大力興辦教育，首先在寺中創辦了弘慈佛學院，聘請外省高僧大德前來授課，以培養僧伽人才。繼弘慈佛學院之後，廣濟寺又開辦了廣濟平民小學，為當時日益困窘的民眾子女提供受教育機會以普及教育。

祝融滅頂　損失三寶

因法會中疏忽，大殿裡被風刮斷的電線落入爐火之上，火苗沿電線竄起，迅速引燃席棚、大殿，整個寺廟頓時火光沖天。但因時任北平市消防局局長蒲志忠與現明法師素有怨隙，對報警坐視拖延，致使大火在幾個小時之內將這所盛極一時的寺廟燒得面目全非，再加以救火之時，有人趁亂搬走寺廟物品，致使廣濟寺遭遇空前慘重的損失。據說，在大火肆虐之時，現明老和尚悲痛欲絕，幾次欲投入火海與殿堂同歸於盡，幸好隱居北平的吳佩孚聞訊趕竭力勸阻。

民國二十四年（一九三五年），現明法師在吳佩孚等各界名流的鼎力資助下，按照明朝格局於原址上又重建起廣濟寺，建築規模比之前更加壯觀。建成開光之日，現明法師沉

廣濟寺占地三十八畝，在古槐掩映下顯得幽深寧靜；圖為廣濟寺大雄殿一景

廣濟寺天王殿為第一重殿宇，主奉明代銅鑄彌勒菩薩原本像，與人們熟知的笑口常開彌勒形象迥異；圖為廣濟寺山門

廣濟寺一景

痛地告知僧俗四眾弟子：除了眾所周知的重大損失，廣濟寺還失去了三件寶：方缸、鐵井和七葉槐。這三件都是國家珍貴文物，其中方缸是與廣濟寺同齡的明代文物，知情者無不為之扼腕。

現明法師於民國三十年（一九四一年）圓寂後，顯宗住持廣濟寺，其間，廣濟寺依然保持著在京城佛教界的重要地位，不時有高僧大德蒞臨並舉辦佛事活動。佛教大師圓瑛就曾應邀赴京，住錫廣濟寺講經兩個月，皈依信徒不計其數。

廣濟寺自明、清始，數代相沿積聚了非常豐厚的寺產。豐厚的寺產為廣濟寺在民國時期仍然能開展佛教活動、維持重要的佛教地位提供了經濟保障。但是到了日寇入侵之後，廣濟寺房舍遭嚴重破壞，僅能勉強為京城人的「白事」出經，再也無力舉辦例行的佛事活動了。

佛協會址　對外門戶

一九五二年由人民政府撥款對廣濟寺進行了全面維修。當年，來北京出席亞洲太平洋區域和平會議的錫金代表團團長馬拉塔納法師等人，代表錫金佛教徒向中國佛教界贈獻「佛舍利」、「貝葉經」和「菩提樹」三件佛寶時，北京各寺廟的僧尼、喇嘛、居士等八百多人在廣濟寺參加了收禮典禮。

一九五三年，中國佛教協會在北京成立，會址就設在廣濟寺，之前一年創辦的協會機關刊物《法音》雜誌編輯部也設在廣濟寺。廣濟寺不僅為佛協提供辦公場所，還協助接待來賓和舉辦重大佛事活動，中國佛牙舍利數次出國巡遊之前舉行的恭送佛牙舍利盛大法會，紀念鑒真大師圓寂一千二百周年大型紀念法會，正果、淨嚴、寬霖、茗山、傳印等十幾位法師隆重傳授三壇大戒等佛門盛事都是在廣濟寺舉行。

五十年代後期，由於政治導向偏離，廣濟寺的佛教活動受到嚴重影響，早晚殿制度被廢，寺內的居士林也被迫停辦。到文革時期，廣濟寺更是首當其衝遭受劫難，佛教文物、經書嚴重受損，幸虧中國國務院及時宣佈保護令，才避免了更大的災難。

一九七二年為了迎接斯里蘭卡總理班達拉奈克夫人來訪，中國國務院總理周恩來批示撥款修復廣濟寺，此次修復以佛像和文物為主。一九七三年，中國佛教協會恢復了在廣濟寺的工作。同年，日本京都市長贈送中日友好協會重達一百公斤的「長久友愛」銅鐘被安置在廣濟寺。

一九七六年，廣濟寺受唐山大地震影響，房屋毀損嚴重，政府再一次撥款重修。一九八〇年，正果法師出任廣濟寺方丈後，恢復了早晚殿的宗教活動，並開辦僧伽培訓班，恢復北京居士林，並於每月初一、初八、十五、二十三為之講經說法。一九八三年，廣濟寺被確定為全國漢族地區重點寺院。次年，又被宣佈為北京市文物保護單位。一九九三年，為迎接泰國僧王來訪，廣濟寺又得到修繕，這次修繕一直延續到一九九七年，每年都有不同院落、殿堂或文物得到修補。

歷代高僧大德與寺齊名

從金代劉望雲和且住初建，到普慧及圓洪師徒開山以來，廣濟寺歷經了幾番覆沒和興建的輪回，德高望重的恒明性美、聽經不誤撞鐘的滿月清、見皇帝不下跪的玉光寬壽、律儀超絕的萬中海祿、辯才出眾的監院德光、知人善任的方丈道光、尊師孝母的復初監院、纂修《弘慈廣濟寺新志》的別室天孚、主編《新續高僧傳》的道階、火災後重建廣濟寺的現明、弘慈佛學院主講兼教務主任道源、愛國老人喜饒嘉措、顯密融通的佛學家法尊、為保全廣濟寺而諫言的巨贊、畢生從事僧伽教育的正果、著名藏傳佛教學者觀空、傑出的愛國宗教領袖趙樸初、廣受信眾敬仰的當代高僧明暘等，這一長串高僧大德的名字已經與廣濟寺緊緊地連在了一起，他們用或長或短的生命、或住持或駐錫的方式履行於廣濟寺的這段歷程永遠彪炳於廣濟寺的歷史。

今天還占地三十八畝的廣濟寺，坐北朝南的寺院依然延續著民國二十四年重修後的格局。臨街的山門保留了清代廣濟寺山門的形制，正中空門上寫著「敕建弘慈廣濟寺」金字。山門兩側為八字門牆，青垣碧瓦，在古槐的濃蔭掩映下顯得幽深寧靜。

廣濟寺在中軸線上依次分佈著山門殿、彌勒殿（天王殿）、大雄寶殿、圓通殿和多寶殿。從大門進入之後便是一個青磚鋪地的寬敞院落，東西兩側除鐘樓和鼓樓外，還有整齊的配殿。東側是曾經的北京居士林所在地，現在是《法音》編輯部、流通處，西側是中國佛教協會的傳達室。

天王殿是廣濟寺的第一重殿宇，面闊三間，殿內主奉的明代銅鑄彌勒菩薩是彌勒佛原本像，與人們熟知笑口常開的大肚彌勒菩薩形象迥異，這尊佛像頭戴無佛冠，身披袈裟，瓔珞環身，右手扶膝，左手掌心向上，半盤半坐於蓮花寶座上，雙目微閉，面容肅穆，法相莊嚴。彌勒菩薩左右兩側是明代仿唐三彩陶質四大天王塑像，現已是國家一級文物。彌勒佛背面隔一層屏風向北站立的是威風凜凜的護法神韋陀像。天王殿後下處懸掛一塊金字「三洲感應」匾額，是前廣濟寺方丈明暘法師所書。

青銅香鼎　勝果妙音圖

從天王殿東側往裡就進入了第二進院落。院中央是一座八寶青銅香鼎，鼎中鑄有精雕細琢的二龍戲珠圖，工藝精湛。此鼎鑄於乾隆五十八年（一七九三年），最早是法華寺所置，一九六四年移來廣濟寺。第二進院的主要建築大雄寶殿建在一公尺多高、由漢白玉欄杆圍成的臺基之上，臺基南面和西面都立有明、清代石碑，大雄寶殿是廣濟寺規模最大的建築，進深十三點七公尺，面寬二十三公尺，山出約一點七公尺，簷出二公尺，五開間式格局，中間為三大間，每間寬五點三公尺，進深六點七公尺，前後廊各三公尺多，兩間稍小間次於兩側，殿內供奉的主尊是明代雕塑的三世佛，三尊佛像並排趺坐於三個蓮花寶座上，服飾、姿勢和面部表情一樣，只是手印不同，釋迦牟尼佛像前兩側豎立兩隻整根檀香木雕成的明代長明燭，豎燭通體盤刻「善財童子五十三參」的故事，高度分別為四公尺和三公尺，這種形式的長明燭在國內罕見。

大殿東西兩側各懸掛一鼓一鐘，每有重大佛事，便敲擊此鐘鼓。大殿兩側靠牆部分分列十八尊銅鑄羅漢。三世佛像後影壁的背面裱貼一幅六公尺高、十一點三公尺長的巨幅指畫《勝果妙音圖》，是清代著名畫師傅雯奉乾隆旨意為皇太后祝壽所繪，內容是釋迦牟尼靈山說法的場景。畫面上，釋迦牟尼端坐在蓮花座上，慈容可掬地向信徒講經說法，周圍一百多位弟子洗耳恭聽。有趣的是，聽眾中還有中國的歷史人物關羽、關平、周全及布袋和尚等，是現存最大一幅佛陀靈山說法壁畫。已經度過了兩百多年歷史的《勝果妙音圖》，因為是手指代筆的畫，又因為是為太后所作，變得尤為珍貴。但至於這幅本應存於宮中的珍貴壁畫由何因緣來到廣濟寺中，卻一直是一個眾說紛紜的謎。而為了保護這幅畫卻讓各個時期的僧眾費盡心機，文革時專門為指畫和寺藏全套藏經砌了一道假牆才保護下來。

進入二十世紀後，時任廣濟寺監院的演覺法師對指畫的年久受損深為憂慮，嘗試多種保護措施未果之後，決定對該畫進行全面修復。一九九六年，演覺法師對指畫修復提出了周密設想，並呈報國務院有關部門審定批准。修復之前，演覺法師還請中央電視臺專門拍下指畫，記錄畫面原始狀況作為該畫檔案和修復依據，之後由故宮博物院派出專家，對指畫採取乾洗除塵，再用傳統方法進行整舊如舊的修復，耗時四個多月之後終告完成。演覺法師請人一起專門為修復好的指畫設計製作了帶有雙層布簾的巨型畫框，裡層為具有遮罩紫外線功能的銀色布簾，外層覆蓋與殿堂色調協調的阻燃裝飾布，畫框旁安裝有受控裝置，便於啟合，至此，這一珍貴文物才得以安心收藏。

出大雄寶殿北門，有一天磚砌平臺直通後面的圓通殿。圓通殿題額是集唐朝柳公權書法。殿外抱柱上懸有明暘法師手書的楹聯：慧日常明，千處祈求千處應；慈雲普蔭，萬人稱念萬人靈。圓通殿除了供奉跏趺坐的大悲觀世音菩薩，還有多羅菩薩和觀自在菩薩。觀自在菩薩是一尊元代銅鍍金雕像，妙相莊嚴，造型流暢，藝術價值很高。

圓通殿內東西兩側是為僧眾和居士們設的「長生祿位」和超度亡故之牌位。西北角供奉著原廣濟寺住持、中國佛教協會副會長正果法師遺像。圓通殿的東配殿民國時期叫黃日齋堂，解放後改為圖書館，藏有自宋至今的各種版本佛經和文史哲書籍十幾萬冊，西元二千年後，圖書館移至法源寺中國佛學院圖書館，配殿依舊恢復殿堂供奉格局。圓通殿東西兩側各有通向第四進院落的垂花門，東側門題「登菩提路」，西側門題「入般若門」。普通遊客或信眾到這裡為止，不能再入，因為最後一道院是已經不再對外開放的舍利閣和多寶殿。

多寶殿裡供奉和陳列的珍貴文物很多，除了「三身佛」，即釋迦牟尼的法身、報身、應身三種身像，以及佛像前供臺上的一套極為精美的琺瑯五供，殿內還陳列有各國佛教界贈送的佛像和法器，另外還珍藏一塊六十五萬年前的古化石，是寺中稀世珍寶。多寶殿所藏太多，因而被譽為「佛教文物、藝術的寶庫」。

曲徑通幽　別有天地

多寶殿東西兩側各有樓梯通上二層舍利閣。一九五五-一九六四年，釋迦牟尼佛牙舍利曾在此供奉，西山八大處佛牙塔建成開光後，才將稀世珍寶移送塔內供奉。舍利閣後來便專用於藏經，所以又稱「藏經閣」，閣內藏有明代大藏經和房山石經全部拓片二套，有一七二一－一七五三年甘肅臨潭縣卓尼寺雕版印刷的二百三十一包藏文《甘珠爾》、《丹珠爾》，都是佛教典藏中的珍貴文本，還有更為珍貴的宋、明血寫佛經。

多寶殿院落的西北隅是戒壇殿和漢白玉砌成的戒壇，戒壇按標準形制砌築，壇呈正方形，高三層，每層都雕有花草鳥獸及各種法器圖案，雕飾得非常精美。此外，戒壇各層還鑿有石龕，原來供奉的列位戒神已散失。北京城內的眾多寺院，只有廣濟寺有如此規模的戒壇至今保存完好，這也是廣濟寺保存最古老的建築物，今稱「三學堂」。戒壇院往西就是中國佛教協會各部門的辦公場所了，與其建築相對的東面院落和房舍用於寺中僧人宿舍。

物轉星移，日月變遷，佈局嚴謹、錯落有序的廣濟寺置身于繁華商業街區，儘管外面市井喧囂，裡面的晨鐘暮鼓和經聲佛號每日坦然響徹在曲徑通幽、莊嚴肅靜的院落，為這個日新月異的京城保留一方別致天地。

大覺寺

大覺寺位於海澱區蘇家坨鎮西南陽臺山麓，距市中心二十三公里。始建於遼咸雍四年（一〇六八年），因寺後有清泉流入而得名「清水院」，為金代著名的西山八大水院之一，後改為「靈泉寺」。明宣德三年（一四二八年）皇帝敕資重修後親賜「大覺禪寺」，沿用至今。

大覺寺依契丹人尊日東向的習俗坐西朝東，依山而建，蜿蜒起伏的山巒，恰似一頭臥獅。早期有蓮花、善照兩個配寺聳立在東西兩個圓形山包上，當地人曾用「獅子滾繡球，一佛二菩薩」來形容寺院的位置和地形之奇巧。

寺院古建築群落遵循中軸對稱的形式分為三路，中路是進行宗教活動的佛殿堂，建築雄偉古樸，自東向西依次由山門殿、天王殿、大雄寶殿、無量壽佛殿、佛塔、龍王堂等組成。北路是僧居用房，包括方丈院、玉蘭院和香積廚。南路是兩座庭院組成的清代皇帝行宮，分別是雍正皇帝賜名的「四宜堂」和乾隆皇帝題名的「憩雲軒」，院落雕樑畫棟，自成一體，別具風格。

大覺寺擁有八絕之景，一直為文人墨客遊覽吟詠的勝地

大雄寶殿建於明代，是全寺中心，大殿面闊五間，歇山琉璃瓦頂，簷下裝飾有斗拱。殿內正中石砌須彌座上供奉的木質漆金三世佛像，雖歷經五百餘年的風蝕剝落，雕畫技法和風格仍昭然彰顯著佛家的莊嚴與皇家氣派。殿門外懸掛乾隆帝親題的「無去來處」匾額，其含義為「無所謂從哪來，也無所謂到哪去」。

無量壽佛殿內供奉的無量壽佛壁板後是一組大型海島觀音懸塑，海水江涯，波瀾壯闊，是清代懸塑藝術精品，也是目前北京地區唯一的大型懸空雕塑造像。

大覺寺最引人入勝的還是它的奇異花木，最名貴的要算名噪京華的玉蘭。南北跨院內都有，高過七公尺，每年四月花開時節，一干一花，花繁瓣大，馨香濃郁，人未見蘭卻已感花香襲人。據說南院兩株玉蘭是清代乾隆年間僧人迦陵從四川移栽此處，樹齡已達三百多年，被譽為北京的「古玉蘭之最」。細究起來，真正的大覺寺玉蘭之妙更妙在深山古寺和寂寂流泉的襯托之下，渾然天成那享有盛譽的「古寺蘭香」。

當年乾隆皇帝曾想在大覺寺剃度，有一次坐禪時居然入睡，並在夢中笑出聲音，當時負責寺內燒火的迦陵和尚情急之下不顧皇帝的身份，舉起戒尺便打。寺內的僧人都為迦陵捏把汗，誰知乾隆皇帝自認「仙闕少緣份，凡塵屬寡人」，非但沒有懲罰迦陵，回宮後還特派貼身太監來拜見迦陵，後來迦陵和尚又當了寺院住持，他種的玉蘭也成了寺中絕品。迦陵圓寂後，他的舍利塔就建在大覺寺最高處的塔院中，塔旁一松一柏高大的樹枝把塔身圍抱起來，形成「松柏抱塔」的獨特景觀。令人痛心的是，古松因為病死，這抱塔的松柏如今是一真一假。

另一棵奇特的柏樹在南院四宜堂，樹根向上一公尺處，分成兩大樹幹，分杈處寄生著一株小葉鼠李，故名「鼠李寄柏」。柏樹雄偉挺拔，李樹婀娜多姿，遠望柏李難分，實為古柏奇觀。無獨有偶的是，寺院中部長方形功德池上石橋東端有一株古老檜柏樹，樹幹中寄生著一棵老藤，學名叫「蛇葡萄」，樹冠同時生長針葉和闊葉兩種葉子，形成老藤寄柏。這兩棵怪樹，與碧雲寺的三代樹，並稱「京西兩寺之奇」。

無量壽佛殿前的千年古銀杏高達一百公尺，幹粗直徑近三公尺，人稱「銀杏王」。當年曾惹得愛做詩的乾隆皇帝特地賦詩一首：「古柯不計數人圍，葉茂孫枝綠蔭肥。世外滄桑閱如幻，開山大定記依稀。」

方丈院內兩株七葉樹樹齡已達五百餘年。因其樹葉似手掌且為七個葉片而得名，夏初花開之時，如手捧燭臺奉佛，為眾生祈福，亦是奇觀。

大覺寺泉水清洌見底，常流不竭，從院中塔後的漢白玉水池底部湧出，匯成長方形碧潭，油然而生一池碧韻。這靈泉清流、方池碧韻與古寺蘭香、千年銀杏、鼠李寄柏、老藤寄柏、松柏抱塔及遼代石碑組成了大覺寺的「八絕」。

正因有這「八絕」之景，大覺寺幾百年來一直都是文人墨客遊覽吟詠的勝地，它的奇花異木和清泉碧韻屢見於近代名人的詩詞筆記中。如今，歷經磨難的千年古剎，再次成為京郊一處重要佛教勝地。

龍泉寺

龍泉寺座落在北京西山鳳凰嶺山腳下，始建於遼代應曆初年。明末時寺院逐漸衰落，到清乾隆後期，昌平州府在原寺東側以余龍橋為中軸線，將寺院改為坐北朝南，原寺稱西寺，統稱龍泉寺。

龍泉寺的佛教興盛淵源深遠，其所背靠的鳳凰嶺歷史上又稱駐陣山、神山、老爺山，山上有許多閉關修行的山洞，至今石帶上所刻佛像還保存完整。附近更有大覺寺、上方寺、黃普院、妙峰庵、朝陽洞等佛教寺院群遺址。

民國時廟會興盛，曾有廣東香客募捐在龍泉寺搭建萬緣茶棚以施茶捨粥，普結善緣。到內憂外患的抗戰時期，龍泉寺漸趨沉寂，解放初期只剩下幾十間廟舍，文革時甚至一度改為民居和他用。

歷經千年的風雨滄桑之後，龍泉古剎終於重獲新生。一九八五年，篤信佛教的護法居士、香客支持當地政府開始對這個青山綠水環繞、奇花異草遍野的寺院進行修復，逐漸恢復成今日之自西向東並列三座院落的寺廟建築。西院為正院，有山門殿、正殿及東西配殿。殿內有壁畫，殿前古柏參天。寺西崖有山泉，泉旁石上刻有蓮花圖案。寺北牆外八十公尺處有石窟，裡面石壁上刻有浮雕石像。寺東北一百公尺處有清代覆缽式和尚石塔。這些都讓龍泉寺彌漫著濃厚的佛教氛圍。

二〇〇五年四月十一日，龍泉寺正式開放成為佛教活動場所，並迎請中國佛教協會副會長兼秘書長學誠法師主持寺務工作。龍泉寺也成為北京海澱區建國以來第一所正式開放的三寶具足的佛教寺院。

住持學誠大和尚幼年深受家庭薰陶而信佛學佛。一九八二年因仰慕唐代高僧玄奘法師西行求法的精神而立志出家，於莆田廣化寺定海長老座下剃度，並依止圓拙老法師修學。一九八八年於四川成都文殊院寬霖大和尚座下受具足戒。這位精進修學且獲得了碩士學位的現代僧人，目前除了擔任全國政協委員和佛教界多種職務，還同時兼任福建莆田廣化寺和陝西扶風法門寺方丈，同時又是《法音》、《福建佛教》主編。在他的帶領下，龍泉寺利用現代化設備（如電腦、網路等）和適合現代人的方式方法進行弘法，逐步建設漢傳佛教修學體系，為僧俗二眾打造良好的修學環境，建立清淨和合的僧團，培養「志、道、德、才、學」兼備的優秀僧才。

如今的龍泉寺，每年固定舉行八次以上內容豐富、形式多樣的法會，並在週末雙休日，為信眾安排系統的佛法學習提升課程。參加法會、修學的信眾越來越多，龍泉寺的影響也越來越大。正如當初中國佛教協會常務理事、北京市佛教協會會長傳印法師所期許，龍泉寺已經成為「滌瑕蕩垢、普利人天」的佛教勝地，成了「首都模範道場」，龍泉寺真正回歸了歷史上的佛教地位。

黃寺

黃寺位於安定門外黃寺大街，黃寺的原址在遼金時代就是香火鼎盛的佛教寺院，當時稱為「匯宗梵宇」，明代為普淨禪林，順治八年（一六五一年）在這片舊有寺院基礎上敕令仿西藏布達拉宮式興建了規模宏大的喇嘛寺院，因為喇嘛教又稱黃教，所以寺院稱為黃寺。

清順治九年（一六五二年），西藏政治和宗教領袖達賴五世阿旺羅桑嘉措應清世祖的邀請，親率三千多人來北京朝覲。為了接待這位喇嘛教領袖人物，清政府在黃寺之西又修建了一座寺院，稱西黃寺，又叫達賴廟。西黃寺在漢藏兩地的宗教歷史地位非同小可，五世達賴喇嘛和六世班禪造就了它的生成和輝煌。

與五世達賴喇嘛一樣，六世班禪在此講經弘法，王公大臣、善男信女川流不息前往西黃寺頂禮膜拜，一時間西黃寺香火鼎盛、名噪京城。可惜天有不測風雲，這位極受皇帝和百姓推崇的班禪大師還沒來得及享受皇帝賜給的福祿和百姓的擁戴，就突染痘疹，於年底在西黃寺圓寂。朝野上下為之震驚，乾隆皇帝更是傷心不已，特輟朝一天，並令北京所有佛寺誦經四十九天，為班禪超渡。用赤金鑄一尊六世班禪像和一座金塔，金像供於西黃寺大殿，金塔供置六世班禪肉身。第二年春，六世班禪的舍利金龕啟程回後藏時，乾隆親自到西黃寺送靈。

一七八二年，乾隆下令在班禪生前住過的西黃寺之西，建造一座「清淨化城塔」，安葬六世班禪的衣冠經咒，以茲紀念，所以人們也稱這座塔為「班禪塔」。該塔竣工以後，乾隆御筆手書《清淨化城塔記》和《班禪聖僧並贊》，刻碑立於塔前，以表哀思。

「清淨化城」源於《法華經．化城喻品》中的故事。「清淨」即指清淨寶所，「化城」是指一時化成的城郭。因為寶所路途遙遠達二萬里，且途中險象環生，不容易到達。據說有一位導師帶領他的信徒們前往清淨寶所，想要助他們成佛。很多人無法承受行程艱辛，想轉身返回。於是導師就在一萬二千里的地方化作一座城郭，讓眾生進來休息，眾生放鬆後心生懶惰，不想再走。於是導師又施以神通，將城郭滅掉，催促眾人繼續前進，直至清淨寶所，故由此而來「清淨化城」之說。

西黃寺清淨化城塔，以印度式大塔四角建小塔為基調，用漢族傳統的牌坊、花紋作襯托，用藏傳佛教的塔式為主體，形成了融合漢族、藏族和印度佛教諸風格於一爐的巧妙建築。它氣勢宏偉，建築和諧，雕刻精美，潔白端莊，享有北京白塔之冠的美稱。

嘉慶八年後，西黃寺又承擔起了接待五省區藏傳佛教僧人的重任，成為了全國藏傳佛教地區在京重要的宗教活動場所。歷經民國動盪和解放後的文革之亂，西黃寺只剩下「清淨化城塔院」。一九七九年八月，塔院被列為北京市重點文物保護單位，並開始對其進行修繕。

九十年代，得到修繕之後的西黃寺建築面積九百多平方公尺，共有殿堂房屋五十九間。整座寺廟坐北向南，第一進院進門有殿三間，院內有鐘、鼓樓各一座，第二進有正殿五間，殿前有東西碑亭兩座。東碑記述班禪六世入京的功績和建造清淨化域之塔的意義，正面為漢文，背面為藏、滿兩種文字，西碑有乾隆題詩。全寺均以黃琉璃瓦覆蓋，紅牆蒼松，佛塔嵯峨，氣勢非凡。一九八三年，西黃寺被國務院列為漢族地區佛教全國重點寺院。一九八七年九月，十世班禪額爾德尼·確吉堅贊親手創建的中國藏語系高級佛學院在西黃寺成立，佛樂齊奏之下，中國藏語系高級佛學院隆重舉行了首屆學員開學典禮。學院開設佛學、時事政治、法律法規、藏語文等主要課程。中國藏語系高級佛學院教室設在寬闊雄偉、金碧輝煌的大殿內，環境優雅，條件教學方式現代，圖書館內藏書豐富，宿舍寬敞明亮，一切用具都由學院免費供給。

中國藏語系高級佛學院的成立成為中國佛教史上一個創舉。二〇〇四年中國藏語系高級佛學院首屆高級學銜班的開學，則標誌著藏傳佛教高級學銜制度的正式確立和實施。

西黃寺這一清朝時期達賴、班禪的駐錫之地，正在成為培養藏傳佛教高級僧侶、佛學研究人才和對外學術交流人才的搖籃。

報國寺

報國寺位於北京市西城區報國寺前街一號，處於北京明城牆遺址公園內，始建於遼天祚帝乾統三年（一一〇三年），忽必烈統一中原後，為彰顯開國元勳，依舊寺建新廟稱報國寺。

報國寺到明代初年開始逐漸頹敗，到成化年間明憲宗國舅吉祥在此出家，明憲宗遵母后命敕令修建，更名為大慈仁寺。

擴建後的慈仁寺規模宏大，有七層殿房，錯落有致，後院建有「毗盧閣」，閣高三十六級，周圍長廊，登臨遠眺，可將京師之景盡收眼底。

康熙十八年（一六七九年），京師大地震，報國寺大部建築坍塌，到清乾隆十九年（一七五四年）得以重修，改名「大報國慈仁寺」。

報國寺最著名的是書市，比琉璃廠書市還早許多年，在明末清初就已聞名遐邇。由於清朝定都後實行滿漢分城而治，南城成為漢族及其他各民族官員、文人和科考舉子們的聚居之地，會館、試館雲集宣南一帶。原在內城燈市口城隍廟的書市也遷至報國寺。因此報國寺的書市盛況空前，殿前廊下，書攤相連；寺周街巷，書鋪林立。又因為報國寺本就有傳統花市和每月逢五之日的廟會，到報國寺的遊人如潮，文人雅士們紛紛來此逛書市、賞花、登毗盧閣。

報國寺在環境幽雅的寺內設立客房供文人墨客留宿，曾為《聊齋志異》作序的「山左大詩人」高衍，在京任吏部侍郎時，就常寓居在報國寺。清初著名詩人王士禛、孔尚任等也是報國寺書市的常客。明末清初著名思想家、經史學家顧炎武，人稱「亭林先生」，在清順治十五年（一六五八年）來京後，即寓住在報國寺內，每日除流覽書市外，潛心著述和學術研究。顧炎武去世後，許多友人、名人常來報國寺祭祀，清道光二十三年（一八四三年），由翰林院編修何紹基、張穆等集資，在報國寺顧炎武生前居住的西小院修建了顧亭林祠。

寺內還有嘉慶六年（一八〇一年）《五彩天尊仙女》一軸。現寺中仍保存成化二年（一四六六年）御製碑，和乾隆二十一年（一七五六年）御製重修報國寺詩碑。

毗盧閣中還收藏有窯變觀音一尊，為鎮寺之寶。毗盧閣窯變觀音和寺內金代所栽的兩株雙龍奇松，被稱為寺內「三絕」。

千年古剎報國寺而今又秉承數百年之文脈，成為書市文化廣場。

聖安寺

聖安寺位於宣武門外南橫街西口。金天會年間（一一二三～一一三五年）始建，是歷史上著名的金代皇家祖廟。傳説是金代帝后為佛覺、晦堂二位大師建造。因寺院建於中都城內的柳湖村旁，寺外有湖，岸邊垂柳，俗稱柳湖寺。

到了明朝，東柳湖村地處荒涼，湖邊賊匪出沒，柳樹消失無蹤，殿宇頹敗坍塌，一四四六年的一場地震更使寺院一片狼藉。宮內太監決定重修柳湖寺院，為了將修建寺院作為自己的功德，竟試圖抹去寺院歷史，將寺內金元時期舊碑、舊匾盡數毀棄，並將寺名改為普濟寺。明代殿內供奉有三尊三世佛，俗稱西方三聖。三尊塑像雕琢細膩，技藝精湛。

此後，聖安寺幾經興衰。到了清乾隆四十一年（一七七六年），乾隆皇帝出資重修寺院，恢復聖安寺名並親題山門匾額「敕建古剎聖安寺」。寺內大殿牆壁上的八幅佛教壁畫，出自明代大畫家商喜之手，代表了中國十五世紀初期宗教壁畫的典型風格。

正是由於深厚的文化底蘊，使聖安寺從元代就成為北京達官貴人、詩人學者憑古臨遊之所。清朝家住保安寺街的文學家、史學家李慈銘，曾和幾位好友遊覽聖安寺並賦詩一首：情遊重憶十年前，破寺楸花四月天，休教更話金源事，塵畫明昌問聖安。

然而，時間對聖安寺毫無眷顧之情，寺院在歲月流逝中也逐漸萎縮。北京解放後，聖安寺改為私立聖安小學，後為宣武區南橫街第一小學、宣武區少年科技館。寺內原有的明代三尊三世佛像早已移到靜明園供奉，瑞象亭移至陶然亭公園西門內北山頂，其他佛像和壁畫於六〇年代末期已全部被毀。

所幸尚存天王殿和山門，而這天王殿尤其珍貴，都城地位始於金中都的北京現存金代主要建築除了盧溝橋，就只有聖安寺了。如今，天王殿和山門已被修葺一新，碩大的千年古樹國槐矗立寺中，靜靜廝守著千年古剎曾經的皇家風範和輝煌歷史。

靈照寺

靈照寺位於延慶縣蓮花湖北岸解放街，初建於金代，原名觀音寺，元朝末期毀於兵火，明永樂十二年（一四一四年）在原址上重建。正統五年秋（一四四〇年）明英宗敕賜額曰「靈照寺」。清康熙三十一年（一六九二年）重修，殿內添塑十八羅漢。後經歷代僧人不斷擴建，使寺院規模宏大，自成格局，香火鼎盛，曾為延郡勝景之一。

歷經民國動盪，一九四九年後寺院曾做過小學校舍，文革時也被單位佔用過。一九八四年定為延慶縣縣級文物保護單位，一九九七年到一九九九年對靈照寺搶救修繕，完全恢復了寺院建築舊制。座北朝南，二進院落、三層殿宇，占地面積三六七八平方公尺，建築面積一零六五平方公尺，現有大殿五間，過殿三間，山門殿三間，山門殿，天王殿，大雄殿座北朝南建在半軸線上，兩側配殿是觀世音菩薩、地藏王菩薩、鎮寺寶幢屋、寮房。另有碑林、經幢等石刻文物，新建鐘鼓樓，金錢眼，佛像，齋堂等。前院地鋪方磚，乾淨整潔，整個寺廟殿宇巍峨，金碧輝煌。

後院有各朝代石獅，其中一隻唐代石獅是北京地區現存最早的石獅，幾隻清代石獅則是延慶地區古石獅的獨有風格。

靈照寺目前已對外開放，於古樸中默默展示並延續著延慶地區的佛教和文化歷史。

廣化寺

廣化寺是北京著名的佛教十方叢林，位於北京市西城區風景秀麗的什剎海北邊的鴉兒胡同三十一號，東鄰銀錠橋，西鄰宋慶齡故居。也是北京市佛教協會、北京佛教音樂團所在地。

廣化寺始建時間已無據確證，只是根據《日下舊聞考》援引《柳津日記》所載「廣化寺在日中坊雞頭池上。元時有僧居之，日誦佛號，每誦一聲，以米一粒記數，凡二十年，積至四十八石，因以建寺。」而推斷其大約建於元朝。什剎海的「什」傳本為「十」，因後海沿岸古剎如林，有元、明時所建寺庵十座，民間俗有「十剎九庵一座廟」之說，這「一座廟」就是廣化寺。《柳津日記》所載與廣化寺由一位高僧托缽化緣，廣籌佈施所建而得名的傳說也相吻合。高僧名號不見經傳，又有「廣化」之名，因此可以猜測廣化寺是靠民間力量得以建成。

因為非皇家寺廟，歷史上對廣化寺的重修寥寥無幾。根據後來在廣化寺大雄寶殿廢墟中發掘的斷殘石碑，依稀可知明朝時期的廣化寺曾經歷明初毀廢、天順至成化年間得到官府重視並予以重修的過程。石碑共兩通，其中《正宗記》碑一面記載有廣化寺重修時間（萬曆二十六年即一五九八年），並刻有「廣化寺開山第一代住持靈濟號大舟」至第五代住持圓環及其弟子一百多人的道號法名；碑的另一面記有明成化四年（一四六八年）曾得內府太監蘇誠資助重修，並奏請朝廷，「聖恩憐憫，乞賜寺額」，重修後的廣化寺「殿堂廊廡，規模宏大」，並逐漸發展為淨土宗道場，住持圓環法師率眾舉行過盛大的陀彌法會，盛極一時，成為京都有影響的佛剎[5]。

此後，廣化寺于明萬曆年間和清咸豐十二年（一八五二年）又分別得到一次重修。清道光年間，廣殊法師任住持時，敦請自如和尚任方丈，廣化寺由淨土宗改為十方叢林。自如方丈圓寂後，印法法師繼任方丈，從道光六年（一八二六年）始，歷經二十年辛苦募資，到一八五二年終於又得以重修殿堂僧舍。《道咸以來朝野雜記》說光緒二十年（一八九四年）「聞光緒朝年殘敗殊甚，後募化于恭邸」又募資重修廣化寺正院殿宇，從而使「後海北岸之廣化寺，古剎中之新者」。

近現代時期的廣化寺迭經變化。清末民初，廣化寺一度成為京師圖書館。一九〇八年，張之洞任軍機大臣，掌管學部，推行新政，籌建學部圖書館，派繆荃孫主持建館事務，館址就設在廣化寺，定名京師圖書館。中華民國成立後，京師圖書館改屬教育部，教育總長蔡元培派江翰任京師圖書館館長，次年開館接待讀者。這個京師圖書館就是北京圖書館的前身，也正是這個圖書館，讓當年任社會教育司僉事、直接管理圖書館的魯迅常常來廣化寺，結下一小段緣分。後來因為館內藏書越來越多，而廣化寺的殿宇潮濕，不利於保護藏書而遷移它處，廣化寺又恢復為佛教寺廟。

一九二七年，玉山法師任廣化寺住持。十分注重修持的玉山法師率領僧眾遵守佛制寺規，實行禪淨雙重。他訂立「不攀龍附鳳、不外出應酬佛事、不私自募捐化緣」的「三不」制度成為當時佛界「名規」，也使廣化寺聞名四海，常住僧人五十多位。

廣化寺在民國後期直至解放因應現實而經歷了多番角色輪換。抗日戰爭期間，東三省民眾抗日後援會會長朱慶瀾攜全家暫住廣化寺，並一度在寺內東院創辦傷兵醫院。盧溝橋事變後，北平淪陷，民生凋敝，為維持生計，將東院空房闢為停靈之所，為京城人辦白事出經，由此也引出著名畫家溥心畬與廣化寺的不解之緣。溥心畬是一位虔誠的居士，一九三八年來廣化寺為母親停靈舉喪時，見寺院年久失修，殘破不堪，當即向北平市有關部門呼籲整修廣化寺，並且自己出資，由玉山方丈主持動工，將寺內中軸線上的建築及東西配殿進行全面整修。因為工程後期資金不足，溥心畬還組織師生在中山公園水榭聯合舉辦書畫作品展覽義賣三天，所得款項全部捐助寺中，使修復工程圓滿完成。

一九三九年，廣化寺創辦了廣化佛學院，招收學僧數十人，聘請周叔迦、魏善忱、修明、海岑、溥儒等佛教學者任教，培養佛教人才。七年後，又創辦了廣化小學，免費招生，為貧苦困難的學生提供書籍和學習工具，直到一九五二年由北京市教育局接管。也是在同一年的秋天，著名禪宗高僧虛雲法師與廣化寺的名字緊密聯繫在了一起，虛雲法師來京駐錫廣化寺，當時在京佛教界人士李濟深、葉恭綽、陳銘樞、巨贊及佛教徒紛紛前來參禮這位大師，平靜的廣化寺一時稱盛。正因如此，雖然解放前後的很長一段時間經濟凋

上　廣化寺是北京著名佛教十方叢林，也是北京佛教協會、北京佛教音樂團所在地

下　廣化寺三個院落間迴廊環繞，形成一座大四合院套著小四合院，及院中有院的建築特色

敝，廣化寺仍作為佛教活動場所開放，基本保持了古剎舊觀。然而，跟其他寺廟一樣，廣化寺也不能倖免「文化大革命」的浩劫，寺院佛像遭到破壞，宗教活動也被迫停止，幸運的是《大藏經》及佛教文物都被提前封存，沒有受到損壞。

直到一九八一年北京市佛教協會成立，辦公地址就設在廣化寺，一九八三年，廣化寺被列為漢族地區佛教全國重點寺院。從此也開始了對廣化寺建築、文物、佛教等各方面的整理、修復，並開辦僧尼培訓班，使廣化寺獲得新生。同時，挖掘、整理了北京智化寺音樂，成立北京佛教音樂團。

一九八六年，北京市佛教協會成立了文物組，對廣化寺的經書、字畫、碑拓、法物、瓷器進行挖掘、整理和鑑定，最後統計出廣化寺共收藏國家各級文物一七一六件，其中圖書一千零八十七部，字畫二百八十二件，碑拓二百九十八件，其他物品四十九件，有很高的價值。明永樂年間翰林院刻印的《大方廣佛華嚴經》、清雍正皇帝抄寫的《金剛經》、二七六一函的四藏《大藏經》都是非常珍貴的佛經寶典，經過整理，沉寂多年的文物終於得以重放異彩，展現在世人面前。

北京市佛教協會自成立以來，對廣化寺呵護有加，堅持多年籌措資金，對山門殿、天王殿、大雄寶殿、藏經閣四進殿堂以及東西配殿、配樓，進行全面維修、漆繪樑棟，重塑、奉安佛像。一九八九年的農曆七月十五日，在香煙繚繞，鐘鼓齊鳴中，廣化寺從市文物部門請來的一尊毗盧遮那大銅佛像開光，並供奉在大雄寶殿，逐步恢復了寺院原有的肅穆莊嚴。

如今的廣化寺總占地二十餘畝，擁有殿宇三百二十九間，共分中院、東院和西院三大院落。中院是全寺的主體建築，依次分佈著山門殿、天王殿、大雄寶殿、藏經閣等主要殿堂，兩側對稱排列著鐘樓、鼓樓、伽藍殿、祖師殿、首座寮與維那寮。東院由戒壇、齋堂、學戒堂、引禮寮等殿堂組成四合院。西院的主體建築有大悲壇、祖堂、法堂、方丈院、退居寮等。

三個院落之間回廊環繞，僧房毗連，形成一座大四合院套著眾多小四合院，即「院中有院」的建築持色。整個寺院建築佈局嚴謹，雕樑畫棟，金碧輝煌。院內古柏蒼翠，花草幽香瀰漫於經聲佛號中，令人神往。

每年農曆臘八，廣化寺熬臘八粥免費供應來寺信眾的傳統從建寺保存至今。每逢初一、十五，廣化寺皆有佛事活動，每週六還有北京佛教音樂團的演奏活動。一九八六年三月在北京廣化寺正式組建的「北京佛教音樂團」，經第二十五代傳人增遠及其弟子們的共同努力，使瀕臨絕響的佛教音樂重發微妙之聲。

一九八九年十月十二日至十八日（農曆九月十三日至十九日），廣化寺舉行了一九四九年以來最為隆重的法會——啟建禮懺講經法會。北京佛教界人士濟濟一堂，祈禱人民安樂，世界和平。法會結束時，施放瑜伽燄口，演奏佛教音樂，盛況空前。

二〇〇七年八月五日，北京廣化寺隆重舉行大殿丹墀供奉「世界和平吉祥塔」暨「五座大舍利寶塔」開光法會，於二〇〇〇年就升座廣化寺方丈的怡學法師親自主持，廣化寺全體僧眾及六百多信眾虔誠敬誦「大悲咒」及「一切如來心秘密全身舍利寶篋印陀羅尼咒」，法喜充滿。

二〇〇八年，恰逢中韓建交十六周年之際，廣化寺又隆重舉行「韓國奉贈北京廣化寺金地藏王菩薩奉安大法會」。中國佛學院副院長、北京市佛教協會會長傳印長老，北京廣濟寺、靈光寺、臺灣大華嚴寺等寺廟方丈、高僧大德，韓中佛教文化交流協會會長、韓國佛教放送理事長林影潭法師，和世界佛教和平基金會會長常大林先生等佛教界人士、出席了這一盛典，韓國中央宗會議員、國會議員、駐華大使館文化院公使參贊也專程出席奉贈法會。在林影潭法師和怡學法師的帶領下，韓中兩國僧眾與廣大信眾共同祈願，人民生活幸福、社會和諧、世界和平。

和平，是世界的需要，也是佛教的宗旨，廣化寺從民國時的種種功能交替，似乎就已註定了和平使者的角色。現任方丈怡學法師住持廣化寺，尊奉並將一直傳承這一人間法旨。

柏林寺

柏林寺位於東城區內城的東北角、雍和宮東側的戲樓胡同一號，為京師八大寺廟之一。因為最初寺前柏樹成林長達十里之遙，故而得名。

柏林寺的歷史非常悠久，甚至有「先有柏林寺，後有北京城」的説法，但有據可考的始建年代是元至正七年（一三四七年），在北京市內寺廟中，歷史之悠久、規模之宏大、建築格局之嚴謹和宏偉、保存之完整，柏林寺都是首屈一指。

明洪武元年（一三六八年）修北京城北牆時將柏林寺切開，城外部分為北柏林寺，城內為南柏林寺。明代正統十二年（一四四七年）重建後占地更大，規模更宏偉。但明代以後，不知何故，城外的北柏林寺備受冷落逐漸衰落，而城內南柏林寺因得明清兩朝三次重修而日益繁盛，柏林寺也就成了京城柏林寺。三次重修中，規模最大的一次是在康熙五十二年（一七一三年），為了慶祝康熙大帝六十壽辰，由皇四子胤禛、後來的雍正帝主持重修，康熙皇帝親題「萬古柏林」之額懸於大雄寶殿內。乾隆二十三年（一七五八年），又一次撥鉅款進行重修。

柏林寺坐北朝南，主要建築集中在一條南北中軸線上，自南而北依次為山門、天王殿、圓俱行覺殿、大雄寶殿和維摩閣共五進院落。中軸的東西兩側為配殿，整座寺院佈局整齊嚴謹，全部建築都建在高大的磚石臺基上。主體建築大雄寶殿內有明代塑造的三世佛和造型生動、體態肅穆的七尊木製漆金佛像。

莊嚴雄偉的柏林寺歷經民國的動盪，到解放後曾一度荒廢，後政府多次進行修繕，才得以基本保持原貌。

從六十年代起柏林寺成為北京圖書館典藏部的書庫，一九八四年被定為北京市文物保護單位之後，北京圖書館新館也於一九八七年落成後而退出柏林寺，隨之由文化學院接管。

柏林寺所以出名，不僅在於它曾是禪宗重要分支臨濟宗的十方常住叢林，以及它是雍正稱帝之前替身出家的場所，最主要在於它有中國唯一存留的龍藏經版。龍藏特指清朝御制鐫刻的佛教大藏經，這套龍藏從清雍正十一年（一七三三年）開始刊刻，歷經五年，直到乾隆三年（一七三八年）才告完成。其內容收集了元、明、清三朝著名高僧以及佛學研究的著作，很多他處無尋的史料都可從此探源溯流找到答案。龍藏經版選用的是上好梨木雕造，刀法洗煉，字體渾厚端秀，因印刷量極少而至今字口鋒棱俱在，完整如新，堪稱稀世絕版。但因柏林寺佛教活動停止多年，一九八二年經版被移存智化寺。

柏林寺雖然占地三十畝之巨，殿宇軒昂，規模遠大於廣濟、法源這些名寺。但始終沒有重現佛教盛景。但柏林寺畢竟是歷史悠久的佛教寺院，希望它最終能重燃香火，以晨鐘暮鼓的悠揚之聲驚散這喧鬧的都市紛爭。

護國寺

護國寺位於西城西四牌樓之北、護國寺街西口內路北，著名古剎，街以寺名，為北京市文物保護單位。

護國寺始建於元至元二十一年（一二八四年）前後，定演和尚得到皇帝的特別恩賜土地，及閹人一起興建，成大殿、經閣、丈室、廊廡、齋廚僧舍約百餘間，當時稱崇國寺，明朝宣德年間賜名大隆善寺，明成化年間又賜名大隆善護國寺，民間簡稱護國寺。

護國寺自建寺開始，屢獲朝廷的頒賜，寺院的規模也不斷擴增，下轄二十餘所寺院，寺產除大都及周圍郊縣外，還遠及順州、那州、檀州、通州、薊州、杭州等處，是聞名一時的大寺。明清兩代又在元代基礎上繼續擴建，規模更超前代。尤其是明代宣德成化年間的增擴，使護國寺達到鼎盛，寺院共有九進殿堂，廟中更有兩座類似妙應白塔的喇嘛塔，成為京師著名巨剎。

然而到了清代後期，護國寺逐漸衰落，到民國時期，殿堂坍塌，一片衰敗景象。如今只剩下第二進建築彌勒殿，面闊五間，前後兩層，是典型的明代建築。

寺中還供奉著元丞相托克托夫婦塑像和輔佐明成祖朱棣屢建功勳的姚廣孝畫像而在民間產生眾多傳說，有說護國寺是托克托夫婦改宅為寺，也有說護國寺是姚廣孝影堂。

護國寺廟會與妙應、隆福寺的廟會是北京城並駕齊驅的三大廟會。護國寺廟會於每月農曆的初七、初八日舉辦，最遲應在乾隆時已經存在，與隆福寺被並稱為「東西二廟」，《京都竹枝詞》云：東西兩廟貨真全，一日能消百萬錢，多少貴人閑至此，衣香尤帶御爐煙。

然而，曾經的皇家巨刹、御爐紫煙，都已在滄桑歲月中消散於歷史長空，成為老北京人的一段喧囂回憶。只有護國寺街名深深烙印了它的輝煌、廟會的貨品、小吃繼續演繹著古老廟會的盛況。如今，護國寺已被公佈為北京市文物保護單位，但曾經的巨　佛音蕩然無存仍然讓人慨歎不已，佛界內外都在心底呼喚著重修寺院、重興佛境。

香山碧雲寺

碧雲寺位於海澱區香山東麓，始建於元至元二十六年（一二八九年），至今已有七百多年的歷史。

傳說碧雲寺是由丞相耶律楚材的後裔阿勒彌（又說阿里吉）舍宅開山創建，初名碧雲庵，明正德十一年（一五一六年）擴建改庵為寺。清乾隆十二年（一七四八年）在原來的基礎上進行大規模修整和擴建，增建羅漢堂、行宮院和金剛寶座塔。

碧雲寺依山而建，總占地四萬餘平方公尺，採用迴旋串連的建造形式佈局，雄偉的殿堂層層迭起，肅穆莊嚴，滿山松柏參天，濃蔭蔽日。整個建築佈置呈長方形，分為三路：中路中軸線有內山門、天王殿、正殿、菩薩殿、後殿、金剛寶座塔。南路主要建築是羅漢堂。北路有水泉院。每進院落都各具特色，給人以層出不窮之感。

清幽的山水、蔥鬱的林木和華美的建築使碧雲寺居於北京西山諸寺之冠。也正因此，明代兩位佞幸得寵的太監于經和魏忠賢先後都相中了這塊寶地，並分別進行擴建以期死後葬於此地，也許碧雲寺的美麗和清聖不接受這種忤逆之人，兩位太監最後都是獲罪而亡，最終也不能魂歸碧雲寺。但經過這兩次擴建，使碧雲寺更加綺麗壯觀，雖然乾隆十二年（一七四八年）對碧雲寺又進行過大規模修建，但原有建築基本未動，因此該寺建築和文物基本保留了明代風格。乾隆時仿杭州淨慈寺修建的羅漢堂，木質雕刻外覆金箔的五百尊羅漢中竟有康熙、乾隆皇帝，想必是要表達「君權神授」之意，或歌頌康乾盛世。

羅漢堂有其獨特之處，水泉院更是讓碧雲寺馳名京城內外。水泉院是北京八大水院之一，是全寺風景最幽靜之處，為避暑勝地。岩壁下的卓錫泉在明代就遠近聞名。院中奇特的古樹也令京城人士津津樂道，柏樹中套長柏樹，最裡層長著一株楝樹，被稱為三代樹。

乾隆時修建的金剛寶座塔在中路的最後面，位於全寺的最高處。該塔是模仿北京五塔寺形狀建造而成，這種塔北京地區僅有三座，另兩座是西黃寺的清淨化城塔和真覺寺的金剛寶座塔。根據西藏地區傳統，碧雲寺的金剛座寶塔整個塔身佈滿了大小佛像、天王、龍鳳獅象和雲紋等精緻浮雕。

莊嚴壯麗的碧雲寺也許註定要承載一次死後歸葬的願望。一九二五年三月，革命先驅孫中山先生逝世後就停靈於此。不過後來移葬到南京，只有衣冠塚封存於寺中。一九五四年，以菩薩殿為主體的第三重院內闢了孫中山紀念堂。院內古樹參天，枝葉繁茂，其中最為珍貴的娑羅樹默默駐守這座幽靜院落。

碧雲寺從建成到今天，已歷經數百年歲月，似鴻篇巨制演繹了佛教的幽深高遠。一九五七年，政府將該之列為第一批市級文物保護單位，並對其進行了多次大規模修繕，如今這裡是一處著名的旅遊景點。

延壽寺

延壽寺位於昌平區長陵鎮黑山寨村北二公里處，距北京市區約五十公里，是興建時間比十三陵還要早的元末明初寺院。傳說當年朱元璋準備修建帝陵時，叫軍師劉伯溫去選址，發現此處面積不夠，但又覺得是塊風水寶地不忍捨棄，因此奏請修建寺院以保佑大明江山永固、國家強盛不衰、君民益壽延年，故取名延壽寺。

彌為珍貴的是，歷經歲月滄桑巨變的延壽寺，如今仍然以它曾經的佛教盛名吸引著居士信眾。加拿大居士羅道安先生在此過程中多次來探尋遊賞，朝拜神佛，感動至深後禮送一尊碧玉觀音和寺中的漢白玉釋迦牟尼像一起供奉，這尊碧玉觀音間高一點二公尺，全國稀有，價值連城。佛像落座後，各界人士紛紛來此觀景朝拜，臺灣王朝春居士每年必來延壽寺，並捐資用於寺院修繕。

寺院中有一棵可謂世界奇松的明代古松，高約二公尺，但樹冠極大，從主幹上分出的很多大枝又互相攀援纏疊，狀如無數盤龍盤繞，龍頭探向北方的正殿，長長的龍尾擺向東南，景觀非常壯麗，所以被稱為「盤龍松」，一九九一年，這棵松樹被北京市林業局定為「京郊第一松」。

延壽寺如今還有一奇特之事就是寺院後山的麥飯石縫隙中流出的水，四季常流不息，冬暖夏涼，清澈透明，甘甜可口。經化驗，發現水中含有多種對人體有益的微量元素，常飲此水能益壽延年，傳說延壽寺的世代僧人飲用此水，很多長壽逾百餘歲。看來這延壽寺還不是徒有虛名。

慈悲庵

慈悲庵座落於宣武區太平街十九號陶然亭公園湖心島西南的高臺上，又稱觀音庵。

慈悲庵建自元代，歷史悠久，雖然現在已經非佛教勝地，成為一個博物館，但因為它不管在歷史上還是現在都扮演著舉足輕重的角色，所以理所當然要占北京伽藍的一席之地。館中所藏的每一件物品都無聲訴說著慈悲庵的厚重歷史。

自從元代建廟，慈悲庵一直是香火鼎盛的佛教場所。主要建築有山門、觀音殿、招提寶殿、文昌閣、陶然亭及南北西三廳。就在清康熙三十四年，被派駐負責慈悲庵附近窯廠監督事務的工部郎中江藻，在慈悲庵正殿西跨院內建了三間廳堂和一間涼亭，供他平時休憩之用。亭建好後，意取白居易「更待菊黃家釀熟，與君一醉一陶然」中「陶然」二字命亭名，亭因庵盛，終躋身我國四大名亭，如今這陶然古亭也成了鎮館之寶。

到乾隆年間，慈悲庵增建了文昌閣，也因此讓慈悲庵又多一處噪名之所。慈悲庵雖然地處僻壞之地，卻離官道最近，是進京趕考舉子進京必經之地，加上慈悲庵僧人好客，常

左上 慈悲庵在清代是京都名流遊憩、文人墨客薈集賦詠之地

右上 護國寺廟會是北京成三大廟會之一

左下 香山碧雲寺依山勢而建，給人肅穆莊嚴之感

右下 香山碧雲寺內的木雕外覆金箔羅漢

給遠道而來的舉子們備以齋飯，因此慈悲庵的文昌閣就成了進京舉子必拜之閣。又因為文昌閣除了供人祭拜，庵內僧人還提供大學者紀曉嵐所作的文雅古詩「運籤」並負責解籤，紀曉嵐的名字讓人趨之若鶩，文昌閣幾乎算是清代「科舉明星」。

清時慈悲庵周圍塘澤錯落，蒲渚參差，野趣盎然，是京都名流遊憩、文人墨客薈集賦詠之地。慈悲庵在一九七九年進行了全面修繕，次年以博物館形式對外開放，博物館有李大釗、周恩來紀念室、陶然亭史陳列室、出土文物陳列室等，有人感慨陶然亭是讓人悲秋的地方，但是，在深秋的淡淡愁緒中追憶一下慈悲庵曾經的經堂禪意，也許會有一份清淡的自在襲上心頭。

普度寺

普度寺位於東城區南池子大街內普慶前巷，始建於明代初年，距今已有五、六百年的歷史。

普度寺不僅歷史悠久，它的地位也相當特殊。普度寺作為皇太子生活和居住之處，它見證了明朝歷史上許多歷史事件。「土木堡之變」使明軍遭到史無前例的軍事慘敗，明英宗朱祁鎮成為蒙古瓦剌軍的階下囚，英宗之弟朱祁鈺（明代宗）匆忙繼位，建元「景泰」。當蒙古瓦剌當權者發現所虜皇帝無法威脅明庭，於是將將其送還。英宗回京後，代宗即將其安置普度寺安度晚年。但英宗並不甘心當「太上皇」，而是集結其往日在位時的心腹黨羽，於景泰八年（西元一四五七年）正月十日，推翻了病危之中的明代宗，複奪帝位，史稱「奪門之變」，代宗被廢後又被英宗軟禁在普度寺。病入膏肓的朱祁鈺入住普度寺後終日鬱鬱寡歡，病情日益加重，沒出百日就駕崩於普度寺。

到了清代，清太宗皇太極駕崩後，六歲的順治皇帝太年幼懵懂，實力雄厚、年輕氣盛的多爾袞得以「皇叔、攝政王」的雙重身份總攬朝政。多爾袞進京居住的王府就是普度寺。所以，清初一度將普度寺改稱「攝政王府」，多爾袞在自家的府邸裡批復奏摺和舉行群臣參加的御前朝會。尤其是代表皇帝行使最高權力的玉璽也長期放在普度寺，用於封疆大吏等官員的任免事項。這種情形持續了數年之久，致使當年朝廷內大部分三公九卿、文武百官一度淡忘了紫禁城皇宮裡還有順治皇帝的存在，而只記得京城有座威風八面的第二朝廷「小南城」。王邸廢除後，康熙三十三年（一六九四年）改建為瑪哈喇嘛廟。乾隆四十年（一七七五年）重新修葺並於次年賜名「普度寺」。

如今的普度寺恢復了昔日的金碧輝煌，遺存的重簷歇山頂、輔以黃色琉璃瓦大殿，其低矮的窗櫺，殿頂、天花、斗拱、樑架上考究的雕龍畫鳳圖案再次展現了獨特建築風格，專家稱，具有如此鮮明滿族風格的古建築在北京僅此一處。

如今普度寺與眾多的寺廟一樣已經成為單一的遊覽景點，免費開放，還闢有一個稅務博物館，寺院也成為附近居民的活動地點，二〇〇八年還重建了關閉多年的南門。不知道踱步其中的遊客、居民在面對彌散著皇家寺院氣息的一磚一瓦時，心底會泛起何種情懷？

時期

06

明清時期北京興建的寺院

清皇室行宮的雍和宮

跟北京市區其他寺廟相比，雍和宮的歷史並不悠久，但卻是皇家第一座藏傳佛教寺廟，也是目前北京市唯一一座佛事活動頻繁、香火旺盛的藏傳佛教寺廟。

禛貝勒府　帝王行宮

追溯雍和宮的歷史應該從雍正皇帝還是貝勒爺的時候開始，因為雍和宮的前身是後來雍正皇帝的「禛貝勒府」。《清宗人府事例》中記載，康熙三十二年，共十位皇子「俱已分別冊封分府，唯允禛、允佑二人是貝勒，而所封府邸是親王府邸……」這裡的允禛（胤禛）就是清朝雍正皇帝，當時是貝勒身份，按照貝勒府府邸的規制，他的父親康熙皇帝將明朝太監們居住過的官房（清朝定鼎北京後將這裡劃為內務府官用房）分給了他。

康熙三十三年，胤禛搬進府邸，取名「禛貝勒府」。康熙四十八年（一七〇九年），胤禛晉升為「和碩雍親王」，「禛貝勒府」也隨之升為「雍親王府」。親王府從規模、建制到人員配置都與從前的貝勒府大相徑庭。然而真正讓這座貝勒府發生歷史性改變的還是康熙六十一年（一七二二年）皇帝駕崩，結束了清朝歷史上長達六十年的統治，雍親王繼承皇位遷入宮中，改年號雍正。但雍正皇帝對他曾經居住過三十餘年的府邸滿懷深情，於是將這裡改為自己的行宮，正式賜名「雍和宮」，從此，雍和宮作為帝王行宮和「龍潛禁地」的歷史正式開始。

還是貝勒府時期，雍和宮宅院東側就闢有一個小院，內有亭、臺、廊、室，栽種著各種花草樹木，供貝勒讀書閱典、貝勒福晉賞花觀月，稱為東書院。後來隨著貝勒爵位升遷，這裡曾陸續得到擴建和修繕，雍和宮改為行宮後，對東書院進行了徹底修繕，又增添了許多亭臺樓閣。復建後的東書院更加古樸典雅，清幽明淨。後來的乾隆皇帝就是出生於此，因此，乾隆皇帝與雍和宮及其書院結下了深厚因緣。他寫過多首到雍和宮禮佛的瞻禮詩，詩中常常提到他的出生地，流露出對雍和宮縷縷不絕的懷念之情，而乾隆後的每位皇帝到雍和宮禮佛後都會到此休息。

多重因素成為藏傳喇嘛廟

雍正十三年（一七三五年）八月，雍正皇帝駕崩於圓明園，乾隆即位後一改清朝舊制，於同年九月將父親梓棺安放在雍和宮他生前的寢宮永佑殿裏，為了迎棺槨進廟，雍和宮主要建築在十五天內改覆黃瓦。三年後，棺槨移葬易州西陵後，永佑殿則供奉雍正影像，直至雍和宮改廟，歷史上稱這段時期為「影堂時期」。當然，在影堂時期，有近十年時間宮內大部分殿堂已經成為黃教喇嘛誦經禮佛的場所了。

雍和宮改為藏傳佛教寺廟是乾隆皇帝一手完成的。從乾隆九年（一七四四年）開始，清政府在短短的幾年之內就完成了雍和宮作為藏傳佛教格魯派寺廟的基本建制。關於乾隆皇帝為何要將雍和宮改為藏傳佛教寺廟，文字記載紛繁複雜，歸納起來不外報恩、懷念的個人情結和對國家、民族大義的政治目的。

乾隆本身生於雍和宮，並在東書院生活了整整十二年，那裡的優美環境和祖先的諄諄教誨令他沒齒難忘，而在他的心靈深處，雍和宮是一處福地，同時也是他思親懷舊的地方。把雍和宮改為皇家寺廟，選一些「高行梵僧」居住其間，這樣不僅每日「香幢寶網，夕鼓晨鐘」縈繞，後輩也可以常去瞻仰、緬懷，使雍正居住三十年的「龍池肇跡之區」不至於閒置荒涼。乾隆需報答的還有他的恩師——在蒙藏地區影響巨大並且終其一生都在為乾隆皇帝處理蒙藏事務奔波的大活佛三世章嘉．若必多吉，有觀點認為，雍和宮是乾隆為三世章嘉專門興建的一處「養尊處優」的地方。

清朝在順治、康熙、雍正三朝，通過對藏傳佛教採取的迎接達賴、興建寺廟等種種籠絡措施對當時邊陲的穩定、民族的團結發揮了巨大作用。乾隆皇帝順理成章地繼承了這些政策，並利用皇家黃教寺廟加強對蒙藏民族事務的瞭解，扶植忠實於朝廷的宗教上層人士作為自己的代言人。

三世章嘉活佛銜命整修

乾隆皇帝命三世章嘉國師負責寺廟的改建工程。三世章嘉國師按照藏傳佛教寺廟的規制和要求親力親為，拆影壁，建昭泰門，設桅杆，立寶坊，立碑亭，建鐘鼓樓。對宮內雍和門殿、雍和宮殿、永佑殿、法輪殿、藥師殿等十多個殿堂進行翻建，同時又在寺廟週邊修建了八百餘間的附屬建築。歷經數年，一座規制齊全的藏傳佛教寺廟誕生了。乾隆皇帝非常滿意，親賜藏名「噶丹敬恰林」，意為「兜率壯麗洲」，並獎賞三世章嘉國師。

除了這次改建，雍和宮在乾隆年間還進行了幾次重修，萬福閣、戒臺樓、班禪樓等建築都是後來不斷增建或改建的，班禪樓和戒臺樓為乾隆皇帝七十大壽時為迎接入覲的六世

雍和宮是皇家第一座藏傳佛教寺廟

班禪而特意改建。經過三世章嘉國師領導的這次改建和後來的多次增修，基本奠定了雍和宮的建築規模。

雍和宮改廟後，清政府在雍和宮設立了行政和宗教兩級管理體制以發揮其重要作用。在行政上，雍和宮設有高級管理機構「中正殿管理喇嘛念經處」，直屬清朝管理全國蒙藏事務的最高機構「理藩院」。管理處設官員一名，稱「領雍和宮事務大臣」，一般都是從親王中選派。下面再設「總理雍和宮東書院事務大臣」，人數不定，一般從王公和一二品文武官員中選送。當時清政府在雍和宮設有三「房」，即文案房、經壇房和造辦房，分別負責管理雍和宮的文書往來、僧人念經以及佛像造辦之事。造辦房是清廷設在雍和宮製造佛像等法物的工廠，有四十名工人分組負責銅金、鍍金、鑄銅、雕刻、彩畫緙絲等不同種類佛像的製作。另外，還配備了八旗軍，承擔著雍和宮的保衛工作。

在宗教上，雍和宮當時設有兩套班子：一套稱「總管駐京喇嘛印務處」，負責管理北京，東、西陵，熱河，五臺山等各喇嘛廟的工作。另一套機構專門管理雍和宮內部的宗教事務，這套機構共分七級，最高一級稱「總管喇嘛印務處」。

四大紮倉教育中心　先修顯宗後修密宗

雍和宮改廟後，三世章嘉國師按照乾隆的意圖，依西藏黃教寺廟的修學制度在雍和宮設立了四大紮倉，按照格魯派「先修顯宗，後修密宗」的修學次第學習。紮倉確定後，乾隆皇帝高度重視，親自選撥僧人，並對僧人的來源制定了一系列嚴格的制度，又邀請眾多高僧大德來教學，經過認真挑選，一大批「尊國政、知舉止、諳例律」，「或在京掌教，或赴藏辦事」的喇嘛教人才脫穎而出。四大紥倉成為清代內地最大的藏傳佛教教育中心，堪稱誕生高僧大德的搖籃。據記載，乾隆時期雍和宮僧人人數定額達到八百名。到乾隆後期，雖然清政府對京城及內地其他地區藏傳佛教寺廟的喇嘛人數做了限定，但雍和宮仍以五百零四名高居內地三大中心喇嘛廟之首。

清政府對雍和宮僧人的待遇也相當優厚，除了八十名學藝喇嘛的開銷由所送之旗按月送交，其餘喇嘛的開銷全部按照級別由政府撥給。一般僧眾的固定待遇有：每人每月糧米七斗五升以及數量不同的銀錢，每人有進宮念經時穿戴的黃蟒袍等法衣十四套，另有各種「特賞」、佈施。乾隆年間，雍和宮的香燈地遍及北京周圍二十九個縣，僅年地租一項收入就達白銀近萬兩。至於雍和宮堪布及兼有虛名的駐京呼圖克圖等上層人士更享有諸多福利。除了錢糧外，還有廟產、牧場、牛羊及固定月銀，另外還享有政治特權，所以當時有「駐京喇嘛不亞於王爺」之說。三世章嘉．呼圖克圖兼任雍和宮總堪布時更佔有十多座大中寺廟及廟產，外加親王奉緞，月特賞銀五百餘兩，他的國師金印竟重達八十八點八兩。他甚至可以撐黃傘、坐黃轎，皇帝還不時贈給各種金玉寶石、古玩字畫，三世章嘉的地位和待遇已經遠遠高於一般親王。而當時經三世章嘉國師推薦參與雍和宮管理事務的格魯派活佛則都有了乾隆皇帝賜給的佛倉。

雍和宮既然是乾隆皇帝一手策劃建成的喇嘛廟，自然是乾隆皇帝祈福的重要場所，他經常到雍和宮禮佛聽經，請西藏的格西們為他講經說法，並經常賞賜僧帽、袈裟、銀兩等。作為位居第一的皇家寺廟，雍和宮僧人們除了在本廟舉行宗教活動外，還要接受中正殿喇嘛念經處的安排經常到皇室去誦經。當時皇宮各園地喇嘛念經一年累計千餘日，二萬七千多人。

清朝承襲明朝優禮和尊崇藏傳佛教政策，也制定了西藏喇嘛和貴族年例進京朝貢制度。來朝貢的喇嘛和貴族，朝貢後都要到雍和宮拜佛、誦經，受到雍和宮喇嘛的接待。乾隆四十五年，六世班禪為乾隆慶祝七十大壽。在京期間，六世班禪在雍和宮進行了一系列活動：親臨雍和宮大法會，為新建的班禪樓和戒臺樓開光，為乾隆皇帝講經等，前後在雍和宮住了二十多天。

雍和宮每年農曆臘月二十八和正月初四都要舉行藏傳佛教密宗的伏魔驅祟的神舞活動，俗稱「打鬼」、「跳布紮」。早期這種法會帝王、眾大臣及蒙古王公都要參加，而且得做法會的施主。

政教雙治　影響清廷

因為雍和宮承擔著政治和宗教的雙重角色，所以堪布的權利非常高，處於內地藏傳佛教管理中的核心地位。歷屆堪布也都是藏傳佛教界的著名高僧，大多受清廷委派，充當中

雍和宮是乾隆皇帝祈福的重要場所

雍和宮紅牆黃瓦，氣象莊嚴

央與地方聯繫的使者。首任堪布三世章嘉．若必多吉是整個清代影響深遠的大活佛，雍正時期進京，當時只有八歲，與還是皇子的弘曆相伴相讀，友誼深厚，十八歲時被雍正冊封為「灌頂普善廣慈大國師」。乾隆即位後又傾盡全力為乾隆處理蒙藏事務，可謂一生功勳卓著。

一世策墨林．阿旺楚臣因佛學造詣高深而在青年時代被三世章嘉請至京城，一生奔走於北京與西藏之間，為西藏安危殫精竭慮。七世濟隆活佛也是由三世章嘉按乾隆旨意在西藏挑選的活佛，為平定內亂、收復邊疆做了重大貢獻，被乾隆皇帝封為「慧通禪師」並賜敕印，並加封「紮薩克達喇嘛」名號。

八世濟隆．意希洛桑丹貝袞波對安定西藏，發展社會生產發揮了重要作用，乾隆帝封他「畢力克圖」名號，並將羊八井寺賜名永安寺賜給他，即今天的功德林寺。八世濟隆圓寂後，九世、十世濟隆活佛先後在協助第十一世、十二世達賴喇嘛辦理西藏事務、主持尋訪十三世達賴喇嘛的過程中做出了很大貢獻。

雍和宮的興衰如近代史

清朝末年到民國時期的雍和宮，命運與中國時局緊密相連，可說是一部濃縮的中國近現代史。鴉片戰爭後，曾經由皇宮支付的雍和宮每日巨大的開支逐漸中斷，由於時局動盪，寺院缺乏管理，宮內大量珍貴文物被盜或被毀，僧人生計都曾經一度難以維持。

一九〇〇年八國聯軍入侵，日本人對雍和宮的珍貴文物、珠寶等進行大肆洗劫，最後竟燒燬了東書院全部建築。十三世達賴喇嘛率領全藏僧俗奮勇抵抗英國人無端入侵的鬥爭也以失敗告終，而此時在歷史上早已形成的西藏三大寺向雍和宮派送堪布的慣例也被取消。

中華民國成立後，雖然恢復了十三世達賴喇嘛的名號，把雍和宮劃歸新成立的「蒙藏事務局」（後改為蒙藏院）管轄，但因為已經不再是皇家寺院，財源斷流、收不抵支，最後不得不打破皇家寺院不開放的禁忌，靠微薄的門票收入維持生計。後來更幾易其主，年久失修，昔日的皇家氣派蕩然無存。

北伐戰爭後，雍和宮由新成立的「蒙藏委員會駐北平辦事處」管理，蔣介石到北京參觀雍和宮後，深感西藏問題關係重大，隨即任命閻錫山為蒙藏委員會委員長處理蒙藏問題，令「雍和宮辦事處」管理雍和宮日常事務。當時北平市共有僧人三百多人，雍和宮就達八十八人，但雍和宮僧人的收入與當年有天壤之別。到國民黨時期直至北平淪陷，生活更是每況愈下，有的被迫還俗。在民國初期，雍和宮在失去昔日輝煌、頻遭入侵的戰亂情況下，仍然承擔著連接中央政府與西藏地方關係的獨特使命。

一九一八年，十三世達賴喇嘛恢復舊制，先後向雍和宮委派羅桑策殿、貢覺仲尼到雍和宮擔任堪布，臨危受命的貢覺仲尼堪布在民國時期一直活躍於中央與西藏地方舞臺上，致力於溝通中央和西藏地方關係，這也是雍和宮在民國歷史上最為光榮的一頁。

隨著一九四九年北平宣佈和平解放，雍和宮走入了新的歷史時代，建立了民主管理組織，廢除「格斯貴」（負責經堂紀律的僧職）在殿堂以鐵棒執法的制度，積極參加生產勞動以自養。抗美援朝期間，雍和宮僧人還慷慨解囊支持。

一九五六年，時任中國佛教協會副會長的噶喇藏活佛出任堪布，成為新中國成立後雍和宮的第一任正式堪布。噶喇藏到任後，健全了雍和宮經典、佛像、法物、法器等文物的管理和財務管理制度，加強佛殿及環境衛生，規定了參觀開放制度，並解決了喇嘛住房等實際困難。同時還開設雍和宮招待所以方便牧民群眾來京看病。受國家委託，噶喇藏還出訪蒙古、緬甸、尼泊爾、印度等國進行宗教交流。

雍和宮各殿堂供奉數千件佛像、唐卡及珍貴文物令人嘆為觀止

新雍和宮　漢藏融合

新時期的雍和宮歷經默默奉獻、辛勤耕耘的高全壽（伯雲烏爾吉）和愛國愛教的嘉木揚·圖布丹兩任堪布。現任堪布圖布丹今年八十一歲，出生在內蒙古鄂爾多斯草原上牧民之家，自幼苦學，是一位廣受佛教界人士讚譽的學者型高僧。在雍和宮二十多年中，由他出面接待的國家元首和地區首腦達二百餘位，一九九五年還親赴西藏參加了十世班禪大師轉世靈童的掣簽儀式。

圖布丹大師生活儉樸卻樂善好施，在他的宣導下，雍和宮捐建了數所「希望小學」，並在家鄉捐建修復了一座古寺。目前圖布丹堪布擔任著全國政協委員、中國佛協副會長及北京市佛協副會長。

在雍和宮的歷史中，最令信眾激動的是曾從雪域高原走來的列位大活佛：第一位走進雍和宮的大喇嘛是六世班禪大師，乾隆皇帝為了六世班禪的進京大興土木，興建或改建了很多寺廟。七世達賴喇嘛格桑嘉措一生雖然未到過雍和宮，但對雍和宮的影響卻無處不在，從初期的選派僧人，到寺廟改建完工送來僧帽、唐卡、佛像、佛塔等珍貴禮物，他送的彌勒大佛在一九九〇年被載入了世界金氏紀錄，可以說雍和宮的歷史與格桑嘉措息息相關。其後，十三世、十四世達賴喇嘛、十世班禪大師都曾走進雍和宮，讓京城的僧俗兩眾目睹了藏教大活佛的威儀，這些大活佛為漢藏民族的團結和融和奉獻了全部的心血。出生於一九九〇年的十一世班禪額爾德尼・確吉傑布在一九九六年首次舉行佛事活動也給雍和宮歷史上寫下了光輝一頁。

因為是藏傳佛教寺廟，雍和宮一直延續「金瓶掣簽」轉世活佛制度。製作並長期保存金奔巴瓶，先後掣簽了蒙古、青海等十幾位著名活佛的轉世靈童。第十、第十一、第十二世達賴喇嘛和第八、第九、第十一世班禪大師都是由「金瓶掣簽」制度選定的。這一制度消除了過去宗教內部在活佛轉世中「率出一族」、「分潤不均，唆使外族搶掠」等流弊，維護了西藏地方的和平及與中央的關係。

紅牆黃瓦　盤龍奔寶

如今，端坐於北京市區的雍和宮紅牆黃瓦，氣象莊嚴，總體佈局、建築結構和裝飾色彩上，保留了明、清皇宮和王府的形制，同時也融合了漢、藏等民族的建築風格。南北約跨四百公尺，是由三座精緻的牌坊和雍和門殿，雍和宮殿、永佑殿、法輪殿、萬福閣、綏成殿等六進大殿和七進院落組成。

走進雍和宮，首先映入眼簾的是建於乾隆九年的三座高大的牌樓，每座牌樓的額題都是乾隆親筆所書。中座牌樓正南是紅色大影壁，兩側各有一座大石獅，獅子造型生動，氣勢傲然。石獅後面是八字形琉璃照壁，四角飾以黃綠琉璃瓦組成的雲龍圖紋，中間是「盤龍奔寶」圖案。

從中座牌樓往北，有約二百公尺長條石鋪就的輦道——清代帝王方可行走的通道，從輦道往北就是昭泰門。輦道東西兩側有套院，原來曾經是佛倉。輦道兩旁是枝繁葉茂、綠樹成蔭的銀杏、松、柏、丁香、石榴、黃楊等植物。進入昭泰門便到了雍和門院，院子很大，東西長，南北較窄。院內有鐘鼓二樓，東西碑亭，旗杆、銅獅及參天古槐樹都對稱而列。鼓樓下方有一口乾隆九年養心殿造辦處所制的大銅鍋，是清代雍和宮僧人熬臘八粥所用。

古槐年齡經鑑定大多在一百年以上，其中有兩株在三百年以上，株株古槐蒼老遒勁且綠意盎然，見證並訴説著雍和宮不尋常的歷史。銅獅是清宮造辦處製品，獨具匠心的是這對獅子的腿部雕有鱗片，脖子上繫有兩個銅鈴、三個瓔珞。銅獅左右是重簷式八角黃瓦碑亭，各豎一通石碑，東面碑文用滿、漢文書寫，西面碑文是藏、蒙文書寫。四種文字內容相同，漢文是乾隆御筆，主要講述雍和宮改廟的緣由，體現乾隆對先帝雍正的深切懷念及對其豐功偉績的追憶。

明五暗十　現妙明心

雍和門殿的三座大門上以九九縱橫的八十一顆金色門釘裝飾，象徵九五至尊的皇家地位。大門上是雍和門匾額，正殿門上均有匾額，用滿、漢、藏、蒙四種文字書寫。雍和門是五間兩進大殿，稱「明五暗十」。殿內中間的朱漆供桌上擺放著景泰藍掐絲的香爐、燭臺和花瓶「五供」。殿內一尊袒胸露乳、笑容可掬的大肚彌勒佛端坐於金漆雕龍座上。木制貼金的彌勒佛兩側，各有一座紫檀木塔，在塔壁上擺放著二百七十四尊泥製浮雕，每尊高約十公釐，多為長壽佛，還有白度母像，故名長壽塔。殿內兩側是四大天王泥塑立像，殿內朱漆木柱上高懸著乾隆所題楹聯：法鏡交光六根成慧日，牟尼真淨十地起祥雲；匾額曰：現妙明心。後面供奉的韋陀護法木雕像背對山門，面向雍和宮殿，形象威猛，左右各有一幅繪有關羽的唐卡。

出雍和門殿，有一條磚砌甬道直通雍和宮殿露階，這條甬道又稱「儀路」。儀路上有古銅鼎爐和御碑亭。銅鼎爐是乾隆十二年（一七四七年）清宮殿造辦處所制。御碑亭為重簷四角黃色琉璃瓦碑亭，亭內有一座三公尺多高的石碑，碑文稱《喇嘛説》，系乾隆皇帝撰寫，故名御碑亭。

青銅須彌　十八羅漢

雍和宮大殿前，有一座青銅鑄造的須彌山模型，由青銅山體和漢白玉底座兩部分組成，是明萬曆年間掌印太監馮保供奉。

雍和宮殿前石階左右各有一根二十五公尺高的旗杆，旗杆上掛著一面五顏六色、印有經文的喇嘛旗，藏語叫「郎達」，漢語稱「風馬旗」。雍和宮殿相當於一般寺廟的大雄寶殿，建築結構是單簷歇山頂。殿中供桌上供奉有乾隆年間製作的銅鎏金七珍八寶模型，兩側各為銀質法輪、木制靈芝模型和珊瑚樹，還有朱漆木制轉經筒、法鼓、銅磬等。殿內供奉三世佛像，佛像面部、手臂及袒露的胸部均為鎏金。釋迦牟尼居中，兩弟子阿難和迦葉侍立左右。釋迦牟尼佛東西兩側分別是造型相同手印各異的彌勒佛和燃燈佛。大殿兩側為東西各九尊的「幹漆夾紵」十八羅漢像。

三葉觀音　般若慈源

殿內東北角供奉由名貴白檀木雕刻而成的三葉冠觀世音菩薩立像，像後刻題漢、藏、滿、蒙四種文字款，西北角供奉彌勒佛銅立像。牆壁上掛著唐卡白度母和大白傘蓋佛母像。殿內楹聯為：接引群生揚三千大化，圓通自在住不二法門；法界示能仁佛資萬有，淨因臻廣慧妙證三尊。

出雍和宮大殿就到了單簷歇山式的永佑殿，殿內供桌上是兩套銅五供，五供後面是木質漆金八寶模型。殿內的蓮花寶座上供奉白檀木雕成的三尊佛像，無量壽佛居中，東西分別為獅吼佛和藥師佛。西山牆上懸掛著一幅綠度母堆繡像的複製品，原作品在廟內收藏，是乾隆母親鈕祜祿氏和丫鬟們用七千多塊大小不等的綢緞堆繡而成。西北、西北山牆分別懸掛著唐卡白度母像和長壽佛像。殿內楹聯寫著：般若慈源覺海原無異派水，菩提元路德山相見別峰雲。

鎏金寶塔　描金壁畫

青松翠竹掩映之下的法輪殿座落於永佑殿後門。法輪殿的頂上建有五座天窗式暗樓，每座樓上又建有一座鎏金寶塔。自清代以來，法輪殿一直是雍和宮僧人集體誦經的殿堂。殿中央供奉藏傳佛教格魯派創始人宗喀巴大師高達六點一公尺的銅像，銅像前面供奉一尊銅質鎏金釋迦牟尼佛像。下面的供桌上放置糌粑或條麵捏成的貢品，叫做「麵貢」。殿內西側玻璃罩內是僧人用顏料粉製作的代表藏傳佛教宇宙觀和理想境界的壇城。宗喀巴像東西兩側各有一木質彩繪高臺法座，分別是第十世班禪大師和第十四世達賴喇嘛到雍和宮講經的法座。東法座東側還有一座寶石藍色的時輪塔。

殿內東西山牆上分別是彩繪描金大型壁畫《釋迦牟尼源流圖》，共三十四段故事，由中央美院王定理先生帶領學生畫於一九五四年。壁畫前面的經架上擺放著一層層以黃布包裹的藏文大藏經，西牆是一百零八部的《甘珠兒》，東牆是二百零七部的《丹珠兒》，分別為康熙、乾隆年間版本。

宗喀巴像後面的大玻璃罩內是一整塊紫檀木精雕細琢的五百羅漢山。羅漢山前是乾隆帝抄寫的《大白傘蓋儀軌經》和《藥師經》，都是以宮廷風格裝裱。經書北面的玻璃罩內有一個金絲楠木雕成的木盆「洗三盆」，據說是乾隆皇帝出生第三天時洗浴用的木盆。法輪殿內的楹聯是：是色是空，蓮海慈航遊六度；不生不滅，香臺慧鏡啟三明。殿後有一匾額：恒河筏喻。

法輪殿的東西配殿也分別供奉眾多佛像，東西配殿往南，即是時輪、藥師、講經、密宗四殿，通稱「四學殿」，分別供有佛像、唐卡、壁畫。時輪殿中還陳設乾隆年間製造的渾天儀與天體儀模型，以及藏文經本《曆演算法》。

三閣列拱　諸多楹聯

法輪殿的後面是雍和宮最宏偉的建築、三簷歇山重樓式的萬佛閣。主體建築左右有永康閣和延綏閣相互拱衛，中間有懸空走廊相連，使三閣列拱交構，渾然一體。萬佛閣正中聳立著一尊由一根白檀木雕成的彌勒佛像，四周建有回廊，彌勒佛像頭部在第三層閣高度，胸部位於第二層，人們可以從各層回廊上清楚地觀瞻大佛。閣內三面牆上掛著四十一副唐卡，是乾隆十五年（一七五〇年）由西藏七世達賴喇嘛供獻，這些唐卡歷經兩百多年的歲月依然光彩如初。

東西山牆唐卡的前面各有三個木質佛龕，龕內是三尊製於明代的羅漢像。大佛兩側陳列一百零八部大藏經，大佛後面是歷史悠久的海藻化石「鳳眼香」。

萬佛閣的楹聯和匾額也非常之多，都是佛教開悟類經典聯句，需耐心逐一體會。萬佛閣的後部是一座「普陀洛伽山」的木雕，山正中供奉觀世音菩薩像，下面有善財童子和龍女像。

開蓮現佛　吸引信眾

左右的永康閣和延綏閣內是木制彩畫八角形樓閣模型「轉輪藏」和獅子座式木質蓮臺「開蓮現佛」，底部都有能旋轉的大鐵輪，轉動鐵輪，轉輪藏跟著轉動，開蓮現佛的蓮花慢慢展開現出釋迦牟尼像，似乎把人帶入佛陀境界。

萬佛閣的後面是綏成樓。此樓是廟內最北面的建築，為上下十四間帶走廊的樓閣，殿內供奉十三尊木雕貼銅像。綏成樓分東西順山樓，東順山樓是藏經樓，西順山樓是僧舍。

萬佛閣東西廂都是上下兩層十間的樓房，西廂稱為「雅木達噶樓」，一層供奉佛像，二樓為經堂，東廂叫「照佛樓」，供奉旃檀佛像等。班禪樓和戒臺樓分別位於照佛樓和雅木達噶樓的南側，現在已經作為文物陳列室。

流覽雍和宮各殿堂供奉的數千件佛像、唐卡及珍貴文物令人目不暇接、歎為觀止，其中國家一、二級文物就有九百多件。紫檀木雕刻的五百羅漢山、金絲楠木雕龍的大佛龕和十八公尺高的白檀木大佛被稱為雍和宮木雕工藝的「三絕」，以大、奇、精著稱。藏品中，有許多是十六世紀以來西藏上層人士、大德高僧進獻給皇室和本廟的珍貴禮品，具有極高的歷史與藝術價值。為此，雍和宮還專門成立了博物館對這些文物進行保護和宣傳。

進入二十一世紀的雍和宮以其強大的宗教力量吸引著滿、漢、蒙、藏信眾的求法之心。雍和宮也以其神秘、博大、燦爛的文化內涵靜靜滋染著中外遊客的靈魂。

北京唯一的尼眾道場通教寺

小街胡同　鬧中取靜

通教寺位於東城區東直門內北小街針線胡同，是目前北京市唯一一所尼眾寺院。雖然沒有京城其他皇家寺廟或受皇家崇重的寺廟那麼規模宏偉、赫赫有名，但因為是尼眾駐錫的寺院，通教寺的地位非常獨特，並且以戒律精嚴享譽東南亞。

通教寺初建年代可以追溯到明代，明代是宦官猖獗時代，他們因為不能享受今生快樂，往往把幸福寄託來生，大做佛事功德，修建廟宇，通教寺就是由一個太監出資創建。因為沒有帝王將相的重視和關注，寺廟的規模一直不大，始終作為一所民間寺廟而默默延續著它的香火。

清代改為尼眾寺院　專修淨土戒規嚴謹

清代通教寺被改建為尼眾寺院，並更名為「通教禪林」，傳承淨土宗。「以持戒念佛為宗，學教習規為助」，尼眾必須遵守共住規約：「堅持不論臺、賢、濟、洞，但以戒行精嚴，深信淨土法門為准；只傳賢，不傳法，以杜法眷私屬之弊；專一念佛，亦攝三學，除打念佛七外，概不應酬經懺佛事；無論年紀老小，不遵戒律者，概不留單。」由於它規章嚴明，歸者甚眾，常住尼眾達五十多人。

清末民初時，隨著社會動盪，寺廟遭受影響，殿堂殘破，佛像毀壞，整個寺院破敗不堪。到一九四一年時僅剩一位老比丘尼印和法師住寺修行。

一九四二年，在北京淨蓮寺法界學苑學戒聽經的兩位福建籍比丘尼開慧和勝雨，來到通教寺並發願重建殿堂，安單接眾。她們歷經艱苦，募資修建了大雄寶殿、五觀堂、念佛堂、大寮等建築，使通教寺形成今天的規模和格局。將山門改為坐西朝東，又遷移寺廟周圍的居民，廟區擴大到四畝多地（近三百多平方公尺），並將廟名改為「通教寺」。建成後通教寺改作寺規嚴整、道風純正的「十方叢林」。為了培養僧才，通教寺創辦八敬學苑，並呈文備案，懸掛鐘板，使它成為北京市第一座尼眾叢林。八敬學苑先後培養了三十多名僧尼，包括被譽為「當代第一比丘尼」的隆蓮法師和聲名顯赫的通願法師。這些僧尼遵守戒律，誦經念佛，行住坐臥極有威儀，使這座名不見經傳的通教寺備受海內外四眾弟子推崇，成為北方有名的淨土道場。

結夏安居　持戒念佛

通教寺始終堅持以修持戒律為本，以淨土為宗，念佛為歸。每年農曆四月十五日至七月十五日，全寺尼眾「結夏安居」，專修「戒、定、慧」三學，除為僧眾辦事和父母師長病喪等事外，九十天不許出山門。在「結夏安居」期間，任務比平時更重。除完成日常功課外，另有因人而異的「私功課」，有人規定在這期間讀完一遍八十卷的《華嚴經》，有人刺血寫經，有人念佛或燃香、燃燈等。每人自己定出項目，天天檢查成績。越接近圓滿，功課越緊。到七月十四日晚，要「通宵懺禮」，伏地拜唱「南無本師釋迦牟尼佛」整夜。

一九四九年後，通教寺的佛教活動和尼眾生活隨著時局變化而轉變，發揚「農禪並重」，「一日不作，一日不食」的佛教優良傳統。先成立縫紉小組，後發展為服裝加工廠，製作僧衣，同時為社會服務。但作為北京佛教活動場所，尼眾始終嚴守佛制寺規，過著如法如律的宗教生活，以持戒念佛、學教習規為儀，直到文革。

「文化大革命」中，通教寺遭遇了與北京其他寺廟同樣的命運，經像法物被毀，尼僧離散，寺門關閉，宗教活動被迫停止。一九七八年以後，人民政府貫徹落實宗教信仰自由政策，並撥款修葺通教寺，將文革時離寺的比丘尼召回，恢復了停止多年的宗教活動，通教寺又作為佛教活動場所重新恢復開放，十多名年輕尼眾經過學習，也留寺修行，為靜寂的寺廟增添了活力。

一九八三年，通教寺被國務院確定為漢族地區佛教全國重點寺院，成為北京市尼眾學修及舉行宗教活動的場所。一九八五年秋，通教寺正式對外開放。

重啟山門 恢復盛況

二〇〇九年，針對對通教寺房屋主體結構出現鬆動、房頂漏雨、消防、防雷等方面出現的安全隱患，北京市政府支持專項資金八百多萬元，北京市宗教局和北京市佛教協會組織開展了通教寺文物修繕工程。

如今的通教寺，又重現其昔日的盛況。山門對面一片長滿蒼松翠柏、奇花異草的公園，使紅牆灰瓦的寺院環境更顯幽靜。紅色山門上趙樸初老人題的「通教寺」三字，院牆上的「南無阿彌陀佛」，讓人見了陡然升起一份肅穆清靜。跨進山門，二千五百多平方公尺的整個寺院幾乎一覽無遺。建築獨特的大雄寶殿修葺一新，面闊五間，綠琉璃瓦頂，三卷勾連搭，簷下高懸著趙樸初題寫的大雄寶殿匾額。殿內井口天花，水磨石方磚鋪地。殿中蓮花座上供奉著阿彌陀佛，法相莊嚴，雕塑精美。阿彌陀佛左右供奉著觀世音菩薩和地藏王菩薩，後面供奉著釋迦牟尼佛坐像，觀音菩薩對面是站立的護法韋陀。殿內因供有《善財童子五十三參畫像》而名聞遐爾。寺內通道兩側是灰筒瓦覆頂的南北配殿各七間。北配殿自西向東依次是伽藍殿、五觀堂，南配殿依次為祖師殿、念

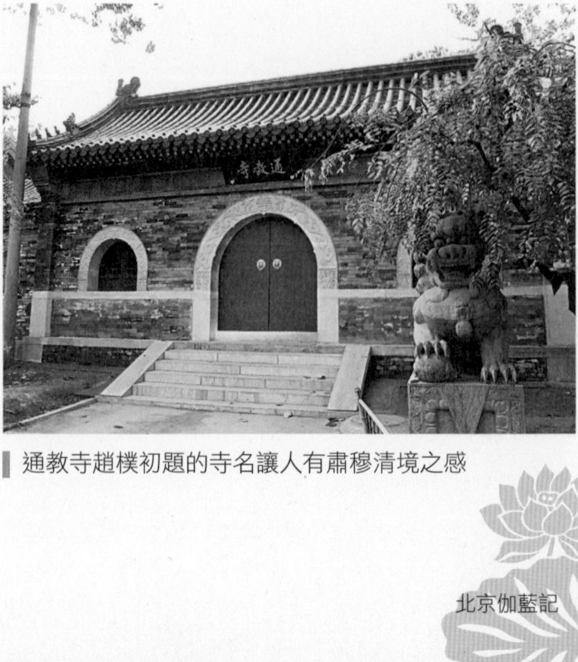

通教寺趙樸初題的寺名讓人有肅穆清境之感

佛堂和寮房。寺內還立有一九四二年重修時立的兩道石碑。珍藏日本《大正藏》一部。果樹、花木，把整座寺廟點綴得格外雅致、清淨。

如今通教寺依然嚴守古制，尼眾除每天早晚課、打佛七等佛事外，每月還專門立誦戒日誦經，農曆十五和三十兩天，全體尼眾一起誦《比丘尼戒》，每逢初八、二十三，誦《菩薩戒本梵網經》。同時還遵守著「結夏安居」的修持傳統，每年從四月十五日起到七月十五日止九十天不出山門。另外，通教寺每週還有四次講座，由本寺比丘尼、居士及一些對佛教感興趣的女性參加。平時很多居士會來通教寺做義工，幫助法師們處理一些日常事務。通教寺的法師們過著極其簡樸的生活，更注重修行度眾。

通教寺是北京唯一一座尼眾道場

通教寺內環境幽靜、花木扶疏

傳統與現代　慈悲度眾生

歷史上，一直以持戒精嚴而聞名的通教寺，在現代社會中依然傳承「慈悲為懷、普度眾生」的佛旨，於鬧中取靜處為身處喧囂都市中的人們提供一個消除煩惱塵勞、減緩身心壓力和修身養性的清靜場所。對於每一位求助者，通教寺都會真誠接待，通過組織講法、禪七或佛七、誦經和抄經、心理諮詢等方式提供一個溫暖的心靈家園。以佛學理念和專業心理學知識為女性信眾做臨終關懷和往生助念。

通教寺現任住持思智法師是遼寧人，一九八〇年於華嚴寺出家，一九八二年在般若寺剃度，依逝波法師受沙彌尼戒。一九八五年，思智法師自遼寧來到北京通教寺，此後便一直在此修行並升任住持。法師慈眉善目，法相莊嚴，對寺廟各項事務從容面對。

目前寺院常駐僧尼有三十幾位，另有約二十位法師來往掛單。僧尼平均年齡在三十多歲，最大的已九十有餘，最年輕的二十出頭。值得一提的是，今天的通教寺在繼承傳統的基礎上，已經發展成了一座知識型的尼寺，尼眾的學歷和文化層次越來越高，為古老佛寺帶來了生機和活力。

每到重大佛教活動節日，這座都市小廟要容納千人，因為長久以來的佛緣名氣，東南亞一帶的佛教信眾來訪者絡繹不絕。思智法師帶著尼徒信眾靜守這一方淨土，於木魚聲聲中誦經法會，修行度眾，使通教寺始終穩步於現代佛教歷史進程中。

夕照寺

夕照寺位於廣渠門內崇文區夕照寺中街北側，創建年代不詳，根據明正統年間兵部侍郎于謙為古拙俊禪師所作《中塔圖》題記推測至遲於明代已經存在，而且頗具規模，據說曾是浙江昌化縣澄濟寺的下院。

夕照寺在明代最為興盛，當時寺院宏大，殿宇繁多。山門前有一大紅影壁。在太陽夕照時，大紅影壁閃閃泛光，因此得名「夕照寺」，並留有「夕陽西照夕照寺」的吟誦之句。明朝時的夕照寺山門殿赫然石額「古剎夕照寺」。

清雍正十年，高僧文覺禪師復修寺廟，使本就繁盛的寺廟更添松竹的清秀，夕照寺也因此繼明清以來更以文人墨客前來詩詞書畫而聞名。當時寺院山門殿供有蔡倫像，也許正是書畫者對造紙鼻祖的敬奉和感恩。當時夕照寺最著名的是作於清乾隆年間的《古松圖》壁畫和《高松賦》書法。《古松圖》由著名畫家陳壽山所畫，畫的是一高一矮雙松，故又名「雙松圖」，與著名書法家王安昆的草書《高松賦》成書畫雙壁，是絕世珍品。

作為曾經的南城古剎，衍生過一條同名街道的夕照寺，在一九八四年被列為崇文區文物保護單位。二〇〇二到二〇〇七年用五年時間完成了工廠遷出和考古勘探及復建。

重修後的夕照寺，只是外部輪廓和內部建築格局恢復舊制，整個寺廟的配置已改為會館結構，稱「金臺夕照會館」。寺廟拱門上方寫著「夕照寺」三個鎏金大字，高大挺拔的槐樹掩映著山門殿，從門外觀望，院內尚有瘦竹顯翠，頗有情韻。

一九五〇年初，修市政工程時夕照寺的影壁就被拆除，曾經的夕照紅光景象早已不再，而今天又添會館二字，那夕照餘暉的勝景，也只能靠對歷史的追想了。

夕照寺因山門前大紅影壁夕照時閃閃泛光而得名

法海寺

法海寺在石景山區模式口村北翠微山南麓，是國家級文物保護單位。法海寺始建於明正統四年（一四三九年），由明英宗近侍太監李童集資所建。據說，在建寺之初，李童夜裡夢見一處仙境，第二天奏明皇上，照著「夢境」找到了模式口地區，「都城之西，翠微山之陽，玉河鄉水峪龍泉古寺之左」風景與夢境一般無二，遂向官吏、僧侶和平民募款，大興土木建造寺院，歷時四年八個月，耗費大量金銀，動用了木匠、瓦匠、石匠、裝鑾匠、漆匠等能工巧匠近百人，建成後皇帝賜額「法海禪寺」。

明代法海寺頗得皇家寵重，地位之高名噪京城。弘治十七年（一五〇四年）到正德九年（一五一四年）曾重修一次，明世宗、明思宗都曾賜予法海寺法器。法海寺第一代住持福壽、第二代住持嵩嚴書圓寂後，墓塔前都立有皇帝諭祭碑。第三代住持慧義任職僧錄司左善世，主管全國僧務。

清乾隆二十二年（一六八二年），朝廷重修法海寺，雍正五年（一七二七年）第十六世敏珠爾呼圖克圖進京，清帝賞賜法海寺匾額，從此，法海寺變為喇嘛廟。光緒時期，命十九世章嘉呼圖克圖管理京師包括法海寺在內的四個喇嘛廟。到民國二十五年時，經歷滄桑動盪的法海寺還有木雕、泥塑佛像三、四十尊，尤其是三世佛、十八羅漢楠木雕像非常珍貴。後來寺院逐漸殘破，一九五三年到一九九三年的四十年間進行了四次大規模修葺，一九五七年被列入北京市重點文物保護單位，一九八五年正式對外開放。一九八八年又被定為全國重點文物保護單位。二〇〇一年四月，在市政府的支持下，石景山區啟動了法海寺建國後的第六次大修，復建八座古建，對外開放面積增加近一倍。

如今，昔日規模宏大、氣勢雄偉的皇家寺院又以嶄新的姿態矗立於蒼松翠柏的掩映之下，藏在群山環抱之中。坐北朝南依山勢而建的主要建築分別設置在三級平臺上。第一級平臺有山門殿，第二級平臺有四大天王殿，第三級平臺是大雄寶殿。山門殿仍保留著明代建築風格，殿後是一東西橫向長方形院落。正中設數十級臺階通向天王殿和大雄寶殿。臺階兩側有兩塊明代石碑，記載法海寺歷史。大雄寶殿在最後一進院落的北端，東、西、南三面建有迴廊式祖師堂。院子正中有兩棵高大挺拔的白皮松，相傳已有六百多年歷史，至今枝葉茂盛，蔭庇半院。院落東西兩側各立一塊明正統四年(一四三九年)所建漢白玉石經幢。殿前臺基檔側懸吊著明代龍紐大銅鐘，高達二公尺左右，鑄造精湛，鐘身鑄有《般若波羅密多心經》、《金剛經》等經文咒題，與大鐘寺永樂大鐘可以媲美。

經過五百多年漫長歲月，法海寺大雄寶殿的六面牆上，至今完整保留著九幅極其精美的明代壁畫，是國內現存最完整、面積最大的明代壁畫。所繪內容全部是佛教世界的十方佛眾、二十諸天、天龍八部、飛天仙女、動物花卉等，面積達二三六點七平方公尺，由明代宮廷畫師、畫士官和畫士繪製，手法高超，線條流暢，神韻生動。這些壁畫都使用了朱砂、石青、石黃等重色，加之採用「疊韻」烘染、描金、瀝粉貼金等手法，不但加強了畫面神秘縹緲、寧靜深邃的氣氛，而且歷時五百年顏色鮮豔如初。

最為珍貴的壁畫是北牆門兩側所繪《禮佛護法圖》，圖中有帝后、天龍八部和眾鬼神組成浩浩蕩蕩的禮佛護法行列，兩幅畫共有人物三十五人，三五成組互相呼應，人物服飾華麗，儀表莊重溫雅，色澤豔麗而濃厚。這些彩畫以翠綠靛藍色和描金製作，顯得異常華麗嚴謹，形式樸素大方。

一九九三年初，在北京法海寺壁畫歷史藝術價值論證成果研究討論會上，經專家論證，法海寺壁畫是中國現存元、明、清以來由宮廷畫師所作為數極少的精美壁畫之一，也是北京這座歷史文化名城所保存的古代壁畫中的傑出代表，與敦隍、永樂宮壁畫相比各有千秋，並可與歐洲文藝復興時期的壁畫相媲美。在我國現存明代壁畫中，從壁畫藝術、規模、完整程度和壁畫製作工藝、繪畫技巧、人物造型及用金方法等多方面綜合論證，法海寺壁畫堪稱我國明代壁畫之最。

智化寺

智化寺位於東城區祿米倉胡同，最初是深受明英宗寵愛的司禮監太監王振建於正統八年（一四四三年）的家廟，後得英宗賜名「報恩智化寺」。

智化寺採用仿唐宋「伽藍七堂」規制，「土木之變」時王振被誅族。英宗復辟後於天順元年（一四五七年）在寺內為王振立「旌忠祠」，塑像祭祀。天順六年又頒賜一部藏經、兩座經櫥，供藏於如來殿。智化寺在萬曆和清康熙年間曾經重修，但是王振的塑像在乾隆七年（一七四二年）由御史沈廷芳奏請而毀掉。該寺主要建築自山門內依次為鐘鼓樓、智化門、智化殿及東西配殿、如來殿、大悲堂等，殿宇雖經歷代多次修葺，仍保持明代早期特徵。最令人注目的是寺中主要殿宇皆為歇山黑琉璃筒瓦頂，在國內現存寺院中屬罕見之景。寺院用黑色瓦覆頂，依據佛經的「四種色」之「降伏馬黑」，此意正與「智化」相對，上以「風」降伏惡魔，下以「智」度化眾生。

從明初建成一直到清康熙時期，智化寺香火一直很興盛。到了光緒年間智化寺由盛而衰。一九〇〇年，智化寺遭「八國聯軍」拆毀牆垣，封閉佛殿。民國時，智化寺雖有土地二十六畝，房屋一九十九間，但社會動盪不已，僧人只剩下八位，靠出租房屋維持生計。日偽時期，智化寺的萬法堂更被改為啤酒廠，讓人慨歎不已！

一九五七年，智化寺成為北京市第一批文物保護單位，之後，市政府撥款修整，到一九六一年，智化寺升級為第一批全國重點文物保護單位。到一九八六年，國家文物局撥款進行全面整修，但智化寺始終不能恢復以往的佛事香火之勢。一九九〇年，智化寺被北京市文物局定為私人收藏文物的展覽視窗。

讓今天的智化寺聞名於世的是其保存完整、高深美妙的「京音樂」。「京音樂」距今有五百年歷史，有「中國音樂活化石」之譽，與西安城隍廟音樂、開封大相國寺音樂、五臺山青黃廟音樂及福建南音一起，同屬我國現存的最古老音樂。

智化寺京音樂與建造人王振有著不可分割的關聯。作為篤信佛教、並執掌司禮監的大太監，對自己一手打造的智化寺在遇有大型佛事活動時是必須要有音樂演奏的。至於宮廷樂譜是英宗所賜還是王振利用職務之便私拿出來已無從核實，但智化寺確是從正統九年（一四四四年）就有了正規的音樂演奏樂團。樂團對樂僧的訓練要求非常嚴格，十三歲以前入寺，通過長達七年的學習，每天練習聽音、發音，在很窄的板凳上練習吹奏和打擊姿態，直到能在寒冷冬天或酷熱夏日下連續演奏四、五個小時仍能韻真聲滿、字正腔圓，才算合格。智化寺跟其他太監寺院一樣較為封閉，因此藝僧們都按照「口傳心授」的方式代代傳授，既不接受其他音樂的影響和滲透，同時也防範音樂的外傳。致使京音樂成為我國現存古樂中唯一按代傳襲的樂種，並完好保存至今。

智化寺擁有五百年歷史保存完整的京音樂，有中國音樂活化石之譽

智化寺音樂的曲調空靈神秘、古樸典雅。據智化寺保存下來的工尺譜統計，智化寺音樂各類曲目兩百餘首，曲牌分「只曲」、「套曲」兩大類。只曲是單獨演奏的曲牌，不能與別的曲牌相聯。套曲由若干單個曲牌聯成，分白天佛事使用和晚間「放焰口」使用兩種，著名佛曲曲目有三皈贊、觀燈贊、金五山套曲、五聲佛、撼動山等。另外還有描寫宮廷和普通百姓生活的內容，曲目豐富多彩，極具藝術欣賞價值。

早在五〇年代，智化寺佛教音樂就引起了中國音樂界專家的關注並開始對其進行研究。一九五三年二月，北京市文學藝術工作者聯合會在霞公府十五號舉行「京音樂」演奏會，丁西林、吳晗、老舍、趙樹理、葉恭綽、巨贊法師等一百五十人到會聆聽。老舍主持會議，由智化寺等九個寺廟十六位僧人進行演奏。隨後，智化寺樂僧又應邀赴天津國立音樂學院演奏。中央音樂學院、北京三時學會和文界知名人士還幫助樂僧們在廣化寺成立「北京音樂研究會」，對佛教音樂進行研究和傳播。

一九八二年北京市佛教協會恢復活動後，在淩海成等人積極推動下，找到以前的八位老樂僧並請回廟裡恢復演奏京音樂。經過四年的努力，北京市佛教協會成立了「北京佛教音樂團」。

一九八六年十二月，中國北京市佛教音樂團應邀到歐洲各國巡迴演出。這個由十二人組成的佛教音樂團，所到之處，場場暴滿，震撼了歐洲樂壇，被視為世界音樂珍寶。

然而令人扼腕感歎的是，因為京音樂所依託的民俗、宗教活動已逐漸萎縮或不復存在，學習京音樂的人因收入不濟而難以堅持，京音樂也開始邁向窘境。目前，只有第二十六代傳人張本興老人在執著堅守。張本興老人曾經出家，後被逼還俗，歷經世亂始終不放棄京音樂。雖然他本人現在已不能吹奏而只能改操打擊樂器，但依然堅持來寺廟指導僅剩下的樂僧。在他指導下，二十七代已學有小成，能演奏四十八首曲子，但卻難以達到五零年代水準。

張本興老人一直強調「京音樂」聽的不是熱鬧，是「典雅」、是「板眼」。真希望這「典雅」和「板眼」能重現輝煌，而不是絕唱。

五塔寺

五塔寺又稱真覺寺，位於北京市海澱區白石橋東側的高粱河（長河）北岸。因寺內一座建于明成化九年（一四七三年）的金剛寶座塔，寶座的臺座上分列五個小塔，因此俗稱五塔寺。乾隆時因諱父皇雍正胤禛名而改稱「大正覺寺」。

據史書記載，明永樂初年，來自西域印度的僧人班迪達向明成祖朱棣呈獻了五尊金佛和印度式「佛陀伽耶塔」即金剛寶座的規式。明成祖與他談經論法十分投機，封他為大國師並授金印，在西關（今西直門）外長河（今高粱河）北岸賜地建成真覺寺。之後又根據這位元高僧提供的規式建成了金剛寶座塔，並重修了寺院。建成後的五塔寺前臨長河背倚西山，成為當時京城士人重陽登高、清明踏青的去處。

在中國同類十餘座塔中，五塔寺金剛寶座塔的年代較早，樣式最秀美，堪稱為明代建築和石雕藝術的代表作。金剛寶座塔以漢白玉建造，周身佈滿雕刻。塔座正門上有「敕建金剛寶座塔」的匾額。由於石裡的鐵被氧化而呈現出淡淡的橙黃色。五座密簷的方塔中，正中的一座高十三層，四角每座高十一層。中塔正南有一座兩層簷的琉璃罩亭，階梯的出口就在裡面，罩亭頂上有一蟠龍藻井，這是皇家寺院的標誌。五座塔頂均有一小型覆缽式塔剎，中間大的為銅制，其他四座為石質。塔建成後，為保護這座金剛寶座塔，表面石料全部以豬血加上膩子和麵粉加糯米汁調勻後的「血料」塗於塔身，再多次貼痲布刷大漆後完成。

寶座塔在中間塔南面須彌座腰的正中位置，足心向外，下面托以盛開的蓮花。這種凸雕佛足在北京寺院中僅此一處，其他地方的佛足均為凹刻。另外，塔前兩株一雌一雄銀杏樹，樹齡逾三百年，需三人合抱，堪稱真覺寺一寶。

五塔寺在乾隆時期因承載乾隆母親的兩次壽慶而出盡風頭，為此也對五塔寺進行了全面修葺，並請來一千名喇嘛念經，各國使臣都進貢了壽禮，頭戴紅頂花翎的大臣們奔波于殿前塔後。寺內主要建築屋頂全部換上黃色琉璃瓦，在陽光照耀下閃閃發光，金碧輝煌，顯示出皇家寺院的威嚴氣勢。

自清朝後期開始，五塔寺逐漸衰落，到民國初年僅剩一塔兀立於一片瓦礫中，由於無人看管，寶塔的銅質鎏金塔剎多次被盜。

關於真覺寺被毀經過，眾說紛紜，有說是一八六〇年被英法聯軍燒毀，只剩下明成化九年建造的金剛寶座塔，也有認為是受義和團事件波及而毀壞，還有一種說法是真覺寺在二十世紀二〇年代初還保留著原來的建築，一九二七年北洋政府的蒙藏院以二千五百元將寺院賣給了一個黃姓商人，這人將所有殿堂拆毀當木材賣掉，使四百多年的皇家寺院毀於一旦，只留下金剛寶座塔。孰真孰假已無關緊要，歷史遺跡不復存在令人嘆惜。

一九四九年後，政府部門對這一古老精美的佛教建築十分重視，多次進行維修，特別是在一九七六年唐山地震波及北京，使寶塔塔基下沉、後部開裂的情況下，政府於一九七九年較全面地對古塔進行了修繕，並於一九八二年十月正式對外開放。現在這裡闢為北京石刻藝術博物館，是以陳列北京地區石刻文物為主題的露天博物館。

掩映在春天綠意盎然的五塔寺

承恩寺

承恩寺位於石景山區模式口大街東部，占地約三十畝，始建於明正德五年（一五一〇年）。

承恩寺是由明朝司禮監大太監溫祥所建。因此寺廟山門才掛有「敕賜承恩禪林」匾額。其次，寺廟「不受香火、不做道場、不開廟門」的「三不」之規讓人匪夷所思，一度成為解不開的謎團。想像一下舊時商鋪雲集人來人往的模式口古村街巷中，廟前京西大道上車水馬龍，惟獨承恩寺山門緊閉，庭院深深。堂而皇之的古剎禪林竟成一處可望而不可及的世外桃源。

溫祥曾於正德年間一手查辦過莊王之子謀反和都指揮僉事江彬造反兩件大案，說明他深得朝廷的重視和信賴，甚或是錦衣衛頭目也未可知。而就承恩寺所在地理位置上看，此處是軍事商旅等各方人士重要通道，借寺廟為掩護監視三教九流的活動可謂不露聲色。

承恩寺共有山門、天王殿、大殿等四進院落，院牆四角分佈碉樓，同時設地道上下相通，為明、清寺廟所罕見。由此，專家認為承恩寺很可能是溫祥建立的情報機構。如此看來，承恩寺作為皇家情報據點，承恩寺違反佛教常規、長年山門緊閉，不受民間香火也就順理成章了。

據史料記載，明時所建的承恩寺規模宏大，氣度不凡，占地達四十餘畝。明代大學士李東陽在《承恩寺記》中描述其「高塔前聳，崇崗後峙」。《遊西山諸名勝記》中還記載該寺住持僧是光宗帝朱常洛的替身僧。萬曆皇帝也曾駐蹕於此，寺內一直留有「龍座」等物，被皇帝敕賜為「承恩禪林」。到清代，醇親王，禮親王等權貴們都曾多次在寺內住宿。據清代《日下舊聞考》記載，該寺第一任住持是國家僧錄司左覺義法師宗永，後來繼任住持元空、聖安、法安等皆是文武雙全學識淵博之人，法安還擔任過全國佛教領袖。

與世隔絕的承恩寺裡有三大奇觀，即人字柏、古雕樓及大型壁畫。人字柏是一棵八、九公尺高的古柏樹，其樹幹下部如人字兩岔而立，岔間跨度約二尺，高約一公尺五，樹齡超過三百年。這種奇特的古樹名木，在北京眾多園林中實屬罕見。

長方形古碉樓分佈於寺院內四角，高達三層十公尺，面積約一百零八平方公尺，每座雕樓下都設有暗道互通相連，從材質結構看，建造年代比承恩寺更早，頗具唐宋風格。

天王殿內六幅明代壁畫均採用明代瀝粉堆金工藝，畫面清晰形態逼真。東西山牆上四幅巨龍圖，青、白、黃、綠四龍於雲天盤旋，威武生動，氣勢非凡。這種被封建社會視為民間禁物的裝飾，其他寺廟難以企及，由此可以看出承恩寺地位之高。這些壁畫尤其是兩幅全國惟一現存的「放生圖」，學術價值極高。

地位崇高的承恩寺在清乾隆二十二年（一七五七年）和道光二十三年（一八四三年）得到過兩次修繕。但也一直沒有對外開放過，直到解放後的五十年代，政府將此設立為一所校園，最終又退還當地政府。一九九〇年寺廟被定為市級重點文保單位，二〇〇七年升為國家級文保單位。

近幾年，當地政府又對寺廟進行了兩次修繕，修繕後的山門、天王殿、大雄寶殿及後殿仍保留明代建築特點。寺內尚有二座明代石碑，分別立於正德八年（一五一三年）德皇上敕諭碑和正德十年（一五一五年）吏部尚書李東陽撰記。另外還有四株鬱鬱蔥蔥，果實累累的古銀杏，樹齡都在四百年以上，也屬罕見之物。

修繕後的千年古剎承恩寺終於揭開神秘面紗，長年緊閉的廟門開始向世人敞開。睹物以思人，觸景以生情，想像歷史長河中曾經縹緲的香火和木魚青燈下的虔誠。

承恩寺有不受香火、不做道場、不開廟門的三不之規，讓人匪夷所思

拈花寺

拈花寺在西城區大石橋胡同六十一號。明萬曆九年（一五八一年）由當時權宦、司禮監太監馮保奉孝定皇太后之命建造，因寺內千佛閣有明代所鑄的銅佛「毗盧世尊蓮花寶千佛」，座如蓮花，在佛座周圍的千朵蓮花上有千佛旋繞，故名護國報恩千佛寺。清雍

正十二年（一七三四年）重修，名拈花寺。北京有南北兩個拈花寺，這裡所說的是北拈花寺，原名千佛寺與南拈花寺原名「萬柳堂」倒是不謀而巧襯。

「拈花一笑」出自佛典，摩訶迦葉是釋迦牟尼佛十大弟子中的第一弟子，號稱頭陀第一，也就是苦行第一。佛陀涅槃前，在靈山會上，接過大梵天王獻來的金色婆羅花，拈花

拈花寺名出自佛典「拈花一笑」

示眾，以傳心法。眾弟子中，只有迦葉尊者破顏會心地一笑，佛陀說：「我有正法眼藏，涅槃妙心，實相無相，微妙法門，付於摩訶迦葉。」這就是「拈花一笑」的典故。拈花寺大概也取此意命名。

拈花寺裡大雄寶殿內原有朝鮮國王貢獻的十八座古銅羅漢像和二十四諸天像，殿前還有《新建護國報恩千佛禪寺碑記》和《新建護國報恩千佛寺寶像記》兩碑。殿外「覺岸慈航」和殿內「普明寶鏡」兩匾都是雍正帝御書。大雄寶殿月臺前立有世宗御制清雍正十二年《拈花寺碑》。

拈花寺現有面積六千餘平方公尺。寺坐北朝南，分中路和東西二路。中路依次為影壁、山門、八字牆、鐘鼓樓、天王殿、大雄寶殿、伽藍殿，後為藏經樓，東路有六層殿，西路有四層殿。歷經四百多年之後的拈花寺已經破舊，那些諸天和銅羅漢已分別移存放到法源寺和妙應寺。

一九二六年至一九四五年在寺內曾開辦過拈花寺小學，招收各寺廟年小的沙彌。後來被中國人民大學印刷廠長期使用，並對外出租一些房屋，如今寺內已成了一個大雜院，院裡大概有四十多家公司。雖然標示著這是市級文物保護單位，拈花寺目前這種狀況想騰退出來很難，文物危機短期內還無法化解。

長椿寺

長椿寺位於宣武區長椿街，建於明代萬曆二十年（一五九二年），明神宗母親孝定李太后下令敕建，用於供養水齋禪師，神宗賜額「長椿」，祝願母親健康長壽。由於受到皇家的庇護，長椿寺占地廣，規模宏大，除主體建築外，還有妙光閣、九蓮閣、香林亭、一莖庵、塔院等，總建築面積二千七百九十七平方公尺，總占地七千二百一十三平方公尺，有「京師首剎」之譽。

長椿寺裡曾經供奉過兩幅畫像，一是神宗母親李太后的九蓮菩薩像。另一是明代最後一個皇帝崇禎生母孝純劉太后畫像，但兩幅畫像於光緒年間和解放後文革時相繼丟失。

如今的長椿寺只是原來主體建築，山門東向，有前殿、大殿與後罩樓三進，雖有改建但原有建築基本完整。曾經一座高達一點五丈的滲金多寶佛銅塔已移至萬壽寺。

長椿寺現在為北京市文物保護單位。二〇〇二年宣武區政府修繕長椿寺並將之打造成集中展示宣南文化的博物館，二〇〇五年正式對外開放。

現在再去長椿寺，藏經閣前那株曾經演繹了五百年舊京四季的古樹，開始在紅牆黃瓦間見證宣南文化歷史。

隆安寺

隆安寺位於崇文區東北部白橋南里一號，是北京外城著名佛寺。

隆安寺始建於明景泰五年（一四五四年），天順年間曾毀廢。萬曆三十七（一六〇九年），四川高僧翠林募款重修佛殿後堂三間，稱之為淨土寺。淨土寺殿堂供列五十三龕，結僧徒念佛。明崇禎元年又有僧人大為募捐在殿堂後建立一座高閣。

到康熙四十七年（一七〇八年）的重修奠定了今天的格局，此後基本沒有再有重修記錄。清朝的隆安寺佛教規儀曾聞名京城，《帝京景物略》曾有「都城諸寺僧律，隆安為猶肅」的記載。然而，到了道光、咸豐年間，香火中斷，廟宇淪為製造佛像的作坊和供達官貴人、富商大賈存放靈柩之地，寺廟周圍也逐漸變成「叢葬之所」。

非常值得慶幸的是，隆安寺雖然香火歷經變故和衰落，但清康熙四十七年重修的建築至今基本保存完整。歇山頂磚石結構的山，單拱券洞門上石額書「敕建隆安寺」。主殿依次為天王殿、前殿、大雄寶殿和後殿「淨土社」。各大殿均為硬山綠琉璃瓦頂，氣勢雄偉，非一般寺廟可比。一九八四年被列為北京市文物保護單位。

寺內還存有四方石碑，時代最早的明景泰五年碑，記述創建隆安寺經過，其餘幾方均為歷次重修碑記。天王殿後院還有兩棵五百餘年的古柏和兩株北京罕見的楸樹。

慶幸之餘也是深深的遺憾，儘管隆安保存基本完好，但至今未復歸佛教場所，寺內建築一部分為居民所占，另多部分為崇文區少年宮佔用，惟願曾經的僧教律儀能冥冥中典範於今日之少年。

大悲觀音寺

大悲觀音寺坐落於朝陽區王四營鄉觀音堂村村西，又名崇惠寺。古剎始建於明代，寺內供奉釋迦牟尼佛與觀世音菩薩像，古時香火鼎盛，隨著歲月流轉、世事變遷，有的建築物蕩然無存，但觀音堂村名被延用下來。

從二〇〇八年開始，在林友華居士的發心下，在與觀音堂村毗鄰的古塔公園內重建大悲觀音寺，現在已經建起一座高三十三公尺的滴水觀音銅像，來自福建的門森法師主持，將再建兩尊高度相同的如意觀音和送子觀音石像，以三座雄偉的觀音菩薩像展示古老的觀音文化，成立大悲觀音文化研修院和大悲觀音慈善基金以造福一方百姓大眾。

小龍華寺

小龍華寺在西城區什剎海後海北沿二十三號。建於明代，清道光年間曾改名「心華寺」，為拈花寺的下院。

小龍華寺坐北朝南，中軸線上有山門、前殿、耳房、東西配殿、後殿等，是保存較完整的小型寺廟。

通州普渡寺

通州普渡寺座落於北京東郊武術之鄉——通州區張家灣鎮陸辛莊。陸辛莊是明初期遷徒民所建村落，村中的一片大水塘是遼代延芳澱遺跡，遷徙民眾立村後在水塘西岸外建築一座道教廟宇三士廟，初為南向二進院落，清道光十七年（一八三七年）與光緒二十三年（一八九七年）曾予重修，民國二十六年（一九三七年）增建玉皇閣。經數百年擴大完善，終成今日格局。解放後曾為鄉政府住所，後改為小學校，文革中遭到破壞，名聞遐邇的標誌植物——古青楊樹也慘遭砍伐，寺廟蕭條多年。

國家實行宗教自由後，普渡寺續燃香火。一九八五年九月，被公佈為區縣級文物保護單位。二〇〇二年，一些善信自發籌資對寺院進行了整體恢復和重建，用時兩年，先後復建了大雄寶殿、圓通殿、伽藍殿、地藏殿、天王殿、藏經樓、禪堂等。如今寺廟坐北朝南呈三進院格局，面積一千六百八十平方公尺，廟牆高厚，有一個特別之處是三重主殿正脊除兩端外皆由筒瓦砌成，看似龍鱗，打破我國古代傳統建築房脊結構式樣，又不失傳統規矩與風格。

普渡寺在幾百年變遷中已經逐步成為道佛合一的寺院，寺內既供奉文殊、普賢、地藏、藥王等諸菩薩，同時又供奉王母娘娘、真武、關羽和八仙。

也許正因如此，寺廟香火才會如此興旺。二〇〇八年怡僧法師駐錫通州，認為是慈航普渡的觀音道場，所以取名普渡寺。因為北京城裡也有一個普渡寺，因此就得加上通州二字以區別。

聖恩禪寺

聖恩禪寺位於昌平崔村鎮香堂村內，始建於明正統三年（一四三八年）。現存建築重建於二〇〇二年，延續明清時期建築風格，有山門、天王殿、大雄寶殿、東西配殿，還有放生池、流通處、文化長廊等設施。

寺內還有分別立於明景泰三年（一四五二年）和清道光六年（一八二六年）的石碑，

碑正面「重修文引」記述著重修寺廟的歷史沿革。背面記錄著方圓數十里幾十個村子的善男信女所積功德。

福佑寺

福佑寺位於西城區北長街北口路東，清代皇家寺院。

福佑寺創建於清順治年間，面積並不算大，但卻與清代幾位帝王息息相關。

首先，福佑寺作為康熙（玄燁）皇帝年幼時「避痘」之所。清初時期，稱痘疹的天花病流行，人們談疹色變，官府查到天花病人，一律驅趕離城二十里，以防蔓延。感染了天花的玄燁，雖貴為皇子，也不能留住皇宮，遂由乳母、太監陪同移到與皇宮一水之隔的北長街避痘。也正因如此，當順治帝後來染天花彌留之際，對繼承王位的人選就採納了他的忘年之交、德國傳教士湯若望的意見，認為玄燁已出過天花，有免疫力，不會再得天花。而他的哥哥福全尚未出天花，隨時有可能染病，命運難側。於是玄燁被立為太子。雖然這是一個簡單邏輯的選擇，但在位六十一年的康熙還是創造了中國封建王朝最後一個盛世而成為一代大帝。因此，康熙一直認為這個地方是一個寶地，兒孫滿堂之後將此地賜給了雍正。到雍正元年（一七二三年）又賜給寶親王（即後來的乾隆皇帝）作府邸，但乾隆並未遷入，而是在登極後改為喇嘛廟，稱為福佑寺。因為曾經祭祀雨神，故俗稱「雨神廟」。

一但福佑寺作為曾經的皇賜喇嘛廟，到一九二七年福佑寺被改為班禪駐北平辦事處，成為西藏和首都之間的聯絡地。一九七九年北京市人民政府公佈福佑寺為北京市文物保護單位。一九八〇年後很長一段時間仍然恢復為班禪駐京辦事處。

如今的福佑寺仍然保持原來建築和格局，坐北朝南，外垣門朝西，中路依次為照壁、東西牌樓、山門、鐘鼓樓、天王殿及東西配殿、大雄寶殿、後殿及東西配殿、後罩房。

中軸線上依次有十八點五公尺長、黃琉璃瓦綠剪邊頂的照壁，在山門和影壁之間有兩座牌樓，東牌樓上「佛光普照」、「聖德永垂」和西牌樓上「澤流九有」、「慈育群生」題額都是雍正皇帝親筆。鐘樓內的銅鐘也是鑄造於雍正年間。

大雄寶殿五間，歇山調大脊，大脊中央有須彌座，上有蓮花座銅塔。雍正、乾隆二帝都認為先祖康熙皇帝在位時功績甚大，死後自然成佛，所以將康熙的「聖祖仁皇帝

福佑寺東、西牌樓題額都為雍正皇帝親題

聖恩禪寺延續明清時期建築風格

大成功德佛牌」牌位供奉於此。大殿題額曰「慈容嚴在」。

幸運的是福佑寺已歸於佛教單位，雖然很少開放，給外人神秘之感，但曾經的佛教歷史和回憶得以完整保存。

法華寺

法華寺位於崇文區法華寺街，是北京外城大寺之一。

法華寺始建於哪個年代已無據可考，只記載有在清康熙及同治年間經過重修，清代法華寺一帶是駐紮八旗軍隊的地方，稱做營房，順治十八年（一六六一年）改設正藍旗教場。

袁世凱清末曾住在法華寺內，一八九八年戊戌變法時，維新派譚嗣同奉光緒皇帝密旨，深夜到法華寺與袁世凱密議，但卻被袁世凱出賣而造成變法失敗、譚嗣同喪命。民國年間法華寺曾被闢為臨時停靈的靈房。現在僅存山門、三層大殿和東、西配殿等建築。山門為三開間歇山頂建築，兩次間為櫺窗，正間券門上有匾額「大興法華寺」。其後三進大殿均面闊三開間，並有前廊。東、西兩側配殿亦為三開間。除主要建築外，東、西還有跨院，房屋數十間，該寺為崇文區重點保護文物。

大鐘寺

大鐘寺位於北京市海澱區北三環西路北側，正名叫「覺生寺」，因大鐘樓內懸掛馳名中外的永樂大鐘，因而被人們稱為「大鐘寺」。與眾多北京寺廟相比，大鐘寺的歷史並不悠久，但在中國第一歷史檔案館保存的《京師二百九十一座寺廟細數折》中卻位列第三，主要原因就是因為這口永樂大鐘。

清雍正認為「宜為寂靜清修之地，用是肇建梵宇」而於雍正十一年（一七三三年）建成覺生寺，占地三萬多平方公尺，是清帝祈雨、佛教徒禮行佛事之所。大鐘寺坐北朝南，影壁、山門、鐘鼓樓、天王殿、大雄寶殿、觀音菩薩殿、大鐘樓等建築由南向北依次排列，中軸線兩側各有配殿和跨院。

大鐘寺最著名也最重要的當然還是永樂大鐘。過去老北京有一首回文詩俗諺叫「人過大鐘寺，寺鐘大過人」，講的正是永樂大鐘。明成祖朱棣營建京師有三大工程，除故官、天壇，就是永樂大鐘。大鐘高六點七五公尺，直徑三點三公尺，重四十六點五噸，鐘唇厚十八點五公釐。採用泥範法（中國的三大傳統鑄造工藝——泥範法、鐵範法和失蠟法之）鑄造，鑄造過程非常浩大而壯觀。但最為舉世罕見和引人驚歎的是鐘面二十三萬零一百八十四字的佛教經文和咒語。鐘的外面是《諸佛如來菩薩尊者神僧名經》、《彌陀經》和《十二因緣咒》，裡面為《妙法蓮花經》，鐘唇為《金剛般若經》，蒲牢（鐘紐）處刻《楞嚴咒》等，計有經咒十七種，皆漢字楷書，字體工整，古樸遒勁。試想，將泱泱二十三萬字一字不多一字不少排列整齊勢必經過一番精心運算。據說當時大書法家沈度率京中名士先在宣紙上把經文寫好，然後用朱砂反印到鐘模上，再由工匠雕刻成凹陷的經文，然後以火為筆，以銅為墨將這光潔挺秀、見棱見角的二十三萬金字一揮而就，真是歎為觀止。

大鐘寺內的永樂大鐘

大鐘鑄好後，待到冬天，先每隔一里挖一口井，再沿路挖溝引水，潑水結冰，然後開始搬運。大鐘最早是掛在宮中，直到萬曆三十五年（一六〇七年）才被移到西直門外萬壽寺懸掛，並為它專門建了一座方形鐘樓，每天由六位和尚專司撞鐘之職，「晝夜撞擊，聞聲數十里，其聲紘紘，時遠時近，有異它鐘。」

覺生寺建成的雍正十一年，根據陰陽五行生剋之說，雍正皇帝最後決定將大鐘置放在這塊風水寶地。移鐘工程頗費周折，歷經十年，直到乾隆八年（一七四三年）才得以移入覺生寺鐘樓，乾隆還專門題寫「華嚴覺海」大匾高懸於鐘樓之上。

如今，永樂大鐘遷至覺生寺大鐘樓已近三百年，數經地震考驗仍安然無恙，這都得益於高超的鑄造工藝和科學的力學結構懸掛。除此之外，專家稱頌大鐘有「三絕」：第一絕是形大量重、歷史悠久；第二絕鐘面銘文字數之多居世界之多；第三絕是奇妙優美的音響，輕撞時聲音清脆優揚，回蕩不絕達一分鐘，重撞則聲音雄渾響亮，尾音長達二分鐘以上，方圓五十公里皆聞其音，有「幽雅感人、益壽延年」之譽。

明、清兩朝，每逢辭舊迎新之際，大鐘寺的和尚都要敲鐘一百零八下。據說一是因為一年有十二個月、二十四個節氣、七十二個侯；二是因為佛教認為人有一百零八種煩惱，敲一百零八下鐘，人聽了鐘聲便可消憂解愁。

大鐘寺於一九五七年成為北京市重點文物保護單位。一九八五年被闢為古鐘博物館，收集並陳列各類古鐘數百口。在這鐘的王國中，永樂大鐘實至名歸當選鐘王。為了保護鐘王，同時又能使更多人欣賞鐘王的美妙之聲，大鐘寺古鐘博物館實行每年正月初一到初三每天敲鐘三次，每次三下。每敲一下鐘聲可在殿中回盪七十秒鐘。而凝聚十幾億華人目光的中央電視臺春節聯歡晚會上，每年的零點鐘聲也正是來自大鐘寺的永樂大鐘。

想來明成祖當初鑄造諸多佛經於鐘上，為的是弘揚佛法，使佛經傳諸久遠。大鐘寺幾經興廢，並歷經社會改朝換代，而大鐘始終不變其恢宏、雄壯、激昂的鐘聲，鑄寫了二十三萬多字佛經的永樂大鐘，每撞擊一下，字字皆聲，等於誦讀一遍經文，帶著美好祝福，傳播四方，自然功德無量。

嵩祝寺和智珠寺

嵩祝寺和智珠寺並排坐落東城區景山後街嵩祝院二十三號，掩映在一片密雜民居與高大圍牆中。東面的嵩祝寺紅牆黃瓦，金碧輝煌，而西面的智珠寺則破敗不堪，重簷亭式殿宇已失去當年風采。

清初，蒙古準噶爾部屢次東犯，當時駐長城古北口的總兵蔡元上奏朝廷請求修復長城以抵擋蒙古入侵。康熙明白萬里長城根本抵擋不了蒙古騎兵的鐵蹄，只有宗教才是安撫人心、民族和睦最好辦法，因此開始大量興建喇嘛寺院。嵩祝寺就是這些喇嘛寺院中的一個，建於清雍正十一年（一七三三年），是清帝專門為國師章嘉呼圖克圖建造的梵修之地，在黃教寺院中地位極為尊崇，與雍和宮齊名。智珠寺原來專供章嘉呼圖克圖的隨員居住。

嵩祝寺的前身為明代的番經廠、漢經廠所在地，是皇家御用的印刻藏文經典之所。番經廠主要念習西方梵唄經，並專門印刷喇嘛用的蒙文、藏文、天竺文經卷。漢經廠主要念習釋迦牟尼諸經，並專門印刷和尚用的漢文經卷。目前國內只剩兩套的京版大藏經的刻版最初就存放在嵩祝寺，首印亦在嵩祝寺，因此京版大藏經又稱「嵩祝寺版」大藏經。

嵩祝寺建成後，章嘉活佛駐錫並掌管內蒙、京師、盛京、五臺山、甘肅等地黃教寺院。第二世章嘉開始，歷代章嘉活佛均以嵩祝寺為駐京總部，統管蒙藏地區及北京的宗教事務，維護民族團結、社會穩定等事宜。

從明代的番經廠到清代的活佛駐地、京版大藏經的誕生地，嵩祝寺歷經六百年歷史。與西側智珠寺共同公佈為一個北京市文物保護單位。一九九五年政府對年久失修的嵩祝寺進行修繕，共修復殿宇二十一座，發現並保存了清中期的絕版古彩畫，這些古畫雖經歷二百多年的侵蝕，依然色彩如初，令人叫絕。

嵩祝寺坐北朝南，建築規模較大，分三路。主要殿宇集中在中路，東路為寮房、配房、佛堂、經堂等。西路主要為喇嘛住宅。中路從山門到後樓共五層殿宇。後樓匾額「慧燈普照」、楹聯「碧徹瑤陛春色麗，琪花芝草日華鮮。」都是乾隆御筆。

智珠寺也是坐北朝南，從山門殿至後殿共五層殿宇。山門門楣有石額「敕建智珠寺」。智珠寺的山門殿、天王殿、正殿及東西配殿、大殿及東西配殿、後殿及東配房尚存，其餘配殿、配房等均拆除或改建。現為單位使用。

嵩祝寺的前身為明代的番經場、漢經場所在地

07

集中區域分布的佛教寺院群

皇宮御苑的佛寺與佛堂

皇宮御苑的佛寺與佛堂是專為皇帝及皇室成員禮佛瞻拜、修身養性而建造的，普通人不能進入。

在建築形制上都依照傳統的做法建造，外形上都根據其所處位置而調整適應周圍的大建築環境，但內部的陳設和供奉則與其他佛寺類似，規模更大，處處體現皇家氣派。

紫禁城中的佛堂

紫禁城裡的佛教建築一般都是以佛堂形式出現，且數量很多，這些佛堂主要在皇宮佛教活動中心──中正殿佛堂區、建福宮花園佛堂區、慈寧宮佛堂區、慈寧花園佛堂區、御花園佛堂區、寧壽宮佛堂區、養心殿東西配殿及各處殿堂暖閣內設立的小佛堂。

中正殿：位於紫禁城的西北角、建福宮花園南面。面闊三間，單簷歇山頂，正中南出一抱廈，南邊與香雲亭、寶華殿緊挨，三座建築之間用通廊連接成「王」字形。以中正殿為中心從南到北分佈著十座藏傳佛教建築，形成紫禁城中規模較大且全部由佛堂組成的佛教建築區，總稱中正殿。中正殿總領宮中的佛教事務，明代時是道教活動的場所，清康熙三十六年（一六九七年）正式改為藏傳佛教活動場所，設立了中正殿念經處，專門管理清宮藏傳佛教活動，隸屬於內務府掌儀司，主管喇嘛念經和佛像、供器、法器的造辦。可惜這個宮中佛教中心在一九二三年的一場大火中與建福宮花園一同被燒燬。

寶華殿：坐北朝南，位於原中正殿的南部、雨花閣後昭福門內，面闊三間，黃琉璃瓦單簷歇山頂，是主要供奉釋迦牟尼的佛堂。日常佛事活動主要是喇嘛誦經和設供獻佛等，清代的皇帝每年都會多次到這裡拈香引禮。目前殿中陳設只有殿前匾額上還懸掛著咸豐皇帝的御書「敬佛」，殿前矗立的刻滿藏文經咒的銅鎏金幡杆還能讓人想像出曾經的佛堂景象。

雨花閣：位於紫禁城的西北角，是乾隆十四年（一七四九年）由章嘉國師負責建造的藏傳佛教的密宗佛堂，是清宮中最大的一處佛堂，採取「明三暗四」的格局，外部莊重，內部使用空間被充分利用，是漢藏合璧的建築精品。雨花閣第一層是智行層即事部，最珍貴的是花費大量紫檀、料銀、人工歷經兩年時間才完成的三座壇城。第二層到第四層分別是德行層即行部、瑜伽層即瑜伽部、無上層即無上瑜伽部，每層形式都與一層基本相同，都有一龕和一供案。

雨花閣另有重要供品唐卡，現存五十七幅，都按照一定的密教儀軌排列安放，主題關於祈禱長壽、國泰民安、賜福於民。清時每年四月初八日，五名喇嘛會在雨花閣念誦大怖畏壇城經。雨花閣東西配樓分別供奉三世章嘉活佛和六世班禪的銀造像。

梵宗樓：在雨花閣西北、昭福門內，坐西朝東，兩層三開間，卷棚歇山頂，建成於乾隆三十三年（一七六八年），是中正殿佛堂區修建最晚的一處佛堂。梵宗樓一層的紅銅文殊菩薩坐像一百一十三公釐，是皇宮中最大的文殊造像，且遊戲坐姿在明清藏傳佛教的文殊造像中非常罕見。二層的青銅九首三十四臂十六足大威德怖畏金剛像高一百七十七公釐，亦是皇宮內最大的一尊大威德造像，乾隆皇帝把大威德金剛當做戰神供奉，把自己的全套衣冠、盔甲和兵器供奉在大威德金剛像前。

養心殿仙樓佛堂：位於養心殿西暖閣「勤政親賢」殿後方，原為長春書屋，在乾隆十一年（一七四六年）改為佛堂。仙樓佛堂分上下兩層，中有天井連通。樓下供奉高一丈三尺的無量壽寶塔，整座仙樓形成了以寶塔為中心的格局。佛堂主要供奉唐卡，目前尚存四十七幅，以表現五方佛和格魯派三大本尊為主題。

慈寧宮大佛堂：慈寧宮位於紫禁城的西側，建於順治十年（一六五三年），是太皇太后、皇太后居住的宮殿。慈寧宮後殿為大佛堂，是太后、太妃們禮佛的場所。大佛堂面闊七間，進深三間，黃琉璃瓦歇山式頂，殿前有月臺上陳設香爐、香筒。大佛堂是清宮中唯一以漢傳佛教為主的一座佛堂。殿內裝修考究，佛龕、供案、佛塔、佛像、經卷、法物、供器等陳設眾多，其中，元代幹漆夾紵的三世佛、護法力士和十八羅漢像是傳世塑像精品。一九七三年為了接待柬埔寨西哈努克親王訪華，將這裡的陳設供品都已移到洛陽白馬寺。

皇宮御苑的佛寺是專為皇室成員建造的

環境優美的佛寺在碧水映襯之下格外脫俗

層疊的廟宇屋簷氣度恢弘

慈寧宮花園：坐落內廷外西路慈寧宮的西南面，是太皇太后、皇太后及太妃嬪們遊憩、禮佛的場所。花園占地面積六千八百平方公尺，佛堂咸若館、寶相樓、吉雲樓等主要集中在花園北部。

咸若館坐北朝南，是園中的主要建築，明代初建時叫咸若亭，清乾隆年間大修、改建成今天的面貌。咸若館正殿五間，前面抱廈三建，四周有圍廊，平面呈「凸」字形，正殿為黃琉璃瓦歇山式頂，抱廈為黃琉璃瓦卷棚式頂。館內懸掛乾隆御書「壽國香臺」匾額，內部裝修非常精巧，具濃郁的藏式佛殿風格，並陳設龕、案、佛像、法器等供物。

寶相樓為咸若館的東配殿，坐東面西，上下兩層，面闊七間，卷棚歇山式頂，綠琉璃瓦黃剪邊。寶相樓集顯宗和密宗於一體，有「六品佛樓」之稱，體現了格魯派顯密兼修和先顯後密的修持特色，是清宮佛堂的重要模式。殿內兩層供奉了七百多尊小銅佛像和各種佛經。

吉雲樓是咸若館的西配殿，與寶相樓對稱，供臺兩層擺放著大小、造型完全相同的一萬多尊五彩描金擦擦佛母像。

慈寧宮花園樹木以松柏為主，間以梧桐、銀杏、玉蘭、丁香等，花壇中有牡丹、芍藥等，在禮制森嚴的皇宮裡，晨昏在幽靜的花園佛堂誦念佛經也是一種心靈的寄託和慰藉。

佛日樓：在紫禁城外東路的寧壽宮區域最北端，仿建福宮花園吉雲樓建於乾隆三十五年（一七七〇年），是皇帝專用的佛堂。是一座二層小樓，坐北朝南，卷棚歇山頂。殿內供奉三世佛、十八羅漢和四大天王，牆壁懸掛唐卡。對佛像陣列式的供奉方式和色彩鮮麗的唐卡使佛日樓顯得莊重而威嚴。

梵華樓：位於佛日樓旁，與佛日樓同時建造。二層樓房，坐北朝南，面闊三間，卷棚歇山頂，採用藏族建築風格，與佛日樓共用一個樓梯，供奉六部顯密神像，是清宮中的六品佛樓之一。一樓正中明間供奉一尊二百一十公釐高的銅泥金釋迦牟尼立像，是皇宮中最大的立像。東西兩側的殿堂內供奉六座銅胎掐絲珐瑯大佛塔。二層除明間供奉宗喀巴木質髹漆泥金坐像，其他殿堂均供奉千佛。梵華樓內供奉的唐卡，都是按照牆壁的尺寸定做，無畫軸，是一種壁畫式唐卡，並有明確紀年，非常稀有珍貴，經歷二百多年的歲月滄桑，依然色彩鮮豔，形象分明，蘊含豐富的佛教內涵。

慧曜樓：在建福宮花園中，建於乾隆二十三年（一七五八年），是清宮中第一次設計和裝修六品佛樓，從佛像到唐卡都經過乾隆皇帝反覆修訂，形成最終的格局。慧曜樓分兩層，面闊七間。樓上明間供奉一尊宗喀巴大師銀像，前面的供桌上還另有一尊宗喀巴大師金像，牆上掛三幅宗喀巴源流圖唐卡，其餘六間從西到東一次供奉般若、無上陽體、無上陰體、瑜伽、德行、功行六品諸佛像。樓下明間供奉一座紫檀木七層喇嘛塔，塔上又供奉五十五座紫檀木和銅製佛塔，牆上懸掛三幅釋迦牟尼傳唐卡。因為是乾隆精心挑選和設計，所有的供品都尊貴無比，處處顯示皇家氣派和對佛教的崇敬。

西苑三海的佛寺與佛堂

明清時期將北海、中海、南海統稱為西苑，又叫三海。三海始建於遼代，金、元、明、清各代都不斷增修，一直是皇家園林所在。融合了皇家園林的富麗堂皇和江南私家園林的古樸自然，以及寺廟園林的莊嚴肅穆。

西苑佛教建築以北海分佈最集中，一九二五年被闢為公園。一九四九年後疏浚湖泊，進行全面修整，並增植了果樹花卉等，與園前團城同為全國重點文物保護單位。

永安寺、白塔：永安寺位於北海白塔山的南部，永安橋的北面。始建於清順治八年（一六五一年），時稱白塔寺，乾隆七年（一七四二年）重修時改為永安寺，屬藏傳喇嘛廟。永安寺依山而建，坐北朝南，從山腳到山頂分佈著佛寺殿堂、包括有法輪殿、正覺殿、普安殿以及配殿、廊廡、鐘鼓樓等。山門建在三十多級的臺階之上，面闊三間，歇山頂，黃琉璃瓦綠剪邊。穿過鐘鼓樓、法輪殿、正覺殿、普安殿後就是善因殿，善因殿後面的山頂上就是北海的標誌——著名的白塔。白塔是一座覆缽式喇嘛教磚塔，建於清順治八年（一六五一年），白塔立于長方形白石須彌座之上，塔高三十五點九公尺，塔形端莊秀美，十三重相輪重疊而上，塔頂是鎏金寶頂，頂下兩層銅質傘蓋，稱作天盤和地盤，地盤周圍掛有十四個銅鈴，有風吹過，叮噹作響，更襯托出園林的寂靜安寧。

西天梵境：在北海太液池的北部、靜心齋西側，又稱天王殿。明代時是西天禪林喇嘛廟，清乾隆二十四年（一七五九年）重建，前臨北海，正對瓊島，是一組精美的佛寺建築群。西天梵境建築最大的特點是以琉璃裝飾。整個佛寺從一座製作精良、結構繁複的三間四柱七樓式牌樓起始，向南面臨太液池，穿過牌樓後是面闊三間的拱 式山門，天王殿、大慈真如寶殿等殿宇全部為琉璃仿木結構、歇山樓頂、黃琉璃瓦綠剪邊，精美華貴。華嚴清界殿已經於一九五四年拆除，華嚴清界殿後面是七佛塔亭和琉璃閣。在整座建築的外壁上，四面都鑲嵌著造型大小完全相同的長壽佛塑像多達一千三百七十六尊，每個門的拱券商的浮雕圖案更是令人驚豔。遺憾的是，西側的琉璃牆也幾經焚毀、修復，早已不是舊時模樣。

小西天：北海西北角一組規模很大的建築群總稱為小西天，包括極樂世界和萬佛樓兩組建築，是乾隆皇帝為祝賀母親孝聖皇太后六十大壽而建造。極樂世界又稱觀音殿，是一座二十五公尺高的方形四角攢尖頂的亭式建築。殿內的五百羅漢精工細作，生動傳神，與宣武門外善果寺的羅漢山、朝陽門外九天宮的天宮並稱「北京泥塑三絕」。萬佛樓在觀音殿北面，是乾隆為母親祝賀八十大壽而建，是一座坐北朝南面闊七間的三層建築，三層共有佛龕及裡面所供佛像一萬零九十九尊，可惜所有的佛像在八國聯軍入侵時被洗劫一空了。

闡福寺：坐落在鐵影壁西面、五龍亭北面，始建於明代。清乾隆十一年（一七四六年）仿照河北正定興隆寺規模和樣式進行改建，進入寺門就是天王殿，之後就是大佛殿。

殿分三層，四面各有一座方樓，中間為佛殿。光緒二十六年（一九〇〇年）遭八國聯軍的搶掠，佛身鑲嵌的珠寶被洗劫一空。民國年間又被大火燒燬，目前尚存山門殿、天王殿、鐘鼓樓、東西配殿等，現在已經成為北海經濟植物園。

萬善殿：在中海的東北岸，靠近水雲榭，與紫光閣隔岸相對。原為明代崇智殿的舊址，明清兩代在每年的七月十五中元節時在這裡舉行盂蘭盆會。清順治年間進行修葺改成萬善殿。萬善殿面闊三間，平面呈方形，重簷歇山頂，上覆黑琉璃瓦黃剪邊。大殿前後分別懸掛順治和康熙二帝的「敬佛」匾額。乾隆三十五年（一七七〇年）重修時增加了密宗佛像，改變了順治時的禪宗色彩。因為順治帝篤信佛教，他修葺的萬善殿曾邀來憨璞、玉林通琇、木陳道忞等高僧來此駐錫，並贈以金帛、書畫、經書等，表達了一代帝王對佛教的一片虔誠。

承光殿：是團城的主要建築，為重簷歇山式大殿，殿頂覆黃琉璃瓦綠剪邊，飛簷翹角，造型優美，且變化多端，可與故宮角樓相媲美。承光殿光緒年間才改為佛殿，這還是緣於從南洋歸來的明寬法師進貢的一尊白玉釋迦牟尼坐像。白玉佛高一點八六公尺，重二千四百斤，身披袈裟，滿身綴各色寶石，華麗精美，是典型的南傳佛教造像風格，據說慈禧太后就非常喜歡這尊白玉佛。如今，遭受八國聯軍刀劫後的白玉佛依然珠光寶氣地安置於承光殿中。

頤和園的佛寺與佛堂

頤和園始建於清乾隆十五年（一七五〇年），前後用了十五年的時間，是清代「三山五園」中最後建成的一座。佛教建築主要集中在園林區——萬壽山的前山和後山。現存建築是英法聯軍燒燬後由慈禧下令依山而建。萬壽山前山，以八面三層四重的佛香閣為中心，組成巨大的主體建築群。從山腳的「雲輝玉宇」，牌樓，經排雲門、二宮門、排雲殿、德輝殿、佛香閣，直至山頂的智慧海，形成一條層層上升的中軸線。東側有「轉輪藏」，和「萬壽山昆明湖」石碑。西側有五方閣和銅鑄寶雲閣。後山有宏麗的藏傳佛教建築四大部洲和屹立於綠樹叢中的五彩琉璃多寶塔。山下的山色湖光共一樓、重翠亭、樂壽堂等處還設有佛堂。

排雲殿：得名於晉代詩人郭璞遊仙詩「神仙排雲出，但見金銀臺」之句，始建於乾隆十五年（一七五〇年），五進院落盡顯皇宮氣派，在咸豐十年（一八六〇年）毀於英法聯軍的炮火，光緒年間再改建成為慈禧太后生日時接受官員朝拜的場所了。

佛香閣：是頤和園整個園林建築的中心和制高點。與排雲殿一樣是大報恩延壽寺的一部分。閣高達四十一公尺，修建在八方形石砌須彌座月臺上，八面三層四重簷攢尖頂，閣頂為黃琉璃瓦綠剪邊，中間八根堅硬的大鐵梨木為擎天柱，在咸豐十年遭到了英法聯軍炮火劫難，光緒十七年（一八九一年）照原樣重建。現在的佛香閣供奉一尊明製千手千眼觀音立像，像下蓮花寶座製作精美，蓮瓣共九層，九百九十九個花瓣，非常稀有珍貴。

智慧海：在萬壽山頂，由縱橫相間的拱券結構組成，因此被稱為「無梁殿」。通體用五色琉璃磚瓦裝飾，色彩絢麗，圖案精美，尤以嵌於殿外壁面的千餘尊琉璃佛更富特色。殿內所供高大觀音座像，為清乾隆一七三六～一七九五年造。殿前有琉璃牌坊和無梁殿前後石額分別題有「眾香界」、「祇樹林」、「智慧海」、「吉祥雲」，構成佛家的一首三言偈語。

轉輪藏：位於佛香閣東側山坡，是乾隆時期仿照宋代杭州法雲寺藏經閣建造，為帝后禮佛誦經的場所，由正殿和以飛廊連接的兩座配亭組成。正殿為二重三層簷樓閣，兩側各有雙層八角配亭。亭內有木塔貫穿，貯存經書佛像，塔中有軸，塔下設有機關可以轉動木塔。因此叫「轉輪藏」。轉輪藏同樣在咸豐十年遭遇英法聯軍炮火劫難，現存建築是由光緒年間重建，殿前「萬壽山昆明湖」石碑是頤和園最大的一塊石刻御碑，由乾隆皇帝親題，石碑通高九點八七公尺，碑座、碑身、碑帽都用巨石雕刻而成。造型雄偉，雕刻精美，具有典型的民族風格。

寶雲閣：在佛香閣西側，與轉輪藏相對。清乾隆二十年（一七五五年）建，因用銅鑄造的仿木佛殿，所以被稱為「銅亭」。銅亭高七點五五公尺，用了二百零七噸銅，重簷歇山項，四面菱花隔扇，造型仿木結構，通體呈蟹青色，坐落在漢白玉須彌座上。殿內佛像供器經英法聯軍和日本侵略者的輪番搶掠已蕩然無存，抗戰勝利後，門窗才回歸原位，也才讓我們如今能一睹寶雲閣的完整面貌。

花承閣：坐落後山東區，半月形弧廊的西端就是花承閣。花承閣坐東朝西，沿山坡的陡勢建造形成錯層樓房，東面一層，西面兩層，南面是塔院，院內有多寶琉璃佛塔。多寶琉璃佛塔為乾隆時建造，塔高十六公尺，是一座八角攢尖的七層琉璃磚塔。塔身用七色琉璃瓦鑲砌，外表滿嵌彩色琉璃小佛，為琉璃塔中傑作，在萬綠叢中顯得光彩奪目。

須彌靈境：光緒年間重建的坐南朝北、漢藏風格混合的臺式佛寺建築群，北半部為漢式，進深一百一十七公尺，東西寬七十公尺，殿堂建築按照傳統漢傳佛教的「七堂伽藍」格局和供奉南部是藏式部分，南北長八十五公尺，東西寬一百三十公尺，以香岩宗印之閣為中心，四周圍繞西藏碉房式建築和喇嘛塔。香岩宗印之閣象徵著須彌山，是頤和園後山最大的建築物，又叫後大廟，是一座三層的巨型樓閣。圍繞在香岩宗印之閣周圍臺地上的碉房式建築分別象徵東勝神洲、西牛貨洲、南瞻部洲、北俱蘆洲四大部洲。四大部洲前後左右是八小部洲，八小部洲都分別供奉佛母或金剛像。四大部洲西面是一處藏式寺廟會雲寺，建造於乾隆年間，毀於英法聯軍炮火，現存建築為一九八三年重建，寺內供奉很多佛像和擦擦佛。

靜明園的佛寺與佛堂

靜明園坐落在玉泉山上。華藏海是一處佛寺，在玉泉山南側峰頂，現在能看到的只有寺後那座八面七層密簷式華藏石塔。香延寺在玉泉山的主峰上，依山而建前後殿匾額分別為「妙高」和「香岩」，中間的玉峰塔是仿江蘇鎮江金山江天寺慈壽塔的形制建造，每一層都有對聯、匾額，並供奉佛像，玉峰塔影史靜明園十六景之一。建於乾隆年間的妙高寺如今也只剩下金剛寶座塔了，與還有四進院落的聖源寺琉璃佛塔規制相同，金剛寶座塔附近還有楞伽洞、含經堂、南無西方極樂世界安養道場等佛教建築，都有精雕細刻的佛教圖案；清涼禪窟也是靜明園十六景之一，尚存亭臺樓閣，清靜幽深。雲外鐘聲是明代上華嚴寺舊址上建造起來的一組佛教建築，大殿後有資生洞、華嚴洞、羅漢洞、水月洞、伏魔洞、觀音洞等，形制相仿，都供有佛像。

靜宜園的佛寺與佛堂

靜宜園是一座以山地為基址建成的行宮御苑，最早是金大定年間的香山寺，明代增建了許多佛寺，乾隆年間又加擴建，並改名靜宜園。靜宜園環境清幽，風景宜人，是佛教修持的好地方。

昭廟：全稱是「宗鏡大昭之廟」，是乾隆為來京祝賀他七十大壽的六世班禪修建的夏季駐錫之地。昭廟前是一座二十多公尺長的琉璃牌樓，漢白玉石匾額上嵌有漢、滿、蒙、藏四種文字。前殿三間，殿中有白臺，圍繞東、南、北三面上下一共四層，西面建有清淨法智殿，後有哄抬上下四層。廟西側有一座七層八角密簷式琉璃寶塔，塔身光彩奪目，塔簷掛滿銅鈴，風吹鈴響，更顯山林清幽。

建於金代、又名甘露寺的香山寺非常著名，但歷經毀壞和重修，現在大部分建築都已不存。位於香山寺西北的洪光寺更是只剩下遺址可供瞻仰遐想了。以臥佛聞名的十方普覺寺和以金剛寶座塔聞名的碧雲寺還基本保有完整面貌，供虔誠之人前去禮拜。

圓明園的佛寺與佛堂

有萬園之園之譽的圓明園隨八國聯軍的一場大火已灰飛煙滅，而慈雲普護、日天琳宇、舍衛城、法慧寺、寶相寺等寺廟、佛堂也隨之化為一片廢墟，坐落於綺春園大宮門西側的喇嘛廟正覺寺是惟一倖存者。建於乾隆三十八年（一七七三年）的正覺寺全部建築三進院，在清末曾被劃歸雍和宮下院，在圓明園大火中倖免於難，如今，政府又進行修復，希望能重複曾經的佛教氛圍。

暢春園的佛寺

暢春園也是清代三山五園之一，建於康熙十九年（一六八〇年），是清代第一座離宮型皇家園林。在道光以後就逐漸廢棄了，到英法聯軍的炮火襲來，就更是所剩無幾，恩佑寺和恩慕寺如今都只剩下一座山門孤零零地佇立路邊。永寧寺也僅存三間正殿和五間後殿。

俗稱南池子的南苑也曾經是清代皇家行宮御苑，但在八國聯軍入侵之後，苑中建築遭到破壞，廟宇也難逃厄運，如今能看到的只有幾座御制石碑聳立於曠野之中，很難想像曾經規模宏大、廟宇壯麗的皇家御苑。

房山區寺院群

房山地區一直是佛教聖地，房山佛寺始於東漢天開寺，到兩晉、北朝時，佛寺在房山逐漸興起，如雲蓋寺、木岩寺、洪恩寺；有確切記載的最早的上方山諸寺，距今已有一千四百多年的歷史。隋唐時期房山的佛寺空前興盛，形成了以上方山及新建的雲居寺為核心、包括龍泉大力禪寺、寶積禪寺和靈峰寺在內的佛教文化圈。雲居寺在房山乃至北京的佛教地位至高無上，因保存石刻佛教大藏經被譽為「石經長城」，同時還保存著紙經二萬二千多卷、木版經七萬七千多塊以及釋迦牟尼佛舍利。遼金以後直至民國，房山幾乎成為佛寺的王國，據民國十七年（一九二八年）《房山縣誌》記載，當時著名的佛寺有五十五座，一百零七座古塔林立，占北京古塔總數的一半以上，其中唐塔占全國唐塔的百分之三十七點五，有「寶塔冠京師」之美譽。

房山的佛寺年代久遠，數量眾多，在宗教傳承、佛典傳承上都有著重要地位，而今遺留在房山大地上的一座座古老佛寺令人對昔日繁華的無限追憶。

上方山兜率諸寺

上方山兜率寺位於房山西南，隋唐時期，上方山佛寺初具規模，遼代上方山兜率寺是天開寺住持守常居住之處；並與雲居寺有著密切關係，一直延續到明清時期。金代，「上方山」名已經見於石刻，當年的上方山寺仍是天開寺的上方寺，金代石刻稱作「天開寺上方」。金代上方山著稱於中都地區，並產生了禪悅、度公、崇公、靖公禪師等幾位享譽全國的高僧。

金元之際，上方山下的天開寺及所屬的觀音院、龍王寺、中院寺均毀於兵燹。至元二十七年（一二九〇年）忽必烈特賜聖旨護持天開寺，同時住持應公禪師興廢起頹，修復諸寺。明代上方山寺迅速發展並獨立於天開寺，太監不僅出巨資修繕上方山，創建寺庵，兩次施明版《大藏經》，成就歷史上的空前繁榮，晨鐘暮鼓，四時梵唄，僧人或結庵而居，或依洞而棲，留下了著名的上方「九洞」，並致寺庵發展到一百二十座，全盛時住僧二百有餘，出現了天香和孤山兩位高僧禪師。

明清交替時，社會動盪，寺院建築年久失修，到康乾盛世，上方山寺庵也恢復到七十二座，順治、雍正和乾隆三位皇帝曾為上方山題匾，王公朝貴也為上方山寺庵題寫書聯。

晚清時期上方山僧人減少到八十人，香火不足以維持生計，僧人開始涉足商業，到民國時，旅遊暢興，上方山僧人開始經營旅遊。七七事變後，日寇侵佔房山、良鄉地區，山寺驚擾，僧人四散。人民政府有計劃地對上方山寺庵進行了修復。

在上方山寺的歷史上最繁盛也最著名的是眾多的寺庵，現在留下名字的有一百零三座，清代康乾時期的七十二庵現在有跡可循的還有五十七座。如今，置身兜率寺前，遠眺黛色青峰，耳聽寺廟鐘聲，頓感心馳神往，沉浸於千古名山上連綿古剎的神秘與祥和。

瑞雲寺

瑞雲寺位於史家營鄉曹家房村，據說始建於漢代，遼以後多次重修，清時為護國顯光禪寺。瑞雲寺有天王殿、藥師殿、菩薩殿和千佛閣五進院落，其中千佛閣為硬山黃瓦頂重簷樓閣式建築，高十五公尺，非常壯觀，寺內供奉高十公尺的銅鑄千手千眼觀音佛像。瑞雲寺歷代都是佛教勝地，民國初改為道觀，單間無梁殿的山門上有曹錕所書「瑞雲觀」名。瑞雲寺中保存元代「故大行禪師通圓懿公功德碑並序」碑，碑記文字有二千六百字之多，為房山區重點保護文物。

香光寺

古剎香光寺位於大房山東南麓的大韓繼村，始建於唐代，距今已有一千餘年的歷史。明永樂年間，成祖謀臣姚廣孝因功績卓著，拜為資善大夫、太子少師，少師辭歸山林後，朝廷恩賜香光園為其別業，所以香光寺又稱少師園。

成祖以後，香光寺因年久失修，逐漸頹敗，以致「夜見火光，或聞虎鳴，豐草滿園，毒蛇交橫」，直到萬曆年間，禦馬監太監張公其奉命重修成五進六層寺廟，同時在寺東重建一寶塔以壯奇觀，於寺後開闢園田以供寺僧蔬品。明萬曆之後的幾百年，香光寺幾經興衰劫難，最終未能完整的保存下來。

萬佛堂

萬佛堂位於房山區西北雲蒙山南麓的河北鎮萬佛村，始建於唐開元至天寶年間（七一三~七五六年）大曆五年（七七〇年），當時叫龍泉寺，後改稱大曆禪寺。寺院幾經興廢，到明萬曆年間重建時將寺旁岩壁上的唐代石雕「萬菩薩法會圖」鑲嵌在殿內牆壁上，更名萬佛堂，全稱「大曆萬佛龍泉寶殿」，元明清三代都有修建。

萬佛堂為三間歇山頂無梁磚石結構殿堂，門楣上嵌有四周浮雕蓮花瓣石匾，上書「大曆古跡萬佛龍泉寶殿，大明萬曆巳醜春吉日重建」。

經近年再一次搶修，殿內再現了昔日輝煌，由三十一塊漢白玉組成的巨幅浮雕有佛像約萬尊，場景壯觀，技藝高超，是北京絕無僅有的浮雕壁畫。

靈鷲禪寺

靈鷲禪寺位於坨裏鄉北營村穀積山，始建於元代，是積穀山中歷史最久遠、規模最大、至今保存完好的寺院。

現存寺院建築為明代修建，主要集中的中軸線上。寺院坐北朝南，主要建築分佈在中軸線上。有山門、二進殿宇和四塊石牌。山門額書篆字「敕賜靈鷲寺」，山門與第一進殿之間有明正統五年（一四四〇年）四月八日碑記，第二進殿是無梁建築的正殿；第二進殿后兩旁立遼、元石碑。寺後臺地上有一座圓通殿。

環秀禪寺

環秀禪寺位於崇各莊鄉小幼營村西，始建於明成化年間，寺坐南朝北，占地約三千平方公尺，正殿為三間無梁殿建築，面闊十二點三公尺，保存完好。殿內為寫隆頂，高七公尺。對面的牆壁上有券頂的佛龕三個，下設連通的須彌座。座和佛龕都是漢白玉石壘砌。殿前有月臺，上面矗立螭首龜趺碑「敕建環秀禪寺碑記」。

鐵瓦寺

鐵瓦寺位於河北鎮政府院內，始建於明正德年間，清康熙三十二年重修，因殿頂滿鋪鐵瓦而得名。

鐵瓦寺座北朝南，北靠青山，面對大石河。寺院內古柏蒼翠，寺後清泉汩汩流淌，景致優雅。泉水長年不斷，順暗溝流入大石河。山門的額楣上嵌匾楷書「鐵瓦禪林」，進山門，兩旁各有兩間單簷清水脊配殿。

正殿鐵瓦殿為圓柱形建築，高六公尺，發券門窗，殿頂採用攢尖做法，六條脊身朝六個方向垂下，把頂分成六個扇面。頂上滿鋪鐵瓦，共計有四百五十八塊，瓦表多有鑄字，如「菩薩頂正德十年（一五一五年）造」、「五臺山菩薩頂鐵瓦寺」等。殿尖由寶珠收攏，殿脊和剎也是鐵制，共用鐵約三千公斤。類似建築，世界少見。

弘恩寺

弘恩寺位於竇店鎮望楚村西。建於明萬曆年間（一五七三～一六二〇年）。清康熙五十七年（一七一八年）重修，清乾隆七年（一七四二年）毀於大火，後又重建。寺坐北朝南，主要建築有山門、鐘鼓樓和五層殿宇，前面三殿保存完好，寺內碑刻林立，是明清一座規模宏大的重要寺院。現為房山區文物保護單位。

常樂寺

常樂寺位於青龍湖鎮常樂寺村，建於明萬曆年間。原寺為兩層殿宇，前為三間無梁殿，面闊三間，長約九點三公尺，進深五點二公尺。漢白玉　門窗，重簷歇山頂，明間做穿堂。後殿三間，硬山調大脊，棋盤心，雙扇門，殿前有寬闊月臺，保存完好。

來自五臺山七十多歲的法通和尚和徒弟堅松發心修繕寺院，自籌資金從五臺山一車一車運過來建材，以及佛像和香爐，目前還沒有宗教部門的正式手續，但他們虔心向佛，做好苦熬十年的準備，定把寺廟修復。

白水寺

白水寺位於房山區城關街道西北十二裏處的歇息崗，原名白水興隆寺，寺前有白水山溪淌過，俗名大佛寺，建寺年代不祥，明成化元年重修。明清兩代白水寺冠以「白水異漿」，列入房山八景。

由於年久失修，現僅存無梁殿和三尊石雕像。大殿坐北朝南，重簷彎廬頂，磚石結構。殿內有三尊花崗岩石站像，中為釋迦佛，高五點八公尺。與臥佛寺大銅佛不相上下，螺髻，面部豐圓，兩耳垂肩，身著袈裟，兩手持印，微露足尖，腳踏橢圓形蓮座。兩旁左阿難、右迦葉協侍。三尊石站像衣紋流暢，雕法古樸，是北京較大型的石雕像。

常樂寺

常樂寺位於崇各鄉常樂寺村，距離盧溝橋西二十裏處，建于明萬曆年間。

常樂寺坐北朝南，占地一百五十畝，最大的特點是東西北三面都由半圓形的圍牆圍起，長達一華里之多。圍牆高八公尺，依山而建，蜿蜒曲折，由青石白灰築成，東西兩面有對開的過街樓門，磚砌券門，兩門相距一華里，遠看似一座城池。

常樂寺有兩層殿宇，前面三間是形制非常特殊的無梁殿，漢白玉券門窗，重簷歇山頂，明間是穿堂，三面牆壁上有壁畫；後殿三間為硬山調大脊，殿前有寬闊月臺。

頤和園西郊寺院

頤和園位於北京西郊，距城十二公里。它是中國現存古代最大的一座園林。頤和園主要由萬壽山、昆明湖兩大風景區組成，面積二百九十公頃，其中水面約占四分之三。

一九四九年以前，園內已是一片荒涼景象。一九四八年十二月北京和平解放，頤和園自此開始新篇章。三十多年來，政府有步驟有重點地擴大修復這座名園。現在，多寶琉璃塔風鈴隨風發出清脆悅耳的響聲，樂農軒修復如故。一八六〇年被英、法聯軍燒毀的寺廟按原貌再現。現在從東宮門到前山、半山以至西堤，所有建築物都油漆一新。從嬌小的「畫中游」到高達四十一公尺的「佛香閣」，都已煥然一新。

萬壽山

在頤和園內。燕山餘脈，海拔一零八點九四公尺。傳說曾有老人在山上鑿得石甕，因名「甕山」。前臨甕山泊，又稱「西湖」，即今昆明湖。建築群依山而築，現存者是英法聯軍燒毀後慈禧重造的。萬壽山前山，以八面三層四重的佛香閣為中心，組成巨大的主體建築群。從山腳的「雲輝玉宇」，牌樓，經排雲門、二宮門、排雲殿、德輝殿、佛香閣，直至山頂的智慧海，形成一條層層上升的中軸線。東側有「轉輪藏」，和「萬壽山昆明湖」石碑。西側有五方閣和銅鑄寶雲閣。後山有宏麗的藏傳佛教建築四大部洲和屹立於綠樹叢中的五彩琉璃多寶塔。山上還有景福閣、重翠亭、寫秋軒、畫中游等樓臺亭閣，登臨時，可俯瞰昆明湖景色。

智慧海

在頤和園萬壽山巔。是一座無梁佛殿，由縱橫相間的拱券結構組成。通體用五色琉璃磚瓦裝飾，色彩絢麗，圖案精美，尤以嵌於殿外壁面的千餘尊琉璃佛更富特色。殿內所供高大觀音座像，為清乾隆（一七三六～一七九五年）造。殿前有琉璃牌坊一座。牌坊和無梁殿前後石額依次題寫為「眾香界」、「祇樹林」、「智慧海」、「吉祥雲」，構成佛家的一首三言偈語。

寶雲閣

在頤和圓萬壽山佛香閣西坡。清乾隆二十年（一七五五年）建。是用銅鑄造的佛殿，號稱「金殿」。高七點五五公尺，重二百零七噸。重簷歇山項，四面菱花隔扇，造型仿木結構，通體呈蟹青色，坐落在漢白玉須彌座上。殿內佛像供器經帝國主義搶掠破壞，已蕩然無存，門亦散失不全，使寶雲閣狀如亭子，故俗稱「銅亭」。銅亭結構與木製亭子相同，但它的梁、柱、門、洪、椽、瓦、隔扇、對聯等都是用銅鑄的。銅亭共重四十一萬多斤，用了二百零七噸銅。銅亭閣上的花紋，採用傳統的鑄造工藝——撥媳法製作。它的獨特的鑄造技術和建築藝術是世界稀有的。在銅亭閣壁內面，刻著參加工程全部工匠三十六人的姓名，為我們提供了可貴的史料。

轉輪藏

在頤和園萬壽山前山。是一座佛教建築，為帝后禮佛誦經處。正殿為二重三層簷樓閣，兩側各有雙層八角配亭。亭內有木塔貫穿，貯存經書佛像塔中有軸，可以轉動，是佛教法器演化來的建築物。「轉輪藏」由一塊石碑和三間樓房組成。石碑正面刻有乾隆皇帝手書「萬壽山昆明湖」六個字，背面刻記，主要內容是　述修竣昆明湖始末。石碑通高九點八七公尺，碑座、碑身、碑帽都用巨石雕刻而成。造型雄偉，雕刻精美，具有典型的民族風格，石碑左右有兩座亭子，亭子各有一個八面形木塔，塔中有軸，推之轉動，是仿照杭州法雲寺藏經閣建造的。

佛香閣

在頤和園萬壽山前山。八面三層四重簷，高四十一公尺，下有二十公尺高的石臺基，氣勢宏偉，是全園的中心建築，為頤和園標誌。佛香閣建築在六十多公尺高的山坡上，閣中有四根高達三十多公尺的擎天柱，是用堅硬的鐵力木做的。佛香閣外形是按照武昌黃鶴樓設計的。清乾隆時（一七三六～一七九五年）在此築九層延壽塔，至第八層「奉旨停修」，改建佛香閣。咸豐十年（一八六〇年）毀於英法聯軍，光緒時（一八七五～一九〇八年）在原址依樣重建，供奉佛像。一九五三年政府開始修繕，工程浩大。全部修繕工程歷時近兩年。

四大部洲

在頤和園萬壽山後山。建於清乾隆年間（一七三六～一七九五年），系仿西藏桑鳶寺形式而築。由東勝身洲、南瞻部洲、西牛貨洲、北俱盧洲四大部洲和八小部洲，日臺、月臺及紅、綠、黑、白四座梵塔共十八座建築組成。中心為象徵須彌山的佛殿香岩宗印之閣。四大部洲的建築平面分別為正方、三角、圓、半圓形，以對應地、火、水、風。

該建築群融合漢藏兩地建築特點，依山而築，具有鮮明的色彩和宏偉的氣勢。咸豐十年（一八六〇年）毀於英法聯軍，光緒時（一八七五～一九〇八年）曾經局部修整，近年大加修復，再現乾隆時的規模。

多寶琉璃塔

在頤和園萬壽山後山。清乾隆時（一七三六～一七九五年）建，磚造結構，平面八角形，七層，高十六公尺，系樓閣式與密簷式相結合的塔。下部三層塔身較高，仿樓閣式，每層施重簷，上部為密簷三層，簷下施斗拱。塔身外表滿嵌彩色琉璃小佛，整個塔身造型優美，比例勻稱，色彩豐富，小巧玲瓏，為琉璃塔中傑作，它是清漪園的遺物。塔身用七色琉璃瓦鑲砌，下承漢白玉須彌座，四周圍以紅牆，前設沖天兩柱牌樓一座。對面立以漢、，滿、蒙、藏文鐫刻的《多福琉璃塔頌》石碑。

海淀區寺院

海淀作為北京著名風景區，它的青山綠水、奇峰峻嶺一直備受僧人青睞，早在遼金時代就密佈著數不清的寺廟道觀，真可謂「西山四百八十寺，多少樓臺煙雨中」。

海淀最早期為位於西山腳下以銅臥佛聞名於世的臥佛寺，陽臺山上建於遼咸雍四年的大覺寺是第二古寺，至今已有近千年歷史。始建於元代的香山碧雲寺是第三大古寺。西直門處高梁河畔的五塔寺建於明永樂年間。位於京西八里莊的慈壽寺和永安塔建於明萬曆六年（一五七八年）。魏公村鋼鐵研究總院內，有一座明代大慧寺。建於明萬曆五年（一五七七年）皇家園林寺廟萬壽寺位於長河之濱的廣源閘旁，於雍正十一年（一七三三年）大鐘寺是聞名全國的以鐘命名的寺院等。

黃普院

黃普院位於鳳凰嶺景區內車耳營村西北約三公里處，最早由金章宗完顏景創建，是金章宗狩獵行宮，京西八大水院之一，又名聖水院。明正統二年賜額妙覺禪寺，弘治十四年又改稱明照洞瑞雲庵，俗稱皇姑院。

皇姑院名稱由來緣於明太康公主，太康公主是孝宗朱祐樘晚年所生，公主如花似玉，聰明伶俐，深得皇帝寵愛，但是自幼身體非常柔弱多病。御醫也無能為力，於是就有太監到白雲觀求仙問道，白雲觀長老說必須出家，而且以京城西北方為宜。於是派人到京西北去物色寺廟，訪遍了西山弘教寺、大覺寺、護國寺，最後到了車耳營村的黃普院，覺得這

黃普院俗稱黃姑院為明太康公主出家之處

裡山清水秀，風光優美，是出家人修身養性的好地方，於是宮女嬤嬤們陪著公主就到了黃普院服侍出家的公主。一年多時間，公主的身體果然日漸恢復，待痊癒後，皇帝在宮女中找了一個和太康長相相似的人，偷偷送到黃普院把女兒替出來接回了皇宮。因此黃普院曾一度改名為皇姑院。

萬壽山

萬壽山原名甕山，位於頤和園內，前臨昆明湖，明弘治七年（一四九四年）孝宗的乳母助聖夫人羅氏在山前建園靜寺，清初曾作宮廷養馬的草料場。乾隆十五年（一七五〇年）為慶祝皇太后六十壽辰於園靜寺舊址建大報恩延壽寺，次年將山改名為萬壽山。並將開拓昆明湖的土方按照原佈局的需要堆放在山上，使東西兩坡舒緩而對稱，成為整個頤和園的主體。

萬壽山佛寺群依山而築，現存建築是慈禧重建於英法聯軍燒毀後的舊址之上，從山腳的「雲輝玉宇」牌樓，經排雲門，二宮門，排雲殿，德輝殿，佛香閣，直至山頂的智慧海，形成一條層層上升的中軸線。

秀峰寺

秀峰寺位於鷲峰山下，明正德六年（一五一一年）由太監高讓所建，據傳鷲峰曾是遼人屯兵的七十二寨之一，鷲峰之名緣於峰頂兩株酷似山鷲的古松。寺有三進，殿房數十間。

秀峰寺坐西朝東，三進院落，殿房數十間。寺裡古木參天，是鷲峰公園裡古樹最集中的地方，有一級古樹四棵，二級古樹二棵，還有一株樹齡未定的古楸樹，著名的「箭杆沖雲松」紮根巨石間，頗像蓄勢待發的利劍射向蒼穹。

一九二五年道士王修真廢寺為道觀，改名為修真觀。一九二七年，農礦部地質調查所在秀峰寺籌建我國第一個地震臺。一九二九年大律師林行規買下這個寺院後，更名為秀峰寺，並予修整。抗戰時期，秀峰寺創下佛教之外的輝煌歷史，作為抗擊日本侵略者的重要據點、平西情報站，聶榮臻元帥評價平西情報站「相當十萬雄兵」。

秀峰寺還是今天《北京日報》的搖籃，日寇投降後的一九四五年八月至十一月，中共華北局城市工作部在這裡創辦了專對北平人民進行宣傳的《新聞要報》，即《北京日報》的前身，當時採訪、編輯、電臺、印製、發行工作人員都住在禪院。社長趙凡、採訪組長杜導正、秘書長馬建民和作家楊沫夫婦的住房至今猶在。一九五〇年，林律師的夫人將古寺捐給政府，後歸北京林業大學所有。

近年，北京林業大學國家鷲峰森林公園花費兩年時間將秀峰古剎修復如初，清幽古樸的寺廟開始接待遊人香客。

蓮花寺

蓮花寺位於海淀區北安省鄉陽臺山下，始建於明代。蓮花寺坐北朝南，建築格局為四合院式佈局，三進院落。依山勢分為三級。最下層為水池，第二級有院門及馬圈等，最高處為四合佈局的殿堂。其中院有山門殿、正殿和配殿，寺南北建有跨院，各有正殿三間，如今部分建築已改建。

寺內有清光緒十八年（一八九二年）告示碑、光緒二十八年（一九〇二年《重修蓮花寺碑記》碑和光緒三十一年（一九〇一年）《重修蓮花寺碑記》碑。

竹北鳳山山腳還有一座近四十年歷史的蓮花寺，樓高三層，內分前後殿，主奉觀世音菩薩，每年皆吸引不少善男信女。

大慧寺

大慧寺位於大慧寺路六號，明正德八年（一五一三年）司禮監太監張雄創建，因寺內有大佛，俗稱大佛寺，明萬曆、清乾隆和宣統年間有過三次重修。

大慧寺占地二千三百多平方公尺，建築面積約六百多平方公尺。現只存大悲寶殿，雖經清乾隆二十二年（一七五三年）修葺，梁架木結構仍然保存明代風格。是一座灰筒瓦重簷廡殿頂建築，面闊五間，進深三間。殿內兩側有明代泥塑二十八諸天像，形象生動，極為精美。在諸天背後的牆壁上，是大型彩色工筆連環壁畫，描繪一個普通人一生為善，超生得道的故事。

大悲殿內原供十八公尺高的大銅佛，被侵華日軍毀壞。現有的木胎彩塑釋迦牟尼佛、弟子及脅侍菩薩像是二十世紀四十年代重塑。一九五七年，大慧寺被宣佈為第一批市級重點文物保護單位，並進行整體保護復建。

大慧寺牆上繪有大型彩色工筆連環壁畫

寶藏寺

寶藏寺，原名蒼雪庵，位於海淀鄉董四墓村西北的金山上，因此又叫金山寶藏寺，由西域僧人道深始建於明宣德初年，明正統三年（一四三八年），道深和尚又主持重修，皇帝賜名「寶藏禪寺」，明朝末年，寶藏寺荒廢。

寶藏寺到清朝時歷經重修，清康熙三十八年（一六九九年），普善和尚遊歷到此，見寺廟荒廢，於是度化百姓，捐資重修，於康熙四十七年（一七〇八年）竣工。修復後的廟宇「齋寮殿宇結構巍然，香燈燦設金碧輝煌」。乾隆三十一年（一七六六年），和碩怡親王弘曉曾到寶藏寺遊覽時發現廟宇年久失修，於是又捐資重修，使寶藏寺丹碧輝映，廟貌煥然一新，和碩怡親王還給其中的一間禪室取名「清涼禪室」。同治八年（一八六九年），眾善士倡議重修寶藏寺，開山建設客堂三所，到光緒年間，寶藏寺裡新建了太監墳地，晚清一些著名的太監死後大多安葬於此，光緒七年（一八八二年），寶藏寺再次重修。

寶藏寺在宣統三年（一九一一年）的重修規模最大，由長春宮花翎三品主管張祥齋重修並擴充廟宇，使寶藏寺達到前所未有的規模。民國年間，中國歷史上最後一個太監小德張也曾重修寺廟，他對寺廟的增修動力更多來自於自己的歸宿安排，據說小德張曾留下遺囑要埋在金山寶藏寺，但最後也身不由己葬在了天津。不過經過清朝的幾次重修增建，寶藏寺確實成為一座規模不小的寺廟，到一九二八年寺廟總登記

寶藏寺花開時節香氣襲人

時，面積竟有二頃二十四畝，房屋共一百六十八間。

寶藏八景名列當時北京佛教勝景之最，是文人墨客、達官貴人爭相前往的名勝，留下了很多佳話。

寶藏寺不僅風景優美，桂花也是赫赫有名，因為每到花開時節，整個寺廟香氣襲人，所以叫「寶藏潘桂」。清代陳康祺《郎潛紀聞初筆》曾記都門花事情況：「都門花事，以極樂寺之海棠，棗花寺之牡丹，豐臺之芍藥，十剎海之荷花，寶藏寺之桂花，天寧寺之菊花為盛」。當時，許多王侯貴戚把各府邸的桂花樹都種在寶藏寺裡，因此寶藏寺內桂樹名聞遐邇。

普照寺

普照寺位於北安省鄉大覺寺北約五百公尺處的小山腳下，始建於明天順五年（一四六一年）。

普照寺坐西朝東，四合佈局，分為南北兩院。南院門額曰「普照禪林」。院內正殿三間，面積九十平方公尺，明間後簷牆處增建有神龕。

普照寺緊鄰大覺寺，與大覺寺始建年代幾乎同時，也是皇家敕建，只是清代時曾經被一個太監出資修繕後自己居住。與大覺寺同樣也有一棵非常古老的銀杏樹，年代比大覺寺的千年銀杏略少，但枝葉繁茂卻較為勝出。

由於清末時曾被德國人借住並改建為傳教基地，所以雖然外表是中式廟宇，但室內格局卻帶有明顯的中西合璧遺跡，現在還可以看到橫樑和簷壁上許多壁畫，都有天主教的圖案。在側院的十八僧房裡，甚至還有日式和室。

如今的普照寺已經被鐵路分割成兩部分，也不再對外開放。在鐵路的另一邊，有當年的普照寺大門，寫有「紫氣東來」的影壁執著地訴說著普照寺曾經的歷史。

定慧寺

定慧寺在海淀區四季青鄉羅道莊村阜石路，始建於明宣德年間（一四二六～一四三五年），初名善法寺，正德六年（一五一一年）改為雲惠寺，康熙四十一年（一七〇二年）賜名定慧寺，明清兩代多次大規模修繕，是當時的京西名剎。

定慧寺坐北朝南，呈四合院式佈局，山門殿、天王殿、鐘鼓樓、前殿、東西配殿、大殿、東跨院前後殿，近四十間殿房，門額及天王殿額皆康熙帝御書，大殿保留了明代建築形式。

寺內還保存有明正德、萬曆和清康熙、乾隆敕諭碑五塊。寺內松柏參天，龍藤虯枝，以松抱槐和皂角樹而獨具特色。一九八四年五月在大殿後出土明代銅質布袋僧兩尊，為明代佛像的珍品。

摩訶庵

摩訶庵位於阜城門外八里莊慈壽寺塔東邊，明代嘉靖二十五年（一五四六年）由太監趙政集資創建。趙政曾任欽命提督五軍三千營軍務司設監太監，摩訶庵是他為自己修建的墓地，為了能延續自己的香煙後代，便在墓地建庵，讓寺僧世世為他燒香。雖然廟的規模不大，可是名聲遠揚。萬曆年間後，香火更盛。當時摩訶庵院內有杏樹上千棵，每當花開時節來庵內上香和賞花的人更是絡繹不絕。至清代，慈禧太后每年春季去妙峰山朝山時，八里一歇，這裡便成了「茶水站」。

寺院坐北朝南，共三路。中軸線上依次為山門、鐘鼓樓、山門殿、大雄寶殿、後殿、金剛殿，並有東西配殿及配房，最後為太監趙政墓，墓地上有青松一株，鬱鬱如蓋。大雄寶殿為明代建築風格，殿頂中部團龍藻井，雕龍盤曲，龍頭下探，銜一懸燈，為一般寺廟所無。殿內另有明代壁畫，殿前月臺兩側有明碑二座，東路金剛殿，殿內壁上嵌有六十一方明代重臨集篆三十二體金剛經刻石，字體古樸雄健，為古代書法難得之珍品。

摩訶庵建制不大，但一向以宏敞淨潔著稱，據說所用磚木，皆為修建故宮之餘料，故建築十分精美。庵院內松竹交蔭，鳥語花香，格外清幽恬靜，香爐、石塔、花壇，雕鏤精細，佈設有致。明清兩代文人墨客春遊至此，觀景賞花多有題詠。摩訶庵圍牆四隅各有角樓一座，登樓馳目，川原秀色盡收眼底。

極樂寺

極樂寺位於海淀區東升鄉五塔寺東約五百公尺處，臨高粱河。一說為元代至元年間（一三三五～一三四〇年）所建，另說為明成化年間（一四六五～一四八七年）所建。寺坐北朝南，原分三路，中路有山門、前殿、正殿及東西配殿。正殿後為達本和尚塔，東跨院是花園，有寄心齋、池塘等景觀，西跨院為僧房。寺內曾有明嘉靖二十八年（一五四九年）《創建極樂禪林記》碑，為大學士嚴嵩撰書。碑陽刻有明萬曆五年（一五七七年）《極樂寺護持香火墳塋碑記》。今存正殿和正殿耳房。

極樂寺以牡丹聞名一時，儘管不是國花，但可能因為上至天子、下至平民百姓都對牡丹花情有獨鐘，因而極樂寺內的牡丹園被命名為國花堂，明朝時期極樂寺國花堂是觀賞牡丹的最佳處。

黑寺

海淀黑寺在海淀區東升鄉馬甸村西，原為前後兩寺，中以一街相隔。兩寺與附近的黃寺同為喇嘛廟，因覆以黑瓦，故俗稱黑寺。

前黑寺原名慈度寺，建於清朝初年，寺坐北朝

極樂寺以牡丹聞名天下

南，有殿五重，以打鬼（跳布紮）、曆科武會試、雕塑精品這「三絕」聞名遐邇，遺憾的是，黑寺毀於民國年間，「三絕」也自然蕩然無存。

後黑寺原名察罕喇嘛廟，為東蒙察罕呼圖克圖活佛於清順治二年（一六四五年）募化創建，由於察罕活佛在藏傳佛教界和大清王朝中功德卓著、地位顯尊，黑寺在京城也就成了與黃寺齊名的藏傳佛教名。

民國十五年（一九二六年），前黑寺部分主體建築——內包括頌經大殿由當時駐守北京軍閥李景林部洗劫一空後被縱火燒毀。隨後寺主第八世察罕活佛阿旺耶希紮華僧格（一八七六～一九四三年）轉居阿魯科爾沁旗（在今赤峰市境內）屬寺罕廟（戴恩寺）與拉什寺（現今已不存在），於一九四三年圓寂在罕廟外倉。一九四六年，當時兩歲的那日松在第五世楊松活佛主持的靈童尋訪中，由十世班禪大師、色多活佛和章嘉活佛共同認定為察罕活佛第九世，後坐床於罕廟外倉。一九五七～一九五九年間第九世察罕活佛那日松曾被時任中國佛教協會副會長的嘎拉僧活佛迎請至雍和宮學經，期間駐錫於雍和宮和黑寺。

文革時期，黑寺被當地馬甸村革委會徵用為飼養處並歷經破壞，先後被強行拆除了山門、天王殿、後殿及其他部分殿宇及多數房屋。

現今，黑寺只留有東西兩座配殿和活佛倉等建築。活佛倉內仍保留有三、四層套院近三十多處房屋，遺址總面積約一個足球場大小，現無人看管。

寶相寺

寶相寺位於香山南麓，建於清代，仿山西五臺山殊相寺而建。

乾隆二十六年，適逢乾隆皇帝之母七十壽辰，舉國同慶。乾隆皇帝陪同篤信佛教的皇太后到五臺山禮佛，山下殊相寺內的文殊像「妙相端嚴，光耀香界」，深得帝后的喜愛。當時，乾隆便默記在心中，待回到行營，即「摹為小圖」。返京後，乾隆皇帝又將其「廓成大圖」，並系以贊，命人刻成石碑。為珍藏此碑，翌年下令在西山寶諦寺以西「營造蘭若，視碑摹而像設之」，工程極為浩大，從乾隆二十七年興建，至三十二年（一七六七年）告成，命名為寶相寺。

寶相寺內主體建築是旭華之閣，是無樑式結構，外表為黃色琉璃磚瓦，內部為發券頂，其簷下嵌有石刻橫額，上書「旭華之閣」，為乾隆皇帝御筆。殿內立有二塊石碑，左面鐫刻文殊菩薩的畫像及乾隆三十二年的御筆題詩；右面是乾隆二十七年立的御製寶相寺碑；殿內正中供奉文殊菩薩塑像，「金色莊嚴，惟具惟肖」，其工藝並不低於五臺山的殊相寺。旭華之閣後原建有香林室、園廟、方廟、牌坊等諸多建築，現均已不存，只有旭華之閣保存尚好並經重修。

西山八大處

八大處是指分佈在石景山區西山東麓的翠微山、盧師山和平坡山的山下、山麓、山腰和山頂的八座廟宇，占地約一百四十平方公里，距北京城區十七公里。明代有「八佛社」

寶相寺店內供俸文書菩薩塑像，藝術工藝精湛

黑寺因覆黑瓦，故俗稱黑寺

之稱，清代又稱「八大禪處」，近代俗稱八大處。

八大處的建築分別出現於我國隋、唐和明清時期，現存大部分寺廟重建於清代。早在隋代即有僧人棲息於此。八大處西、北、東三面環山，南為敞開的平原，素以「三山、八剎、十二景」著稱於世。山間岩壑幽邃，林木蔥郁，澗泉潺潺，環境秀美幽靜。八座古剎依次排列，即長安寺、靈光寺、三山庵、大悲寺、龍王堂、香界寺、寶珠洞、證果寺。沿山路拾級而上，一座座掩映在蒼松翠柏之中的寺廟，便會逐一出現在眼前。其中一、二處在山腳下，三處開始進入山麓，四、五、六處在半山腰，七處建在山頂，八處在七處對面的盧師山上。八大處以其悠久的歷史，重要的佛教地位以及獨特的建築藝術久享盛譽，散發著山川和人文感召力。

最受皇家青睞的一處：虎頭長安寺

長安寺是八大處第一處，位於翠微山腳下，背倚山峰頗似猛虎，故有虎頭山之說。長安寺原名善應寺、翠微寺，又名「萬應長安禪寺」。建於明弘治十七年（一五〇四年），清順治十六年（一六五九年）有濟南居士捐資予以補修，康熙十年（一六七一年）由禮部尚書龔鼎孳主持進行大規模修葺。在八大處中，長安寺最受皇室青睞和重視，現在寺院還保持創建時「規模巨集麗，表表傑出」的規模，占地面積三十畝，由兩個長方形院落組成的正方形佈局嚴謹的建築群，紅牆灰瓦，松柏掩映，是清代官式做法的範例，同時有明代建築的佈局和風貌的遺存。

長安寺院門是門樓式建築，入門樓迎面又青磚影壁，上有磚雕「登歡喜地」大字。山門殿後一口鑄於明萬曆年間的銅鐘。第二進殿堂是三世佛殿，供奉泥塑貼金的三世佛。第三進院是觀音殿，殿中供奉清代塑製的觀音菩薩。三進院落建於同一平面，層層推進，與配殿一起共三十餘間殿宇。

長安寺一向以奇花異木著稱，三世佛殿前兩側各有一株參天婆娑的白皮古松（俗稱龍爪松），距今已有七百年歷史，舊時稱「松樹大仙」。寺院另有玉蘭、紫薇、金絲木瓜等名貴花木，聲名遠播。

長安寺殿堂院落外的塔院是長安寺住持的靈塔。以著有《量周語錄》一書流傳於世的量周和尚和徒弟惠月都曾在長安寺講經說法，並且與朝廷交往密切。整個清代，長安寺幾乎都是由華嚴宗僧人管理，直到民國初年改由臨濟宗高僧壽天禪師住持寺務。壽天禪師因念經嗓音圓潤清亮如金玉之聲，在經棚中一人聲音壓過眾人，因此有「壽半棚」之稱。

長安寺五十年代以後一直被外單位佔用不對外開放，一九七八年由中國園林部門接受並修繕才得以全面恢復，重現輝煌氣象。

最尊貴的二處：佛牙靈光寺

靈光寺位於翠微山東麓，始建於唐代，初名龍泉寺，金大定二年（一一六二年）重修，改名覺山寺。明代成化十四年（一四七八年）再修後，取名靈光寺。一九〇〇年該寺毀於八國聯軍的炮火，現寺內建築大都為建國後重建。

靈光寺最尊貴之處是供奉了世界上僅有兩顆之一的千年佛牙舍利。中國佛教協會一九五八年至一九六四年用六年時間修建了舍利塔以永久供奉佛牙舍利。

文人高僧聚集的三處：翠微三山庵

翠微三山庵始建於金天德三年（一一五一年），早年稱「麻家庵」。清乾隆年間（一七三六～一七九五年）曾重加修葺。因位於翠微、平坡、盧師三山之間而得名三山庵。

三山庵占地一千多平方公尺，建築玲瓏別緻，內有三間山門殿和五間正殿組成的兩進殿宇，院內松柏參天，殿宇幽靜。

正殿門檻下一塊黑色紋理的長方形漢白玉石，上有花紋如流水行雲，酷似一幅濃淡相宜的山水畫，故稱「水雲石」。正股東廂房後有一敞廳，築於高臺之上。敞廳上懸「翠微入畫」匾額。

歷代文人畫家多鍾情於這「翠微入畫」的林寺美景，清代龔自珍形容這裡是「義士魂」、「佳人骨」。以翠微景色為背景所作的圖畫更是不勝枚舉：明有「觀流圖」、「觀泉圖」和「望月圖」。清有王士禎題「盧師畫山」畫卷、「乾隆松石流泉間閑坐圖」等。

除了文人墨客鍾情於此，高僧也喜居此處並因在這裡著述而聲名遠播。三山庵從清乾隆以來歸屬六處香界寺，香界寺高僧住持多居住在三山庵，最著名的是華嚴宗高僧達天通理和弟子心興二僧著述頗豐。達天通理用二十年時間完成《法華經》注疏，雍正十一年（一七三三年）參與《龍藏》的校對。乾隆十一年（一七四六年）後住持香界寺開講《楞嚴經》，七年後奉皇帝之命任僧錄司印務，在圓明園為帝后講經得賜紫袈裟。乾隆四十五年（一七八〇年）乾隆帝七十大壽參與祝壽深得六世班禪尊崇，被乾隆帝封為「闡教禪師」。他的弟子心興在三山庵寫成《山居撰要》、《五經會要》、《八識規矩摘要》三部書分別三卷，名曰「翠微三要」。

從一處長安寺，二處靈光寺信步遊走，感覺幽深玄妙，過了三山庵後，山路變得陡峭，遊興也不斷昇華。

松濤竹影的四處：隱寂大悲寺

大悲寺位於平坡山半腰處，舊名隱寂寺。創建於元代，清康熙五十一年（一七一二年）改為大悲寺，乾隆六十年（一七九五年）重修。

大悲寺占地五千多平方公尺，建築以保存明代遺風而著稱。尤以藥師佛殿正脊龍鳳磚雕最富特色。整座寺院坐北朝南呈狹長形，前後三進，殿宇依山勢而建。山門鑲嵌有康熙親題的「敕建大悲寺」匾額，第一進正殿為大雄寶殿，殿內供奉三世佛，兩廂分別列有出

八大處之一的虎頭長安寺最受黃事的青睞與重視

大悲寺建築以保存明代遺風而著稱

西山八大處靈光寺佛誕節在舍利塔下浴佛

自元末雕塑家劉元之手的十八羅漢塑像，塑像用檀香末和香沙塑成，經歷「文革」劫後餘生仍香氣依然襲人，為無價之寶。

大悲寺入門翠竹滿院，叢生的翠竹，莖節勻稱，枝葉秀麗。尤其獨特的是這裡的叢竹即便是雪絮冰封，依然青翠欲滴，為八大處稀有景致。另外大殿後有兩棵高聳入雲的銀杏樹，樹齡已逾八百年之久，至今長勢旺盛。

大悲寺在元、明兩代皆為名剎，清代康熙、乾隆時期香火尤盛。康熙帝幾度幸臨賜詩，康熙五十一年（一七一二年）召見慧燈和尚到暢春園，併發內府資金為其整修大悲寺，後來的乾隆帝也曾賜住持慧燈和尚詩，對大悲寺恩寵有加。

大悲寺師徒相傳，世代承襲，屬臨濟宗派的「子孫廟」，外僧無權干涉。

靜裡聽泉的五處：螭湯龍泉庵

龍泉庵位於大悲寺西北，又名龍王堂，因為庵內既有龍泉，又供「龍王」，所以兩個名稱一直並用。

龍泉庵始建於明仁宗洪熙元年（一四二五年），清順治二年（一六四五年）在該寺地下發現一泓清泉，清康熙十一年（一六七二年）重修。

龍泉庵坐北朝南，占地約六千平方公尺，格局為東西並列、地勢相差約三公尺的兩組院落，有龍王堂、臥遊閣、聽泉小榭、妙香院和華祖院等。龍泉庵以泉道曲折，流泉晶潔，終年不凍，永不乾涸聞名。一進寺門，遊人就會聽到潺潺流水聲，打破了深山古廟慣有的寂靜。從刻有「龍泉庵」三字的山門入院就是一方形水池，池壁用青石砌築，池水自北院龍王殿后面的峭壁流出，流經第一進院落，再經石璃吻（石雕龍頭）注入水池，然後慢悠悠地流逝，終年不息，由於水質清甜，人稱「甜水蝸湯」。

龍泉庵因內有龍泉而添祀龍王，龍王堂這副「佛德巍巍麓中天之杲日，慈風蕩蕩振大地之春雷」兼顧讚頌佛主和龍王的對聯也成一大特色。龍泉庵的建築和佛像，都是清代作品，現仍留存乾隆御書處。

龍泉水池左邊的「聽泉小榭」妙在聽泉，緊鄰一池清泉，潺潺流過，泉聲水韻悠柔綿長，猶如一曲曲天籟之音，令人憑添幾分遐思。

歷來以古柏及山泉而聞名，廟門左右石座上各植柏樹一株，人稱「樹旗」。康熙年間詩人畫家汪文柏著《西山紀遊詩》集對龍泉庵清泉及古松就曾大加讚賞。其後的龔自珍更有贊詠古松的詩句，棄官還鄉前還特地到龍泉庵與住持惟一道別。

龍泉庵與大悲寺一樣也是「子孫廟」，一九八二年後，政府投資重修，使古老的寺廟煥發青春。

值得一提的是，出龍泉庵後門，沿盤山道而上，一白石橋旁立著一特大岩石，石上有數十萬年前冰川留下的遺跡。已故著名地質學家李四光於此石上留下了「冰川漂礫」手跡。

面積最大的六處：平坡香界寺

香界寺在龍王堂西北，因位於平坡山，又名平坡寺。始建於唐代，初名平坡大覺寺，沿用了遼金元三代，直到明洪熙元年（一四二五年）重建後，改名大圓通寺，並把平坡山改為翠微山。清康熙十七年（一六七八年）再次重建，稱聖感寺。清乾隆十三年（一七四八年）修繕後，改為香界寺，意為「香林法界」。

香界寺是八大處的主寺，面積最大，占地一點八萬平方公尺，是經康熙、乾隆兩朝營建奠定的寺院格局，規模宏大，殿宇巍峨。殿堂依山勢而建，層層增高。中軸線上自南向北依次為：山門殿、大乘門、天王殿、香岩初地殿、三世佛殿、藏經樓。在大雄寶殿院內有石碑二塊，左側碑上有康熙和乾隆書寫的建寺始末。右側碑正面為康熙書寫的「敬佛」兩個大字，碑陰是一尊「觀自在菩薩像」，菩薩的面部還雕有鬍鬚。關於這塊碑還有一個傳奇故事：當年康熙來寺遊覽禮佛，走到殿前，突然雙腿一軟跪在地上不能起身，眼前浮現觀音菩薩的形象。康熙大為驚詫，忙令僧眾念經禮懺，自己口中也念著菩薩名號，過了一陣才平復如初，於是並命人在他跪的地方挖掘，最終挖出了這塊碑，康熙覺得靈驗，於是書寫了「敬佛」兩字刻在碑上，為表示受佛法感化之意，給寺院取名「聖感寺」。

香界寺自建寺以來即為歷代帝王登山野遊休憩之所，來八大處「巡幸」時需要在這裡休息，因此寺院建有行宮和花園，規制與寺院不同，規模巨集壯，點綴極佳，前廳前面有眺遠齋，開門遠眺，豁然開朗，京西遠景，盡收眼底。

香界寺藏經樓前庭院寬敞，院內栽種了牡丹、芍藥、丁香、木槿、櫻桃、紫藤羅等珍奇花木。最為珍貴的是八大處唯一一棵明代所植玉蘭花，與樓齊高，花開時節，馥鬱滿庭。另有兩株娑羅樹也是八大處的珍貴植物。

香界寺從明代開始就是高僧傳法、文人墨客遊覽的聖地，明成祖朱棣的重臣、也曾是出家人的姚廣孝曾說「平坡最幽勝，真學佛者所宜處，好遊之士所必也。」清代詩人畫家汪文柏也有詩詞讚歎香界寺的殊勝。住持香界寺或在香界寺傳法的高僧也很多。明永樂六年（一四〇八年）有日本僧人住持香界寺兩年時間。康熙修聖感寺時，欽命的第一代住持海岫法師是臨濟宗三十三世，人稱「鬼王菩薩」。海岫法師之後，繼其法席的超永禪師做住持，並且功績卓著，住持編輯了禪宗燈譜巨著《五燈全書》。乾隆年間華嚴宗第三十代高僧達天通理大師住持香界寺開講《楞嚴經》並開壇傳戒，弟子心興大師寫了《五經會要》。清末民初時期，香界寺還經歷了慧安成公、真實、無染、量闊德福等十代住持，民國二十二年依然開壇傳戒度僧，因此，香界寺的佛教地位一直令人肅然起敬。

位置最高的七處：翠微寶珠洞

寶珠洞是八大處中最高的一處，建於清乾隆四十六年（一七八二年），占地約六百平方公尺，寺院內有正殿及兩廂配殿，依山勢高差約六七公尺。殿後有岩洞，深廣約五公尺，內礫石膠結，礫石顆粒狀若巨珠，故名「寶珠洞」。據説寶珠洞是清代香界寺住持海岫和尚長年累月用十指一粒粒礫石摳成的。海岫和尚曾在此洞內修行居住四十多年，並坐化在石洞內，乾隆年間洞內還供奉過他的肉身像，現洞內猶有他的石刻像。

海岫和尚他德行超卓，深得康熙帝敬重，曾七次來寺裡會見他並贈詩。乾隆年間，乾隆帝因思念死去的香妃成疾，海岫和尚率一百零八名僧人誦經驅之使乾隆痊癒，因此名震京師並獲「鬼王菩薩」稱號。海岫和尚在世時篤實持躬，勤勞砥行，住世一百四十春安然坐化。他西歸之後，乾隆帝念其救命之恩，前來弔唁，卻見他死而如生，雙目炯炯，於是敕建牌樓並題額「歡喜地」、「堅固林」。

寶珠洞前有敞亭，名眺望亭。因為寶珠洞地處最高處，因此憑欄遠眺，昆明湖、永定河等京都山川景色歷歷在目。

古老神奇的八處：盧師證果寺

證果寺、秘摩崖位於盧師山上，舊名盧師寺，與其他七處寺廟隔山相對，為八大處中歷史最悠久的一處寺院。

證果寺始建於隋仁壽年間（六〇一～六〇四年），初名屍陀林。唐時，浙江盧師年老辭官後擇山修行，在河上乘一木舟任其漂流，舟所止處就是其修行去處，最後小船沿著永定河支流到了燕京郊野屍陀林這個石窟裡住了下來。不久他收了兩個龍子做徒弟。唐天寶年間大旱，幾年不下雨，土地龜裂，莊稼無種無收，盧師兩個徒弟化成兩條青龍下起大雨。盧師因之被皇帝詔封為「感應禪師」，並敕建「感應寺」。元泰定三年（一三二六年），被改為「大天源延聖寺」，明景泰年間又稱「清涼寺」、「鎮海寺」，天順年間英宗重修，賜名證果寺。

證果寺雖歷經重修，至今還保留明代的完整格局，全寺建築佈局為三組，中路自南而北為山門殿、三世佛殿，形成寺院的中軸線。方丈院在地勢狹窄的東院，西部有一個院落和秘摩崖。

寺院古跡除了門前的兩座明代神話碑記的報恩碑和碑後明代銅鐘，最著名的就是飲譽千載的秘摩崖了。寺西有一青石門，上寫「曲徑通幽處，禪房花木深」，穿過此門，西北角崖壁上側伸出一塊巨石，距地面三公尺左右，下臨懸崖，秘摩崖就居其中。清末至民國初年，秘摩崖壁間詩文墨蹟甚多，最有名的是翁同龢、寶竹坡、林琴南等，可惜幾經劫難已所剩無幾。

證果寺千百年來也是高僧輩出，明代的福海、廣賢燈住持都由朝廷欽命，清道光年間第一代住持海峰源亮禪師被皇帝任命為主管全國佛教的「僧錄司印堂」之職。民國後更有寬、法俊等高僧住持並延續著證果寺的燈火。

石景山寺院

石景山區人文薈萃，佛寺眾多，除了宛如七星北斗綴在盧師、平坡、翠山三山之間德「三山八　十二景」，聳立在永定河畔的石景山上也是寺廟林立，碑碣壘壘，晾經臺、藏經洞別具一格。慈善寺、雙泉寺、承恩寺等古剎名寺也都分佈於這塊美麗的土地上。

慈善寺

慈善寺位於天泰山山腰處，始建於明代，為舊日京城百姓燒香禮拜、求福許願的地方，也是舊時京西著名的廟會所在地之一。從乾隆時代起，如意禮儀錢糧聖會、上吉如意老會、鮮果聖會、放堂聖會等都在慈善寺活動。

慈善寺依山勢而建，從建成起，歷經明清特別是清代歷朝重修，寺廟日益擴大，最終發展為，到擁有一百多間房舍、二十四處殿堂的寺院規模。整個寺院佈局坐北朝南，各殿宇按「北斗七星」排列，主要包括正院、東跨院兩大部分，正院由前殿韋馱殿、正殿大悲壇和後殿藏經閣三進組成，集佛教諸神、道教諸神、民間諸神為一處，整個寺院供奉大小神像一百六十多尊。

北斗七星的殿宇中，三進後殿藏經閣最吸引人。大殿五間二層。一層塑有魔王坐像，

慈善寺四周遍植松柏，
幽深靜雅

皇姑寺最著名的是每年農曆四月初一至十五的廟會活動

身穿黃袍，面向東南。二層是過去僧人藏經之所。大殿正中塑有魔王坐像，高一點九公尺，身穿黃袍，面向東南。傳說殿內供奉的魔王爺就是順治皇帝的肉胎，因為有清順治皇帝在此出家並修煉成佛，被賜號魔王和尚的傳說，所以藏經閣又被稱為伏魔殿。寺內現存一些皇家規制的建築模式、大悲殿屋脊的雕龍，以及康熙多次到天臺山拜祭，或賜匾額，或賜金帛，似乎也印證著這些傳說。每年三月十五日是傳說中的魔王和尚成道日，慈善寺便開廟三日。

慈善寺裡最奇特的要數韋馱殿，在別的寺院供奉彌勒佛、四大金剛、韋馱殿供奉慣例不同，這裡是關羽、韋馱共處一殿，彌勒佛則請到寺外，另建一座彌勒佛殿。

慈善寺因失火而損毀了部分建築。以後塵封深山五十載，房屋坍塌，院落破敗，「文革」期間更遭到踐踏和破壞。政府從一九九九年開始加以修繕，二〇〇一年被列入北京市重點文物保護單位的第二年又加大投資，對五進院正殿、玉皇殿、山神殿、齋堂等進行修繕。現在已基本恢復原貌。

慈善寺四周遍植松柏，蒼鬱靈秀，幽深靜雅，不僅是僧人持修之所，也是凡人清心靜養的好地方。一九二一年至一九二四年間，愛國將領馮玉祥就曾三次隱居此處，其間張作霖的代表楊宇霆、李景林、張學良，閻錫山的代表，段祺瑞的代表，孫中山的代表汪精衛、孔祥熙、徐謙，包括共產黨的創始人之一李大釗等都曾到慈善寺拜訪過馮玉祥。馮玉祥在山上除了讀《七子兵略》等書籍，還經常借讀廟裡的佛經。至今慈善寺附近石崖上還留有他手書的刻石「勤儉為寶」、「真吃苦」、「耕讀」、「淡泊」等楷書大字，躍然山門外東山坡和寺後北山坡上。

皇姑寺

皇姑寺位於西黃村，始建於明天順初年，叫順天保明寺，因開山始祖呂牛曾救過明英宗朱祁鎮，英宗復辟後詔封呂牛為「皇姑」，故俗稱皇姑寺。

皇姑寺在清康熙十六年至五十年之間毀於火災。康熙五十年（一七一一年）重建，康熙皇帝御題碑文紀事，並改名顯應寺。

皇姑寺最著名的是每年農曆四月初一到四月十五的廟會，初一開山門，初八是「佛誕日」，初一到初八是皇姑寺廟會最熱鬧的時間，來自京東八縣的香客和逛廟會的人每天近萬，初九以後，廟會上人流逐漸減少，四月十五關山門。皇姑寺廟會是以民間信仰、宗教活動和歲時風物為主的一個廟會，前後共延續二百多年。

皇姑寺歷經滄桑，在二〇〇八年北京奧運前夕又迎來了百餘年來最大的一次修繕，恢復康熙重修時的規模，坐北朝南，四進院落的天王殿、普賢真人樓、觀音殿、呂祖聖母殿西配殿、東藏經樓、西方接引樓、藥師閣及東西耳房等遺址清理、整體圍牆修復、院內地面鋪裝等。重現了當年的金碧輝煌和香火繚繞。

廣慧寺身處深山，人煙罕至

白瀑寺是一座有九百多年歷史佛道並存的遼代古寺

靈嶽寺以源真法方式修復，使它成為中國古建築中的活化石

門頭溝寺院群

「天下名山僧占盡」，京西寺廟文化有著悠久的歷史，南接石景山境內的八大處，北到鳳凰嶺一帶，沿山一線分佈著眾多寺廟。明人王廷相詩云「西山三百七十寺，正德年中內臣作」，歷史上的西山寺廟門頭溝所建就有上百個，現在尚存遺址，被門頭溝區文物部門列為保護單位的還有數十處，其中交通較為方便，較有觀賞價值的，除名氣很大的潭柘寺、戒臺寺外，還有更多歷史悠久，建築雄偉獨特的寺廟：有曾經在佛教歷史上佔有重要位置的櫻桃溝村北仰山棲隱寺。有集佛、道、儒於一體的澗溝村妙峰金頂娘娘廟。有歷史特別悠久的田莊淤白村白瀑寺。有元代風格整體建築的齊家莊靈嚴寺等。

廣慧寺

廣慧寺座落於桑峪村北二里的山丘，創建年代已經無考，據說比潭柘寺歷史還要久遠。

廣惠寺座北朝南，三面環山，現尚存一處山門、一段影壁牆、一座大殿、一座西配殿和一塊殘缺的龜趺。大殿兩層三間，正脊硬山，筒瓦吻獸，前後出廊，門窗皆為斜欞銘，殿內後山牆有壁畫，西配殿三間，硬山清水脊，前出廊，門窗為斜欞格和工字錦。院內有兩株巨大的銀杏樹，極為茂盛。

廣惠寺身處深山，人煙罕至，與潭柘寺的車水馬龍形成了鮮明的反差，不過重修工程已經開始，不久的將來，幽靜的深山中又將重現廣惠寺曾經的香火。

靈嶽寺

靈嶽寺位於門頭溝區齋堂鎮白鐵山上，創建於唐貞觀年間（六二七～六四九年），遼代重建時稱「白鐵山院」，金代時稱「靈嶽寺」。從元代到清代共經歷過四次重修。

靈嶽寺是門頭溝最早的寺廟，京西重鎮齋堂鎮原是靈嶽寺施茶舍粥的地方，善男信女在靈嶽寺進香，一般都在齋堂歇一晚，久而久之，齋堂鎮由此得名。

靈嶽寺的寺院處於白鐵山主峰前的平臺上，其朝向為南，整個寺廟實際是兩進院結構。在中軸線上有山門、天王殿和釋迦佛殿；南部山門兩側為鐘鼓樓，其中天王殿是懸山式建築，建築設計極為巧妙；釋迦佛殿是單簷廡殿頂調大脊式建築，面積達一百餘平方公尺。寺內現存至元三十年（一二九三年）《重修靈嶽寺記》碑以及清康熙二十二年（一六八三年）《重修靈嶽禪林碑記》。

靈嶽寺是北京地區最早的木結構建築，寺內的大雄寶殿、山門建築保存了大量元明時期的建築風格和工藝手法，特別是大雄寶殿內的明代建築彩畫，具有極高的研究價值。而且從唐始建至今，雖經歷代修繕，仍基本完整保持唐遼時磚石、木構件上的明代彩繪、清乾隆時期的挑簷下木柱等，一組建築中同時保存這麼多個朝代鮮明建築風格的文物古跡，在北京獨一無二，被稱為中國古建的「活化石」。

北京奧運之前，靈嶽寺被劃入「人文奧運文物保護工作計畫」進行修復，並首次嘗試了「原真」法，只做「清掃」加固，不重新油飾彩繪；不落架、不改變原結構、不「著色」修繕靈嶽寺，使靈嶽寺這座古建活化石一如既往地獨特的建築風格承載著佛教使命。

靈嚴寺

靈岩寺位於清水鎮齊家莊村，占地五畝，是清水河上游地區最大最古老的佛教寺院。靈嚴寺始建於唐武德年間，元至正年間重建，明嘉靖六年（一五二七年）重修，而到了明永樂年間改為尼姑寺。

靈嚴寺坐北朝南，原有山門殿、鐘鼓樓、太子殿、伽藍祖師堂、大雄寶殿以及兩廂配殿十數間。抗戰期間，靈嚴寺大部分被日軍焚燬，只剩下大雄寶殿，也是全寺的主體建築，飛簷斗拱，油漆彩繪，氣宇軒昂，最為難得的是其木架和碩大的斗拱都還是元代時的原件，面闊三間建於石基上，殿頂及山牆等在清代曾改建過。殿內現供奉釋迦牟尼佛像，兩側銅菩薩像四尊，佛前小佛像四排，多達五十尊。殿東側塑劉備、關羽、張飛像。

靈嚴寺還有成化二十二年（一四八六年）《重修靈嚴寺記》和嘉靖六年（一五二七年）《重修靈嚴寺碑記》兩塊石碑，記述著靈嚴寺的古老歷史。

白瀑寺

白瀑寺位於雁翅鎮淤白村北的金城山下，是一座佛道並存的擁有九百多年歷史的遼代古寺。

北京人都說，先有潭柘寺後有北京城，當地人則堅信先有白瀑寺後有潭柘寺。白瀑寺的創建源自遼代高僧圓正法師，自幼出家對華嚴經有超人之解的圓正法師在壽昌年間（一九〇五～一一〇〇年）雲遊至金城山，見這裡群峰秀麗，泉流飛瀑，遂駐錫於此修行，野菜充饑，泉水解渴，後有一樵夫驚見，得知高僧要在此地建寺，於是施米兩升並傳播消息，周圍四縣善男信女紛紛解囊捐助，乾統年間（一一〇一～一一一〇）白瀑寺建成，大殿、禪房、廚庫一應俱全，檀信朝拜，絡繹不絕。

雙林寺原稱清水院，後改名為雙林寺

白瀑寺現存正殿三間，左右配殿各三間。寺西有保存完整的正公塔，正公塔是開山鼻祖圓正法師的舍利塔，建於金皇統六年（一一四六年），塔高十公尺，六角實心，下半部為密簷式，上半部為覆缽式。塔身三層密簷，密簷之上雙層仰蓮承托覆缽，一種密簷到覆

仰山棲隱寺古塔造型奇特，是研究異型土塔的重要實物

大悲岩觀音寺因寺廟建在石岩凹進處，斜出的山崖又未將寺廟蓋住而被當地人稱蓋不嚴小廟

缽式過渡的塔形，金代密簷式塔中的傑作，在國內少見，非常珍貴。

雙林寺

雙林寺位於清水鎮上清水村西北二里山坡間，是百花山瑞雲寺的下院，始建於遼代，因寺旁靠清水河，稱「清水院」，後改名雙林寺。遼、金、元、明、清歷經修繕。主要大型建築已經毀於戰火，現存遼代「統和十年經幢」和元、明時期配殿各一座，均面闊一間，三點五公尺見方，懸山調大脊，磚雕鴟吻，板瓦合瓦，梁架使用叉手，是北京罕見的元代木結構建築，在北京建築史上有一席之地。八棱形遼經幢高四公尺餘，幢身為兩層，由十四件石雕件疊砌而成，下為八方基座，有圓形仰蓮承托幢身，上有方形小龕，周雕佛像，龕頂是定珠狀石件。

現在雙林寺成了度假村。再面對這名山古剎，只能用心去想像鬼斧神工的古老建築孤立於大自然的久遠境界。

寶峰寺

寶峰寺位於門頭溝區齋堂鎮西齋堂北，是白鐵山靈嶽寺的下院。

寶峰寺始建於明代，清代重修。寺院內有前殿三間，正殿三間，兩廂配殿各三間，西院設有僧舍三間。寺旁還有明代建築的磚塔三座。

寺內有清同治三年（一八六四年）宛平縣告示碑一塊，系宛平縣的斷案文告，記載了同治年間齋堂村天主教徒聶德書欲侵吞廟產，全村百姓與之爭訟之事。另有百年丁香樹數株。

齋堂村是齋堂川的中心，人口比較密集，原有廟宇多座，大多毀於戰爭，寶峰寺是保存尚好的一座。

大悲岩觀音寺

大悲岩觀音寺位於齋堂鎮沿河城向陽口村北山上。因寺廟建在石岩凹進處，而斜出的山崖又未將寺廟全部蓋住而被當地人稱為「蓋不嚴小廟」。

大悲岩觀音寺始建年代無考，明正德八年（一五一三年）重修，稱「大悲岩」；明嘉靖三十二年（一五五三年），住持惠銘等人再次重修。明崇禎十三年（一六四〇年）遊僧慧住大師慕名尋幽來到大悲岩，見寺廟頹敗，發願重建，得到正在維修沿河城敵樓的賈公及沿河附近殷實商賈、民眾的大力支持，至一六四一年告竣，改稱大悲岩觀音寺。到清康熙五十八年（一七一九年）又重修殿宇，增設僧房，改稱「靈岩寺」。

大悲岩觀音寺經歷代重修，殿宇巍峨，氣勢宏大，更因供奉觀音菩薩而聞名。寺坐北朝南，分東西兩院，四合院形制，由山門、兩廂配殿、正殿構成，正殿建在寬敞的岩洞之中，面闊十點四公尺，硬山調大脊，大式作法，鏇子彩繪。殿前立兩通重修石碑，分別是明崇禎年間的重修大悲岩觀音寺碑記和清康熙年間的重修大悲靈岩寺碑。東院建築建於民國時期，具有鮮明的民國特色。

大悲岩觀音寺是佛道混合的寺廟，供奉玉帝、觀音、關帝、娘娘等，香火興盛。

小龍門觀音堂

小龍門觀音堂位於清水鎮小龍門村，建於明代，是佛道混合型寺廟。四進院落。寺內建有門樓、前殿、正殿、龍王殿等四進。這裡山高林密，周圍有大片的闊葉林地，風光非常優美。

西峰寺

西峰寺位於永定鎮岢籮坨村西溝內的李家峪。西峰寺始建於唐代，當時與馬鞍山腰戒臺寺同稱一名「慧聚寺」，屬戒臺寺下院。到了元代，因為「內有勝泉湧出不匱，外有山嵐環繞如幛」，泉「名勝寒池，大旱不枯」，遂將慧聚寺改稱玉泉寺。唐、遼、金、元時期為戒臺寺圓寂僧人火化之處。到了明代明英宗正統元年（一四三六年），「曆事五朝」的惜薪廠掌廠太監陶容因公到玉泉寺，發現該寺已破敗不堪，遂出資重建，歷經兩年竣工，明英宗朱祁鎮親賜寺名「西峰寺」。到明代宗景泰四年（一四五三年），明代宗朱祁鈺還賜於西峰寺諭碑一通，明令對古寺進行保護，同時賜經卷一藏，以示恩典。

清代時西峰寺改建為恭親王載洵的園寢，修建了園寢陽宅，西峰寺遂成恭王府的家廟，之後恭親王次子載瀅還在此修建地宮作為墓穴，可惜沒有如願入藏，如今地宮還保存完好。

現在的西峰寺建築大致保留清代庭園風貌，分內外兩層院落，有山門殿、天王殿以及兩廂回廊禪房三十餘間。正南和西北與戒臺寺、潭柘寺遙遙相望。寺內一株元代古銀杏，偉岸參天，有一千八百多歲樹齡，人稱「百果王」。一九八四年，西峰寺內建起門頭溝區博物館。

仰山棲隱寺

仰山棲隱寺，建於金代。金章宗多次遊幸此寺，並留有詩文。明代經太監王振重修。遺址內僅存的僧塔，塔為磚石結構，造型十分奇特，塔身呈腰鼓狀，三層密簷，門頭溝區這種造型的塔僅此一處，全國也僅有少數與之相似的塔，是研究異型古塔的重要實物。在佛教歷史上曾經占有重要的位置。

朝陽寺及周邊寺院群

朝陽寺及周邊寺群包括聖泉寺、朝陽寺、天溪庵、德勝庵、山西庵等寺廟，坐落於北京懷柔橋梓鎮口頭村及甘澗峪風景區。金元至明清時期，甘澗峪村曾先後建有數十座佛教寺廟，形成龐大寺廟群，俗稱甘澗峪七十二廟，經過歷史滄桑，到清末民國時期陸續頹毀，多年冷落。

甘澗峪山區生態極佳，林木覆蓋率達百分之八十二以上，自然環境幽雅宜人。自古就多山泉，水質清澈甘甜，因此得「甘澗峪」之名。

聖泉寺景區背靠燕山，地處懷柔慕田峪長城和紅螺寺景區之間，面積五平方公里。景區幽靜深遠，集自然、人文景觀於一體，是理想的禪修靜心、參學訪道之勝地。

聖泉山是九龍山之龍頭，山頂觀音寺為一方名勝，始建於唐代，於明代復修，觀音寺向來有著名女將樊梨花感念觀世音菩薩聞聲施救之恩而建寺供奉的傳說。明代京師名僧碧天大和尚雲遊至此，深悟此地藏風聚氣，經多年募化，由其弟子定澄禪師主持重修。清嘉慶年間，口頭村鄉紳大戶同發起集資再次全面修復。

正殿圓通殿供奉觀音菩薩，東配殿為聖泉茶舍，西配殿為聖泉禪堂。可容納二十位法會共修。寺周圍南松北柏，蒼翠茂盛，寺內有聖泉古井。

如今，殿宇新輝，寶像重光，聖泉山建成佛教文化苑，由禪修中心、多功能弘法樓、書院及圖書館、中外經典互譯及出版、傳統佛教文化體驗區、旅遊商貿區、寮房生活區構成，融清修、教育、養生、旅遊、商貿為一體，可容納四百人法會共修，大殿內三點七公尺高鍍金釋迦說法佛像端坐於核桃樹下。租用農家小院改置而成的聖泉精舍，供居士來寺共修食宿，可容納二百人掛單。

朝陽寺

生態景區中較大的一座寺院，始建於明萬曆年間，復建於清咸豐六年，寺廟地勢較高，背後幾條山脈奔瀉而下交匯此處，背山瞰谷，坐鎮朝陽，日出早日落晚，氣候宜人，因而得名「朝陽寺」。登高遠眺，與對面遠山上彌勒頂涼亭遙遙相望。寺內藥師殿供奉藥師佛、日光菩薩、月光菩薩，殿兩側為八大菩薩壁畫。可容納六十人禪坐共修。現為明奘法師方丈寮所在地。

天溪庵

坐北朝南，四方格局。環境清幽秀美，因山門外有小溪流過而得名。殿內供奉彌勒菩薩一尊，懸掛釋迦佛畫像、福祿壽三星圖、文昌帝君像。可容納八十人禪坐共修。

德勝庵

正殿供奉華嚴三聖（即毗盧遮那佛、文殊菩薩、普賢菩薩）。懸掛華嚴三聖畫像。德勝庵有古蹟龜化石，述說著放生池內老龜在德勝庵內長年聆經聽法，得成道果的傳說。

山西庵

三面環山，茂密的松柏環抱著寺院，環境幽雅，景色秀麗。正殿供奉觀音、善才童子和龍女。

朝陽寺及周邊寺廟群處於群山環抱之中，翠竹松柏掩映，潺潺溪水流過，環境清幽、禪意悠遠，每一處都再現了當初高僧們精選清修之地的佛門佳境。

朝陽寺背山瞰谷，坐鎮朝陽，氣候宜人

朝陽寺為生態景區中較大的寺院，地勢較高

08

北京佛教大事記

朝代	西元	事件
兩晉		*康法朗、帛法橋、竺法雅等人在北京以及周邊活動。 *潭柘寺修建。
北朝		*曇衍、靈詢、曇遵等人傳教於此。 *北魏孝文帝期間奉福寺、光林寺（即今天寧寺）修建。 *曇無竭率二十五位僧人赴印度求法。
北魏	489	*太和十三年北魏政權在今海淀區西車兒營建大石雕佛像，稱北魏太和造像。
	504	*景明四年，房山建木嚴寺。
	531	*永熙元年，百詠指南法師在上方山結茅棚。
東魏	538	*元象元年，建魏使君寺。
北齊	554	*天保五年，建密雲大安寺。
隋朝	602	*開皇十一年，隋文帝在全國建塔安置所得佛舍利，北京弘業寺（即原光林寺）建塔。
	605-617	*大業年間，僧靜琬為防止佛經毀滅，發願刻經，開啟了綿延千年的房山刻經活動。
唐	622	*高祖武德五年，建慧聚寺即戒台寺。
	631	*貞觀五年，靜琬法師建雲居寺。
	636	*貞觀十年，唐太宗下旨重修奉福寺。
	645	*貞觀十九年，太宗修憫忠寺，追薦征高麗陣亡將士。
	671	*咸亨二年，范陽僧義淨赴印度求法。
	696	*萬歲通天元年，武則天建成憫忠寺。
	730	*開元十七年，玄宗妹金仙長公主賜雲居寺四千餘譯經及

朝代	西元	事件
	1061	*七年，法均律師受詔「校訂諸家章鈔」，任三學寺論主。非濁在奉福寺開壇傳戒。
	1062	*八年，宋楚國大長公主賜第建竹林寺。
	1068	*咸雍四年，建清水院（即今大覺寺）。
	1071	*咸雍七年，於翠微山龍泉寺建十層八面招仙塔，內藏佛牙舍利。
	1075	*大康元年，法均律師圓寂。
	1087	*大安三年，高麗僧義天自北宋求法歸，撰《新編諸宗教藏目錄》。
	1093	*大安九年，通理開放戒壇，得銀錢萬，用於刻經。
	1094	*大安十年，增建憫忠閣，將兩級改為三。善制法師為憫忠寺建水月觀音像。
	1096	*壽隆二年，建永安寺（即今白塔寺）。
	1098	*壽昌四年，慈智大師圓寂於憫忠寺。
	1117	*天慶七年，紹坦建雲居寺南塔藏佛舍利。
金	1125	*天會三年，建大延聖寺。
	1128	*天會六年，希辨在仰山棲隱寺傳法，開曹洞宗之端。
	1130	*天會八年，金太宗「禁私度僧尼」。
	1142	*皇統二年，金熙宗因得子「令燕、雲、汴三臺普度」，達三十萬之多。熙宗見名僧海慧，邀至上都說法，建大儲慶寺。法律開普度戒壇，度僧尼十萬餘，受紫衣，得「嚴肅大師」封號。
	1156	*正隆元年，海陵王禁止民間二月初八佛事活動。
	1162	*大定二年，重建龍泉寺，改稱覺山寺（即今靈光寺）。
	1163	*大定三年，晦堂受世宗命住持大延聖寺。
	1164	*大定四年，建西山昊天寺。

大量田產以資房山刻經活動。

766-779 *大歷年間，建龍泉寺（即今靈光寺）。

821 *長慶元年，藩帥劉總乞為僧，法號大覺，建報恩寺。

835 *寶曆十年，真性律師圓寂于雲居寺。

843 *會昌三年，武宗滅佛，雲居寺被毀。

846 *會昌六年，智泉寺重修，於廢墟中得舍利石函，幽州刺史張仲武將之送到憫忠寺供養。

882 *中和二年，憫忠寺失火被焚。

892 *景福元年，李匡威重修憫忠寺，並建閣供奉觀音，經朝廷批准，將原憫忠寺多寶塔中的舍利迎入觀音閣。

895 *乾寧二年河東節度使李克用建瑞雲寺。

◆

五代

955 *後周顯德二年，世宗滅佛，僧尼再次逃往遼朝統治下的幽燕地區。

◆

遼

983-1010 *統和年間，開始，燕京開始刊刻《大藏經》（又稱《遼藏》、《契丹藏》）。

964 *應曆十四年謙諷和尚重修雲居寺，並結千人邑會。

989 *統合七年，聖宗於延壽寺飯僧。

990 *統合八年，無礙大師為憫忠寺建釋迦太子殿。

994 *統合十二年，因造景宗像成聖宗於延壽寺飯僧。

1027 *太平七年，在韓紹芳請求下，聖宗恢復房山刻經並賜「普度壇利錢」。

1043 *慶曆三年，《契丹大藏經》刻峻，於遼南京刊行。

1057 *清寧三年，雲居寺《四大部經》刻成，翌年趙遵仁撰《續鐫成四大部經記》述之；重修毀於地震的憫忠寺，基本上成今日之格局，賜名「大湣忠寺」。

1059 *五年，志智建大昊天寺。

1178 *大定十八年，金世宗降諭「禁民間不得創興寺觀」。潞洲崔法珍自刻《大藏經》獻於朝廷，在此基礎上，金世宗召集各地名僧加以校勘，並增加新的內容，成為金藏。

1180 *大定二十年，大定，建仰山棲隱寺。義謙法師擔任雲居寺住持，雲居寺遂成禪宗道場。

1181 *大定二十一年，弘業寺改為大萬安禪寺，祖朗為住持。

1186 *大定二十六年，建大慶壽寺和大永安寺，世宗賜名、給田。

1192 *明昌三年，金章宗規定僧人三年一試的考核錄取制度，限制僧人名額。

1193 *明昌四年，章宗將萬松行秀延入內廷說法，宮嬪羅拜，盛況空前。

1197 *承安二年，萬松行秀受詔住持仰山棲隱寺，章宗禮拜問安。

1200 *承安五年，義謙法師圓寂。

◆

元

1237 *太宗九年，窩闊臺遣馬珍往各地考察僧道徒眾，取一千人，八月，令齊集燕京，重新接受入教儀式，是為元代佛教復甦之始。

1251 *憲宗元年，蒙哥任命燕京高僧海雲統管佛教事物，並翻修普濟寺，更名為海雲寺，燕京遂成北方佛教中心。

1252 *憲宗二年，隆安善選圓寂。

1255 *憲宗五年，蒙哥汗下令佛道辯論，佛教佔據上風。

1256 *憲宗六年，忽必烈下令於憫忠寺焚毀道教經典。

1263 *中統三年，追封隆安善選為國師。

1264 *中統四年，忽必烈設總制院，統管全國佛教事務及吐蕃地區軍政大事。忽必烈從八思巴受「威德喜金剛灌頂」。萬松行秀圓寂，建塔於廣濟寺側。

朝代	西元	事件
	1270	＊至元七年，八思巴「升號帝師、大寶法王」，從此元朝確立帝師制度，皇帝即須從帝師受戒。建大護國仁王寺。
	1271	＊至元八年，元世祖召禪、教（天臺、華嚴等宗），命令兩派辯論，開始崇教抑禪。在大都之西始建白塔，歷時八年而成，尼泊爾人阿尼哥參加設計修建。
	1279	＊至元十六年，於白塔前建大聖壽萬安寺，有奇光燭田，世祖大喜，賜良田一萬五千畝。
	1280	＊至元十七年，設功德司，功德司使由宣政院或帝師兼領，管理祈福法會和印經。
	1281	＊至元十八年，賜雪庵溥光「大禪師之號，為頭陀教宗師」。世祖忽必烈再次於憫忠寺焚毀道教偽經。
	1285	＊至元二十二年，華嚴宗知揀受詔住持大聖壽萬安寺，並被授釋教都總統、開內三學都壇主等職。世祖忽必烈組織編撰《至元法寶勘同總錄》，兩年後完成。
	1286	＊至元二十三年，以攝思憐為帝師，命西僧於萬安等寺遞作佛事。
	1287	＊至元二十四年，定演受賜土地，建大崇國寺，雄辯大師傳以道宗親書金字戒本。
	1288	＊至元二十五年，世祖再召江南高僧到大都廷辯，「使教冠於禪之上」。
	1289	＊至元二十六年，世祖迎旃檀佛像入萬安寺供奉並做佛事二十會。
	1290	＊至元二十七年，忽必烈命西藏僧侶遞作佛事於萬安等寺共七十二會。朝鮮僧惠永領寫經僧百人入京，贈世祖金字《法華經》，並抄錄金泥大藏經，期間至萬安寺講《仁王經》。
	1291	＊至元二十八年，忽必烈命西藏僧侶羅藏等遞作佛事於萬

朝代	西元	事件
		名天寧寺。
	1382	＊洪武十五年，道衍應選侍燕王朱棣，住持慶壽寺。太祖在南京舍僧錄司，在各府設僧綱司，州設僧正司，縣設僧會司。
	1391	＊洪武二十四年，頒佈《申明佛教榜冊》。
	1403	＊永樂元年，成祖重申「三年一給度牒」制度，實際上是四年一給。
	1407	＊永樂五年，直隸以及浙江諸郡軍民子弟「私批剃為僧，赴京冒請度牒」，被發配遼東、甘肅。
	1408	＊永樂六年，松岩智壽修廣薦法會，度陣亡將士。
	1412	＊永樂十年，僧無初德始為嘉福寺住持，開始了重修工作。
	1413	＊永樂十一年，松岩智壽住持慶壽寺，成祖「詔以月朔、望升天王殿法座說法，誘勸四眾」。
	1418	＊永樂十六年，道衍（姚廣孝）坐化慶壽寺。華嚴宗止翁慧進進京，居海印寺，升左覺義，「被召領天下僧眾」，並校注大藏經。
	1419	＊永樂十七年，因祥瑞頻出，欽頒佛經至大報恩寺。
	1425	＊洪熙元年，仁宗重建平坡寺，賜額大圓通寺。仁宗釋放被成祖囚禁的禪宗名僧溥洽，命居慶壽寺。
	1426	＊宣德元年，建真覺寺。宦官阮簡重修慧聚寺，請知幻道孚住持。觀翁至京，館於慶壽寺。
	1427	＊宣德二年，張太后重建潭柘山大萬壽寺，賜名龍泉寺。
	1428	＊宣德三年，宣宗為張太后重建暘臺山靈泉寺，改名大覺寺。
	1429	＊宣德四年，宣宗重建崇國寺，改名大隆善寺。孫皇后重建大承天護聖寺，改名大功德寺。

安等寺。

1295 *元貞元年，成宗命海雲法師再傳弟子住持大慶壽寺，並賜「臨濟正宗之印」。鐵穆耳在萬安寺主持「國忌日」，飯僧七萬餘。

1301 *大德五年，賜萬安寺地六百頃，鈔萬錠，至世祖、裕宗影像於寺內。

1303 *大德七年，萬山行滿住持仰山棲隱寺，聲傳四方。

1312 *皇慶元年，知揀圓寂，其弟子德嚴繼承住持大聖壽萬安寺。萬安寺雕版印刷蒙文佛經《入菩提行論疏》一千份。

1314 *延佑元年，仁宗追封海雲為「光天普照佛日圓明佑聖國師」。

1315 *黃慶二年，阿僧哥等為萬安寺塑造大小佛像一百四十尊。

1316 *延佑三年，萬安寺住持德嚴參加「旃檀瑞像」源流的討論。建壽安寺（1320），次年專門抽調兵丁為該寺鑄造佛像。

1321 *至治元年，天臺宗性澄受詔入京，賜「佛海大師」號。奉仁宗、英宗御容於萬安寺。

1323 *至治三年，於萬安寺做水陸法會七晝夜。

1329 *天曆二年，建大承天護聖寺。廢功德司。

1331 *至順二年，建碧雲寺。按太禧宗禋院臣建議，汰去萬安等十二寺僧九百四十三人。萬安寺住持德嚴因「盜公物、蓄妻孥」被免，三年後復職。

1341 *至正元年，高麗僧慧月修石經山華嚴堂。

1347 *至正七年，建柏林寺。

◆

*洪武年間，燕王朱棣重修天王寺，宣德十年（1435）敕

1434 *宣德九年，宦官阮簡重建慧聚寺，於正統五年（1440），英宗賜名萬壽寺。臨濟宗雨庵祖淵入京，為左覺義，兼大功德寺住持，以大功德寺、大慈恩寺、大隆善寺為禪、講、教三宗院所。

1436 *正統元年，越南宦官金英於古　舊址上建寺，次年英宗賜額圓覺寺。

1437 *正統二年，相瑢法師募資重修憫忠寺，易名崇福寺，成為禪宗寺院。

1439 *正統四年，英宗近侍太監李童向官吏、居士等募錢修建龍泉寺，五年始成，英宗賜額法海寺。

1440 *正統五年，宦官劉順舍宅為寺，英宗賜額法華寺。宦官王振奏請英宗將慧聚寺改額萬壽禪寺，並召取無際、大方為傳戒宗師。《北藏》刻成，頒行各大叢林。

1441 *正統六年，宦官范弘重建永安寺，英宗賜額。

1444 *正統九年，宦官王振舍宅建智化寺，然勝為住持。禪宗無際了悟進京，為十人傳戒宗師之一。

1445 *正統十年，宦官吳弼建寺，英宗賜額華嚴寺。

1448 *正統十三年，英宗重修慶壽寺，改額大興隆寺。

1451 *景泰二年，代宗汪皇后傳懿旨「度僧三萬」。

1452 *景泰三年，代宗新建大隆福寺。

1454 *景泰五年，從年初開始，「天下僧童數萬，赴京請度」，其中「兩京各度一千名」。

1455 *景泰六年，代宗重修天寧寺。

1456 *景泰七年，慧聚寺住持道孚圓寂。

1457 *景泰八年，重修大聖壽萬安寺，十一年後才完成，易名妙應寺。大隆福寺成，臨濟宗古心道堅為住持。

1460 *天順四年，新建崇興寺。

朝代	西元	事件
	1465	＊成化元年，憲宗重修妙應寺。宦官劉嘉林舍宅建寺，憲宗賜名廣濟寺。
	1466	＊成化二年，憲宗為周太后祝壽重建報國寺，改名大慈仁寺。
		山西僧人普慧在西劉村寺遺址上重建寺廟，二十年後始成，憲宗賜額「弘慈廣濟寺」。
		萬貴妃重建龍華寺。
		王振將宮廷音樂移入智化寺。
		宦官廖屏建廣化寺。
	1467	＊成化三年，宦官韓諒舍宅建正覺寺。
	1470	＊成化六年，南山福壽舉本初慧義為大功德寺住持，自己居大興隆寺。
	1471	＊成化七年，重修大隆善寺，增其額為大隆善護國寺。南山福壽圓寂。
	1473	＊成化九年，重修真覺寺，「創金剛寶座」，仿古印度樣式。
	1478	＊成化十四年，成化憲宗重修覺山寺，改額靈光寺。
	1479	＊成化十五年，憲宗重修覺山寺，賜名大靈光寺。
	1480	＊成化十六年，宦官鄧鑒改本諒所建庵為寺，憲宗賜名隆教寺。
	1481	＊成化十七年，憲宗助建興教寺。
	1482	＊成化十八年，憲宗增建壽安寺。憲宗敕令妙應寺白塔周圍用磚造燈籠一百零八座，以奉佛塔。
	1483	＊成化十九年，憲宗重修大慈恩寺。
	1484	＊成化二十年，新建大永昌寺，二十二年再次興建，均未成而止。
	1485	＊成化二十一年，憲宗敕建觀音堂。
	1487	＊成化二十三年，孝宗在即位召中宣停建一切寺觀，並准

朝代	西元	事件
		三十一年住持護國廣慧寺。
	1550	＊嘉靖二十九年，智端重修廣濟寺。
	1563	＊嘉靖四十二年，重修大覺寺。
	1564	＊嘉靖四十三年，重修大功德寺。
	1566	＊嘉靖四十五年，李妃重建淨因寺。
	1567	＊隆慶元年，里安廣禎為龍華寺住持，大開法社，闡天臺、禪宗。
	1571	＊隆慶五年，李貴妃重修延壽寺。
	1572	＊隆慶六年，普安寺建吉祥道場，古風覺淳主壇筵，弘天臺、華嚴。
	1573	＊萬曆元年，陳太后建仁壽寺。紫柏真可至京參訪。
	1574	＊萬曆二年，神宗、李太后建承恩寺。無極明信圓寂。
	1576	＊萬曆四年，李太后重建慈善寺，賜名護國慈壽寺。
	1577	＊萬曆五年，神宗建萬壽寺，並賜鐘一口。
	1578	＊萬曆六年，禪宗印空圓月圓寂。
	1579	＊萬曆七年，首輔張居正停止在京開度僧人。開版刻《續入藏經》，四年後成，計似十一函，四百一十卷，一五八六年通行頒佈，散施天下名山。
	1581	＊萬曆九年，古風覺淳、笑岩德寶圓寂。李太后建成千佛寺，遍融真圓為住持。
	1582	＊萬曆十年，一江真　圓寂。
	1583	＊萬曆十一年，陳、李太后建真圓塔院。
	1584	＊萬曆十二年，遍融真圓寂；廣濟寺重修竣工。
	1586	＊萬曆十四年，紫柏真可宿潭柘寺，與憨山德清初次會面。
	1587	＊萬曆十五年，雲居寺住持盜賣石經被發現。
	1589	＊萬曆十七年，里安廣禎圓寂。
	1592	＊萬曆二十年，李太后建長椿寺。達觀禪師整修雲居寺時

監生楊璽上疏，拆毀大永昌寺。

1488 ＊弘治元年，孝宗決定停止度僧，令無度牒者還俗，禁止僧人遊方，並裁減僧錄司官員以及兩京寺院住持。

1495 ＊弘治八年，朽庵宗林入京，被「命為登壇大戒主」。本初慧義圓寂。

1497 ＊弘治十年，孝宗「以良鄉縣莊地賜大慈仁寺，凡一百十二頃」。

1498 ＊弘治十一年，孝宗建福祥寺。

1504 ＊弘治十七年，孝宗建延壽塔寺。建長安寺。

1505 ＊弘治十八年，武宗革除弘治年間傳升的漢藏僧封號、官職。

1507 ＊正德二年，武宗在京在外准度僧三萬名。

1508 ＊正德三年，武宗及王太皇太后、張皇太后、夏皇后等助建衍法寺。

1509 ＊正德四年，武宗建玄明宮佛殿。

1510 ＊正德五年，武宗建護國寺、保安寺。

1512 ＊正德七年，武宗建鎮國寺，重修大慈恩寺。

1513 ＊正德八年，宦官張雄建大慧寺，武宗賜額。

1514 ＊正德九年，武宗助建弘善寺。

1515 ＊正德十年，武宗增建金山禪寺。

1521 ＊正德十六年，世宗即位，查革僧官，鼓勵僧人還俗。

1522 ＊嘉靖元年，諭令拆毀京師內外寺庵，得黃金三千兩。

1526 ＊嘉靖五年，世宗詔令禁止戒壇傳戒及民間法會。

1527 ＊嘉靖六年，以有傷風化為由拆毀「京師尼姑寺六百餘所」，下令停止開度僧人。

1532 ＊嘉靖十一年，臨濟宗桂峰滿香經考選為右講經。

1535 ＊嘉靖十四年，大興隆寺罹火焚毀，世宗下令不復再建。

1536 ＊嘉靖十五年，下令拆毀禁苑佛殿。

1549 ＊嘉靖二十八年，曹洞宗大方覺連授廣善戒壇傳教宗師，

發現隋代所藏舍利，後李太后迎入宮供奉三日，紫柏真可用太后施捨贖回雲居寺產，修復琬公塔院，並化緣刻經，與憨山德清第二次會面。

1593 ＊萬曆二十一年，李太后建慈恩寺。紫柏真可駐錫碧雲寺，目諸佛道影。

1594 ＊萬曆二十二年，李太后等助建慈隆寺。

1598 ＊萬曆二十六年，李太后助建智慧文殊庵。

1601 ＊萬曆二十九年，神宗建祖師殿。

1603 ＊萬曆三十一年，紫柏真可在潭柘寺被錦衣衛所抓，於獄中坐化。

1605 ＊萬曆三十三年，禪僧慧光本智於廣慧寺講《楞嚴經》未畢圓寂，李太后賜金建塔。神宗建西方三聖庵。

1614 ＊萬曆四十二年，永海律師入住崇福寺，改禪為律。

1615 ＊萬曆四十三年，如馨律師圓寂，神宗特詔憫忠寺請其遺像供於寺內，並親筆寫贊。

1616 ＊萬曆四十四年，神宗建慈明寺。

1617 ＊萬曆四十五年，神宗建聖祚隆長寺。

1628 ＊崇禎元年，恒明法師於玉泉山二聖庵潛心修行。

1631 ＊崇禎四年，刻經出資人之一，書法家董其昌在洞額題「寶藏」二字，宣告了歷時千載的房山雲居寺刻經結束。

1640 ＊崇禎十三年，田貴妃增建長椿寺。

1642 ＊崇禎十五年，思宗建九蓮詞蔭寺、大士廟。恒明大師率眾掩埋戰死於玉泉山的士兵屍體，並舉行水陸大會超度亡靈。

◆

清

＊順治年間，定僧道官制，京師設僧錄司，左右善世、闡教、講經、覺義、掌釋等。

1645 ＊順治二年，滿月法師圓寂於二聖庵。嚴格管制佛教，規

朝代	西元	事件
		定「內外僧道，均給度牒，以防奸偽」，並收繳前朝舊敕。
	1648	*順治五年，廣濟寺改律宗道場，玉光律師於廣濟寺開堂傳戒，並應恒明法師邀請出任方丈。
	1651	*順治八年，建普聖寺，又稱「十達子廟」。
	1656	*順治十三年，廣濟寺住持恒明大師離京南下，在金陵「印藏經五千四十八卷」。
	1657	*順治十四年，順治帝會海會憨璞和尚，賜號「明覺禪師」，開始留心參禪。
	1659	*順治十六年，召天童道琇和尚，諭萬善、憫忠、廣濟三處結冬。次年還歸，賜號「宏覺禪師」。玉光法師於廣濟寺奉旨說具足戒，皇帝「賜衣缽七百五十人」。
	1660	*順治十七年，下令免費發放度蝶，致使官方掌握的僧人人數激增。玉光法師圓寂。
	1661	*順治十八年，順治帝欲出家未果，太監吳良輔代之，順治往憫忠寺觀其祝發。
	1663	*康熙二年，恒明大師在廣濟寺後築閣以藏南刻大藏經。
	1665	*康熙四年，清馥殿改為弘仁寺，供奉旃檀佛像並撰《旃檀佛像西來歷代傳祀記》。
	1667	*康熙六年，恒明大師圓寂於廣濟寺。
	1668	*康熙七年，廣濟寺萬中法師作持戒簡要頌，以訓示後學，流傳甚廣。
	1671	*康熙十年，萬中法師圓寂。 重修長安寺，更換寺中明代天兵羅漢像，並勒石志之。
	1672	*康熙十一年，炤省和尚主持重建龍泉庵。法源寺常修律師圓寂。
	1674	*康熙十三年，仿明制在京設僧錄司。
	1677	*康熙十六年，德光法師圓寂於廣濟寺，造塔於玉泉山二

朝代	西元	事件
		*雍正十三年到乾隆三年，選清代高僧著述，增入明《北藏》中，為一六七二部，七二四七卷，名《大清重刊三藏教目錄》即《龍藏》。
	1743	*乾隆八年，永樂大鐘移至覺生寺，並修鐘殿。
	1744	*乾隆九年，乾隆帝為法源寺寫《般若波羅密多心經》，後鐫刻於石。法源寺住持圓升圓寂。雍和宮由帝王行宮改為黃教寺院。
	1746	*乾隆十一年，乾隆降旨雍和宮仿西藏拉薩傳召大法會每年年初舉辦祈願法會。
	1747	*乾隆十二年，以國庫帑銀重修大覺寺。高宗幸法源寺，御賜「法海真源」匾額。
	1748	*乾隆十三年，擴建碧雲寺，又建五百羅漢堂，金剛座寶塔。發帑銀重修聖感寺，改額香界寺。
	1751	*乾隆十六年，為慶太后六十壽建大報恩延壽寺于萬壽山。七世達賴喇嘛奉旨從西藏三大寺、上下密院選派格西十人到雍和宮弘法。
	1753	*乾隆十八年，撥帑銀重修妙應寺白塔為母祈福，並手書經文，藏於塔中。
	1754	*乾隆十九年，取消官給度牒制度。
	1759	*乾隆二十四年，命和碩莊親王允祿編《滿漢蒙古西番合璧大藏全咒》八十八卷，附《同文韻統》六卷，《字母讀法》一卷，《讀咒法》一卷，共九十六卷，頒發京城直省各寺。
	1760	*乾隆二十五年，慶乾隆五十壽重修宏仁寺。
	1761	*乾隆二十六年，慶皇太后七十壽重修真覺寺，因避諱改為大正覺寺。
	1762	*乾隆二十七年，策墨林一世活佛奉旨進京任雍和宮堪布，達十六年之久。

	聖庵旁。
1678	＊康熙十七年，廣濟寺內建戒壇殿及戒壇。重建圓通寺，改額聖感寺，海岫禪師任住持。
1681	＊康熙二十年，廣濟寺大悲戒壇成，舉行祝國裕民道場四十九晝夜。
1683	＊康熙二十二年，超永和尚任聖感寺住持，編禪宗《五燈全書》。
1684	＊康熙二十三年，別室天孚和尚撰成《弘慈廣濟寺律院新志》。
1692	＊康熙三十一年，賜金重修潭柘寺。
1694	＊康熙三十三年，新建普度寺。擴建紅螺寺。
1695	＊康熙三十四年，皇帝賜廣濟寺御書金剛經八卷、藥師經十卷，十八羅漢贊十首，臨米芾觀音贊一首。
1697	＊康熙三十六年，天孚大師在廣濟寺建戒壇。
1704	＊康熙四十三年，《弘慈廣濟寺新志》刊行。
1712	＊康熙五十一年，康熙重建大悲寺，親書「敕建大悲寺」匾，並於暢春園召見大悲寺住持慧燈禪師。
1713	＊康熙五十二年，為慶康熙六十壽擴建柏林寺。
1720	＊康熙五十九年，時為皇子的雍正帝重修大覺寺，並添建四宜堂院等。
1722	＊康熙六十一年，康熙重修崇國寺，改名護國寺。
1723	＊雍正元年，在暢春園建恩佑寺供奉聖祖遺容。重修隆福寺。
1733	＊雍正十一年，建嵩祝寺。建覺生寺，任命文覺禪師為住持。建大鐘寺。華嚴宗通理法師奉旨於圓明園校勘藏經，並精研《華嚴大疏》。
1734	＊雍正十二年，重修崇福寺，改額法源寺，寶華山文海律師應詔入京，駐錫法源寺。重修永安寺，賜名十方普覺寺；重修千佛寺，改額拈花寺。
1765	＊乾隆三十年，文海禪師圓寂。
1770	＊乾隆三十五年，重修大功德寺，乾隆御筆親題並撰寫重修碑文。
1773-1790	＊乾隆三十八至五十五年，將《大藏經》譯為滿文。
1776	＊乾隆四十一年，重修妙應寺，並賜大藏經。
1778	＊乾隆四十三年，乾隆整修法源寺，並書大雄寶殿之「法海真源」額。理通法師住持拈花寺。
1779	＊乾隆四十四年，雍和宮修建班禪樓、戒臺樓迎接六世班禪弘法。
1780	＊乾隆四十五年，理通受封「闡教禪師」。六世班禪抵京，在雍和宮弘法，為僧人授戒、摩頂祝福，年底圓寂於西黃寺。乾隆皇帝在西黃寺建「清淨化城塔」藏六世班禪經卷、衣冠。
1785	＊乾隆五十年，為慶祝皇帝八十大壽，在妙應寺舉辦「千叟宴」。
1787	＊乾隆五十二年，在太后陵墓側建永福寺。
1792	＊乾隆五十七年，徹悟法師住持覺生寺。乾隆帝在雍和宮確立金瓶掣定達賴喇嘛和班禪大師轉世靈童制度。
1795	＊乾隆六十年，重修大悲寺。
1800	＊嘉慶五年，徹悟法師居京郊懷柔紅螺山資福寺，弘揚淨土。
1810	＊嘉慶十五年，徹悟法師圓寂，得舍利百。
1816	＊嘉慶二十一年，重修妙應寺白塔。
1845	＊道光二十五年，靜涵大師奉詔住持廣濟寺。
1869	＊同治八年，靜涵大師奉詔住持法源寺。
1886	＊光緒十二年，印光大師到紅螺寺修行四年。
1894	＊光緒二十年，重修廣化寺。虛雲大師到北京。
1900	＊光緒二十六年，八國聯軍被毀靈光寺，屠殺僧俗眾人，

朝代	西元	事件
		後寺僧在招仙塔基座處發現佛牙舍利。
	1906	*光緒三十二年，為「官府興辦新政，遍提寺產」，虛雲大師與寄禪（敬安）和尚一同赴北京上訴獲得支持上諭，賜虛雲為「佛慈洪法大師」，又賜「紫衣缽具」、「玉印」、「錫杖如意」、「鑾駕全幅」。
	1908	*光緒三十四年，道階法師至京迎接朝廷頒賜的《龍藏》。
		◆
民國	1912	*中華佛教總會成立，設總部於法源寺。八指頭陀病逝於法源寺。
	1913	*法源寺舉辦釋迦牟尼誕生二千九百四十年紀念大法會。
	1914	*王闓運與京城名流於法源寺賞丁香，開留春宴。
	1918	*道階法師發起修編《新續高僧傳四集》。十三世達賴喇嘛恢復舊制，先後向雍和宮委派羅桑策殿、貢覺仲尼到雍和宮擔任堪布。
	1920	*道階法師回法源寺出任住持，編修《新續高僧傳》。
	1921	*太虛大師於廣濟寺說法，宣講《法華經》，僧俗集聚，盛況空前。法源寺住持道階法師開壇傳授千佛三壇大戒五十三天，為民國時期第一次傳戒，法尊法師於此受戒。《新佛化旬刊》、《佛學月刊》創刊。
	1922	*戒台寺住持達文大師向社會呼籲，並提請北洋政府禁止開礦採煤，因而保護了戒台寺。廣濟寺住持現明創辦弘慈佛學院。
	1923	*佛誕二九五〇年，法源寺舉行盛大紀念活動。《佛化新青年》創刊。
	1924	*廣濟寺創辦弘慈佛學院。十三世達賴喇嘛派沙拉寺的貢覺仲尼及侍從十人來京，貢覺仲尼任雍和宮住持。
	1925	*蒙古王公及善信居士募集萬金重修妙應寺。九世班禪大

朝代	西元	事件
	1952	*來京參加亞洲太平洋區和平會議的斯里蘭卡代表團團長馬拉塔納法師等人代表錫金佛教徒向中國佛教界贈獻「佛舍利」、「貝葉經」、「菩提樹」三寶，北京各寺廟的僧尼、居士喇嘛等八百多人在廣濟寺參加了受禮典禮。
	1953	*中國佛教協會成立，會址設於廣濟寺，圓瑛法師出任會長。
	1954	*十四世達賴喇嘛和十世班禪到雍和宮講經說法。
	1955	*中國佛教協會將原供奉在八大處靈光寺的佛牙舍利請到廣濟寺，並從故宮調撥一座嵌有八百餘顆珠寶的七寶金塔，作為供奉佛牙之用。中國政府和佛教協會接受緬甸總理烏努提出的迎請佛牙到緬甸供廣大佛徒瞻仰的請求，在緬甸巡行八個月後，於一九五六年五月重新安放於廣濟寺。
	1956	*中國佛協會長趙樸初把一千四百多年來中國的柬埔寨高僧陀羅和僧伽婆羅譯的九部佛經贈送給參觀廣濟寺的西哈努克親王。
		適逢釋迦牟尼佛涅槃二千五百周年，中國佛教協會決定以發掘房山石經為紀念大會獻禮。四月二十一日首先開啟石經山第三洞，搬出經版編號拓印，全部拓印整理歷時三載，於一九五八年底結束。
		喜饒嘉措擔任中國佛學院院長並在法源寺舉辦開學典禮，首屆招收學員一百一十八人。
		周恩來總理在中南海紫光閣會見國際佛家僧侶代表團，喜饒嘉措和趙樸初參加會見。
		內蒙古噶喇藏活佛出任堪布，成為新中國成立後雍和宮的第一任正式堪布。
		十世班禪大師到雍和宮講經。

	師到雍和宮講經。
1927	玉山法師任廣化寺住持，實行禪淨雙重，寺內有不攀龍附鳳、不外出應酬佛事、不私自募捐化緣的「三不」制度。
1928	空也法師在法源寺成立中華佛學院。
1929	蔣介石來北京時，專程到潭柘寺去進香。
1930	太虛大師將「世界佛學苑」遷至柏林寺。
	法源寺空也法師被革職，並解散佛學院。德玉法師被推舉為住持，後經核查空也法師無犯罪行為，未予起訴。
1932	廣濟寺因佛事失火被焚，後在各界人士的資助下重建。
1934	《北平佛教會月刊》創刊。
1935	道階法師靈骨抵達北京，舉行隆重追悼法會後建塔。
1936	由居士發起，妙應寺舉行「千僧齋」敬塔功德法會。
	道階法師七旬冥誕之期，道階法孫梵月特請廣濟寺退居現明律師在法源寺傳授千佛大戒，是民國時期法源寺舉行的第二次傳戒。
1939	廣化寺創辦廣化佛學院。
1940	靈光寺開辦佛教講習所。
1941	廣濟寺現明法師示圓寂。《中國佛教學院年刊》創辦。《華北宗教年鑒》出版。
1942	比丘尼開慧和勝雨重建通教寺殿堂，安單接眾。
1943	佛教大師圓瑛受北平的佛門緇素敦請，來京講經弘法，駐錫廣濟寺，講經兩個月。北平漢藏佛學院成立並舉行開學典禮。
1945	最後一班的第八班《弘慈佛學院同學錄》出版。
1950	巨贊為廣濟寺被占用一事上書毛主席得到親筆批復，廣濟寺得以收回。
1951	應邀來京的十世班禪大師來京，首次到雍和宮禮佛並為僧眾講經、摩頂祝福。
1957	應邀來中國訪問的斯里蘭卡納羅達法師到中國佛學院講演。
	雍和宮舉行大願祈禱法會，跳金剛驅魔神舞。
1958	應邀來中國訪問的柬埔寨西哈努克佛學院院長胡達法師率領的柬埔寨代表團參觀中國佛學院，並贈送柬埔寨文佛教書籍雜誌。
1959	中國佛學院首屆本科班結業。
1961	斯里蘭卡總理班達拉奈克夫人請求迎奉佛牙舍利，中國佛教協會在廣濟寺舉行恭送佛牙大型法會。
1962	中國佛學院新增藏語佛學系並舉行開學典禮。
	為白塔安裝了避雷針。
1964	亞洲十一個國家和地區佛教徒在法源寺舉行法會，追悼越南南方革命殉難的佛教徒。
	中國佛教協會在廣濟寺舉行紀念鑒真大師圓寂一千二百周年大法會。
	喜饒嘉措大師主持首都佛教四眾弟子在法源寺隆重舉辦玄奘法師圓寂一千三百周年紀念法會，在京訪問的日本西川井文長老等位佛教人士也參加法會。
	中國佛教界舉行佛牙舍利塔開光盛大法會，恭迎佛牙舍利入塔，喜饒嘉措大師主持法會，趙樸初、阿旺嘉措、噶喇藏、巨贊、周叔迦及首都佛教界參加了這一隆重盛典。同時，柬埔寨、錫蘭、印尼、日本、寮國、蒙古、尼泊爾、巴基斯坦及越南等亞洲各國佛教界都應邀派遣代表團前來參加朝奉。
1965	中國佛學院研究部、本科學員舉行畢業典禮。
1970	著名的佛學家、佛教教育家、佛教文化學家周叔迦先生去世，享年七十一歲。
1972	周恩來總理批示修復在文革中被毀的廣濟寺。靈光寺為柬埔寨西哈努克親王姑母亡故舉行荼毘儀式。

朝代	西元	事件
	1973	＊中國佛教協會在廣濟寺恢復工作。
	1974	＊雍和宮為高全壽等十七名僧人落實宗教政策，退還「文革」中被抄的物品。 北京居士林在廣濟寺恢復，正果法師被聘為導師，於每月初一、初八、十五、二十三日為居士林居士講經說法。 源慧、智慧法師為首的香港佛教團一行二十人訪問中國佛教協會。 中國佛教協會委派臨濟宗第十一代傳人、淨慧雙修的海圓法師到靈光寺守護佛牙舍利塔。 中國佛學院正式復課，法尊出任院長，當年十二月圓寂於廣濟寺，享年七十九歲。 西山靈光寺舉行盛大祭拜活動，參拜佛牙舍利。 鑒真大師像回國，在北京於法源寺展出。 中國佛教圖書文物館在法源寺成立。 正果法師擔任廣濟寺方丈，恢復僧眾上早晚殿。 雲居寺建造石經庫房以存放遼金石經。 雍和宮舉行宗喀巴上師供法會。 十二月至次年初，正果法師在廣濟寺主持傳授三壇大戒，傳印法師擔任第一引禮，戒子為中國佛學院新入學的八零級學僧。
	1981	＊中國佛教協會創辦發行《法音》雜誌。 「世界宗教和平會議」名譽主席、日本立正佼成會會長庭野日壙先生一行到法源寺禮佛。 十世班禪大師到雍和宮禮佛並囑咐僧人保護好寺院，好好學習，僧像僧，寺像寺。 雍和宮成立藏文經典學習班，舉辦釋迦牟尼千供法會。 《法源寺誌》出版。

朝代	西元	事件
		為重建雲居寺募捐（三十年後捐了三十萬美金）。 明真法師在法源寺圓寂，享年八十八歲。 廣化寺毗盧遮那大銅佛像開光並供奉在大雄寶殿。 中國佛學院自一九八零年恢復教學後的首屆研究生畢業。 廣化寺舉行了一九四九年以來最為隆重的法會——啟建禮懺講經法會。北京佛教界人士濟濟一堂，祈禱人民安樂，世界和平。
	1990	＊首都佛教界人士舉行班禪大師圓寂一周年紀念法會；
	1991	＊臺灣慧空法師、聖嚴法師、真華法師、李耕耘居士及香港寶蓮寺分別組織代表團參訪中國佛學院、法源寺。
	1992	＊明學法師榮膺法源寺方丈。
	1993	＊泰國僧王頌得帕耶納桑文到京訪問，趙樸初會長、明暘法師及四眾弟子四百多人歡迎。 中國佛協成立四十周年。 紅螺寺發現了際醒祖師舍利塔，找到十三顆舍利和三顆牙齒並供奉於紅螺寺。 雍和宮舉行「彌勒大佛開光慶典」。
	1994	＊世界佛教三大語系的高僧大德在北京廣濟寺舉行盛大慶典，為珍藏泰國兩千餘年之中華古佛歸宗開光。
	1995	＊廣濟寺舉行十世班禪大師靈童轉世法會。 北京市佛教界在雍和宮舉行大法會慶祝第十一世班禪坐床。
	1996	＊中國佛學院建院四十周年院慶。 廣濟寺監院演覺法師住持修復指畫《勝果妙音圖》。 十一世班禪額爾德尼·確吉傑布首次在雍和宮舉行佛事活動。
	1997	＊潭柘寺恢復宗教活動。

1982	＊佛協向香港寶蓮禪寺贈送清刻《大藏經》，在廣濟寺舉行贈經法會。
1983	＊日本臨濟宗相國會納經代表團一行十九人參訪法源寺、中國佛學院。 雍和宮舉辦釋迦牟尼千供法會，十世班禪大師和經師霍樣活佛、嘉木樣活佛參加。
1984	＊泰國曼谷余昌任居士率泰國佛教觀光團參拜北京廣濟寺。 斯里蘭卡總統賈亞瓦德參訪廣濟寺。 正果法師作為佛教界代表登上天安門觀禮臺出席國慶三十五周年盛典。 巨贊法師圓寂。
1985	＊首都佛教界人士向人民英雄紀念碑敬獻花圈，追念抗日犧牲將士。 世界宗教者和平會議國際理事會在北京召開，各國佛教界代表在廣濟寺舉行祈禱法會，廣濟寺方丈正果法師主持大會。
1986	＊北京市佛教協會成立了文物組，挖掘、整理和鑒定廣化寺的經書、字畫、碑拓、法物、瓷器等一七一六件國家各級文物。
1987	＊暹羅派花園寺兩位大長老和佛牙寺總管為首的斯里蘭卡佛教代表團應中國佛教協會邀請到京訪問。 中國佛協創建佛教文化研究所。 正果法師圓寂於廣濟寺，享年七十五歲。
1988	＊第二屆中日佛教學術交流會議在北京召開。
1989	＊臺灣佛光山星雲大師訪問廣濟寺，受到趙樸初會長、明暘法師和傳印法師的歡迎。 世界佛教協會副會長、臺灣佛教協會會長劉世倫女士率「美國洛杉磯——臺灣朝山團」到雲居寺朝拜，並發願

	報國寺修復工程竣工。
1998	＊佛教界舉行法會，紀念佛教傳入中國兩千年，十一月二十二日，從釋迦誕生處請來的聖火、聖水及聖樹供於靈光寺佛牙塔下。
1999	＊遼金時期刊刻的一萬零八十二片《契丹大藏經》石經版奉安於新落成的石經地宮內，雲居寺舉辦「石經回藏大法會」，來自海內外的九十九位高僧大德集會於毗盧殿內。 《房山石經研究》出版。 雲居寺恢復佛教活動。 中國佛教協會會長趙樸初去世，享年九十三歲。怡學法師升座廣化寺方丈。 首都佛教界在雍和宮舉行迎請雲居寺藏佛祖舍利供奉儀式。
2001	＊靈光寺舉辦「中韓日佛教界祈禱世界和平法會」。
2002	＊北京靈光寺恭送佛牙舍利赴泰瞻禮法會。
2003	＊一誠會長榮膺法源寺方丈並舉行隆重升座儀式。 潭柘寺舉辦一系列慶典活動，慶祝建寺一六九六周年，潭柘寺創建于西晉永嘉元年(307)的考證結果得到各界認同。 靈光寺舉辦「紀念中國佛教協會成立五十周年祈禱國泰民安世界和　平」大法會。
2004	＊修繕法源寺第一期工程動工。
2005	＊靈光寺舉辦「百寺千僧萬人救援印度洋海嘯遇難祈福消災法會」。 臺灣李敖參訪法源寺。
2006	＊北京市門頭溝區戒臺寺千佛閣復建工程動工。 靈光寺舉行傳授三皈五戒，中國佛教協會常務副會長、北京靈光寺方

朝代	西元	事件
		文聖輝法師主法。 北京市廣化寺啟建「孝親報恩、祈福消災、解冤釋結、七七勝會」地藏法會。 ＊中國佛學院成立五十周年慶祝大會。 對勘藏文《大藏經》歷時二十年工程結束。
	2007	＊廣濟寺啟建萬佛洪名寶懺祈福法會。 天寧寺經五年修繕後為長達九公尺的金絲楠木阿彌陀佛舉行隆重開光大典。 首屆漢傳佛教講經交流會在北京召開。 潭柘寺舉行了隆重的建寺一千七百年周年慶祝活動。 第十次中韓日佛教友好交流會議舉行。 戒臺寺修復戒壇和千佛閣。 中國佛教歷史上規模最大、內容最全的漢文大藏經《嘉興藏》，經過數年發掘整理由民族出版社出版發行。 「世界佛教論壇課題研究」座談會在京舉行。 廣化寺舉行韓國奉贈金地藏王菩薩奉安大法會。
	2009	＊發掘出一處由二十五座佛塔組成的塔林，距今約有一千年的歷史。 雲居寺石經山第二藏經洞時隔五十三年後再次開洞。 北京大學成立宗教文化研究院。 故宮成立藏傳佛教文物研究中心。 靈光寺的佛牙舍利塔首次對公眾開放。 佛祖肉身舍利曾重返雲居寺，接受公眾為期十天的觀瞻。
	2010	＊龍泉寺學誠法師主持舉行為西南旱區祈雨法會。 佛光山開山宗長星雲大師在中國美術館「一筆字」展並到中國佛教協會訪問。 雲居寺毗盧殿供奉天開塔佛舍利，並舉行祈福超度法

朝代	西元	事件
		會。 中國佛學院主辦首屆「法海探源」佛教文化之旅。 佛教居士林舉辦七日誦經法會，為全國受災地區誦經回向。 中國藏語系高級佛學院為第六屆藏傳佛教高級學銜授銜在西黃寺舉行祈禱法會。

北京伽藍記參考文獻資料

臺灣：

＊釋永芸總編(1996)。跨世紀的悲欣歲月－走過臺灣佛教五十年寫真。佛光文化。
＊楊衒之著、曹紅釋譯(1998)。洛陽伽藍記。佛光文化。
＊陳師蘭、林許文二(2008)。印度聖境旅人書。柿子文化。
＊林文月(1985)。洛陽伽藍記的冷筆與熱筆。臺大中文學報第一期
＊林晉士(2004)。洛陽伽藍記之文學研究。佛光山文教基金會。
＊王文進(2000)。淨土上的烽煙－洛陽伽藍記。時報文化。
＊張曼濤主編(1978)。中國佛教史論集（86、87）。大乘文化。
＊潘桂明、董群、麻天祥(1999)。中國佛教百科叢書（三）歷史卷。佛光文化。
＊釋慈怡主編(1988)。佛教史年表。佛光文化。

大陸：
＊朱耀廷、崔學諳主編；,張連城、孫學雷編著(2004)。北京的佛寺與佛塔。光明日報出版社。
＊何孝榮著(2007)。明代北京佛教寺院修建研究。南開大學出版社。
＊傳印主編(2008)。北京佛教寺院。宗教文化出版社
＊羅哲文、柴福善編著(2008)。中華名寺大觀。北京機械出版社。
＊黃春和主編(2001)。北京名寺叢書。華文出版社。
＊曹子西主編(1994)。北京通史。北京。中國書店。
＊帝京景物志略

DVD：
＊老北京印象。中央電視臺見證節目。中國國際電視總公司、新影音像出版社。
＊北京記憶。紀念改革開放30周年大型紀錄片。北京電視臺、北京京視傳媒出品。中國財政經濟出版社、北京財經電子影像出版社。
＊中國名寺古剎。中國大系大型文獻紀錄片。南方文化出品。

特別感謝

陸森，繪製北京寺廟分布圖。
王明佺居士，拍攝提供雍和宮、通教寺、廣化寺、戒台寺照片。
林可，拍攝蒐集本書其餘寺院相關照片。

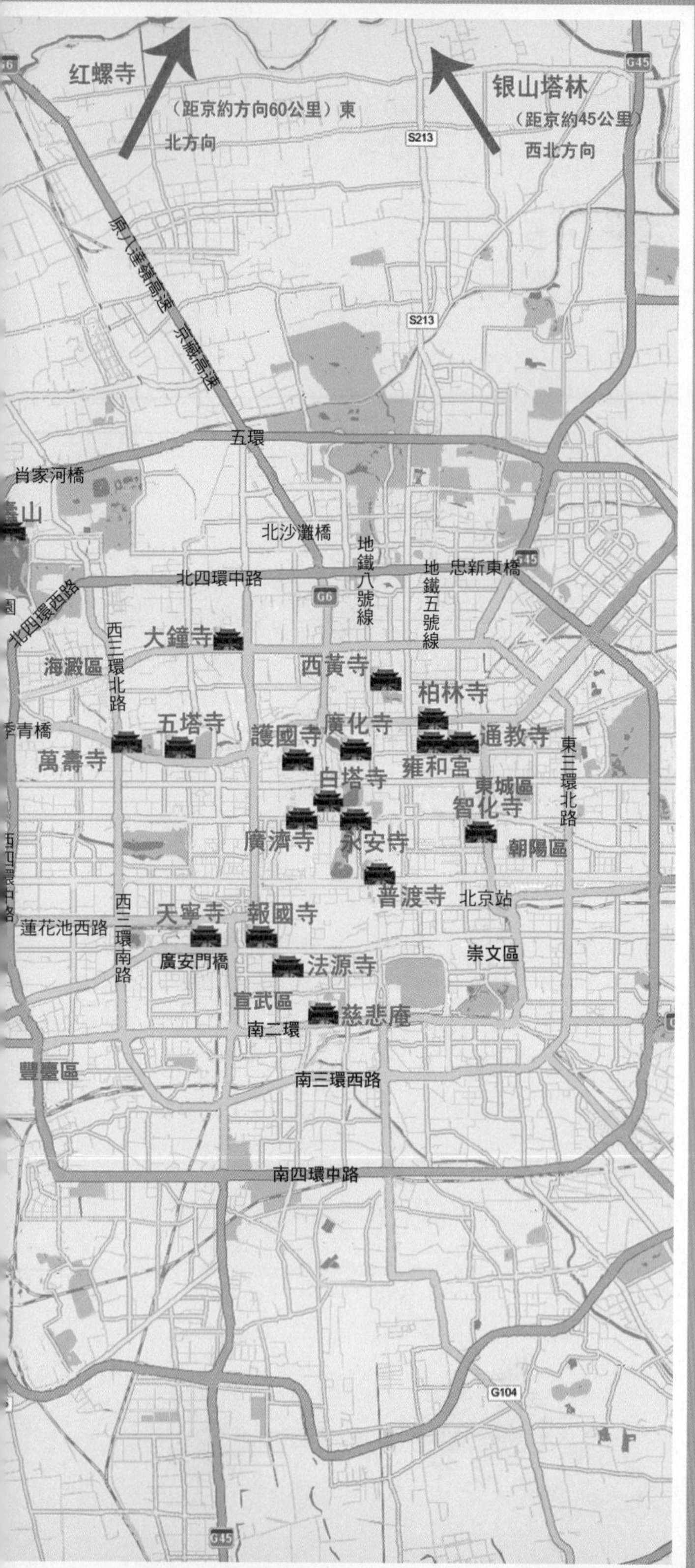
红螺寺
（距京約方向60公里）東
北方向
银山塔林
（距京約45公里）
西北方向
S213
G45
G6
原八達嶺高速
京藏高速
五環
肖家河橋
北沙灘橋
地鐵八號線
地鐵五號線
忠新東橋
北四環中路
北四環西路
西三環北路
大鐘寺
海淀區
西黃寺
柏林寺
五塔寺
護國寺
廣化寺
通教寺
萬壽寺
雍和宮
白塔寺
東城區
東三環北路
智化寺
廣濟寺
永安寺
朝陽區
普渡寺
北京站
天寧寺
報國寺
蓮花池西路
西三環南路
廣安門橋
法源寺
崇文區
宣武區
慈悲庵
南二環
豐臺區
南三環西路
南四環中路
G104

北京寺院分布圖

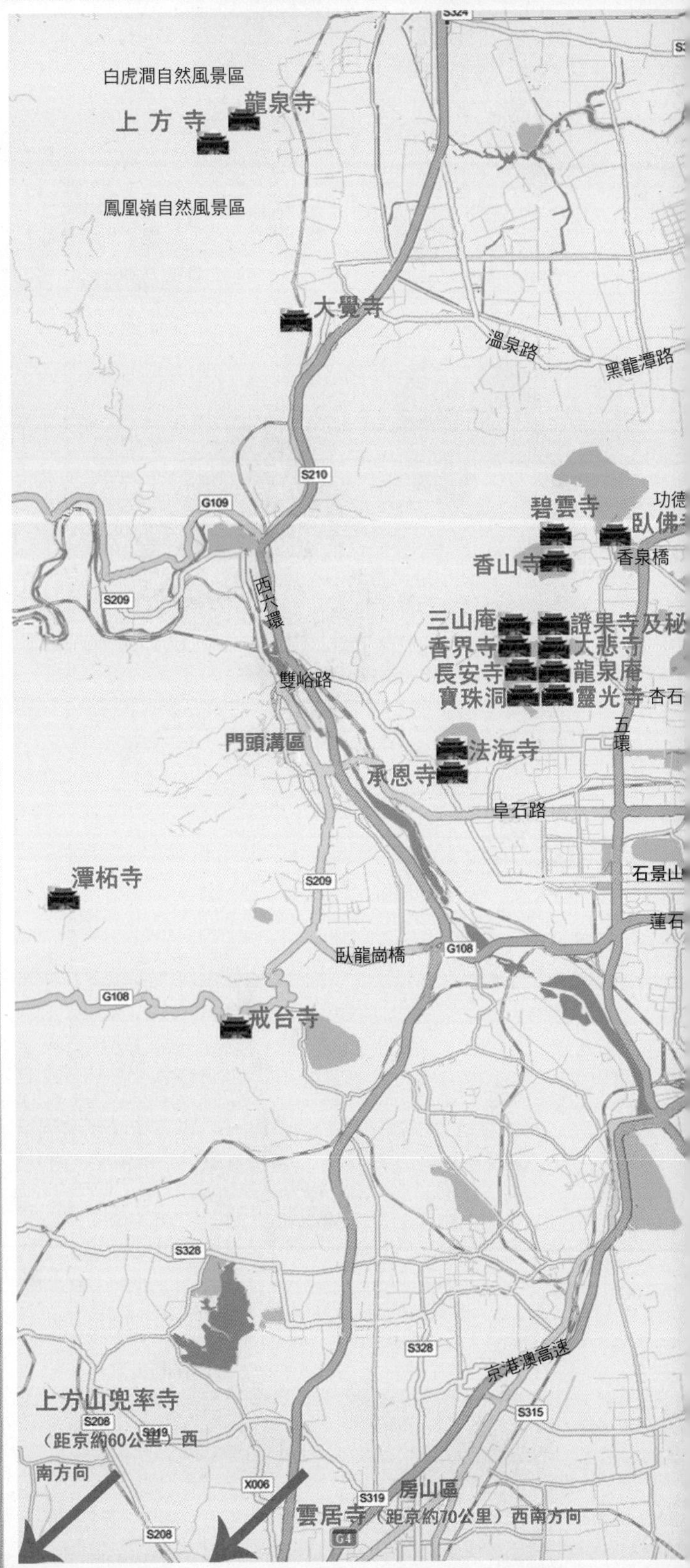
S324
白虎澗自然風景區
龍泉寺
上方寺
鳳凰嶺自然風景區
大覺寺
溫泉路
黑龍潭路
S210
G109
碧雲寺
功德
臥佛
香泉橋
香山寺
S209
西六環
三山庵
證果寺及秘
香界寺
大悲寺
長安寺
龍泉庵
寶珠洞
靈光寺
杏石
雙峪路
門頭溝區
五環
法海寺
承恩寺
阜石路
石景山
潭柘寺
S209
蓮石
臥龍崗橋
G108
G108
戒台寺
S328
S328
京港澳高速
S315
上方山兜率寺
S208
（距京約60公里）西
南方向
X006
S319
房山區
雲居寺（距京約70公里）西南方向
S208
G4

後記

遇見永芸法師

岳紅

遇見永芸法師是在二〇〇九年中秋之夜——適合文人相逢的時節。

見永芸法師之前我曾心懷莫大的敬佩和好奇！敬佩的是法師在文化和文學事業上已經做出非凡成就，而當年屆五十之時還行腳北京駐讀博士的孜孜求學精神；好奇的是我第一次與僧人近距離接觸，況且他還是一位尼眾！

遇見了文人的儒雅與僧人的脫俗氣質並俱的永芸法師，我得以閱讀他繁忙的工作之餘創作的諸多作品，那些瀰漫於字裡行間的執悟兩情牽引著我情不自禁地走近他，並跟隨著他一步一步走近佛教，走進眾多寺廟。

在探訪和追尋北京寺廟歷史的過程中，我的心經歷了太多的激憤！我一向不願意細讀苦難深重的中國近代史，但沒有想到，八國聯軍的炮火、民國混戰的兵燹、文革的文化毀傷、唐山大地震的波及等等，這些人禍、天災竟殃及寺廟，甚至深山古寺也難以倖免，眾多珍藏著輝煌歷史和無價之寶的千年古剎或毀於一旦，或破敗荒涼，無以計數的壇廟寺觀從地圖上一一抹掉，即使還留有殘垣斷壁也都雕塑殘破、造像毀損，永遠失去了自身的價值。

我無法想像當時那些一心向佛、苦淨修行的僧眾面對這一次又一次的劫難是怎樣度過的？穿越烽煙燎原的驚慌之後那份無奈和悲涼又何以堪？縱然，徹悟的智慧和境界能讓他們坦然面對廢墟，但度眾的悲心大概始終懸著吧？

解放後北京市的一千二百多座佛教寺廟，到目前具有一定規模，保存和修復較完好的寺廟只有不到兩百座。二〇〇八年的北京奧運會曾讓古寺廟受惠頗多，八年投入九點三億保護文物，如今已有幾十處對外開放，遺憾的是其中更多旅遊勝地，少有佛教活動場所。

如果一個寺廟喪失了基本的宗教功能，它便很難保存或發展，即使發展壯大，那已經不是寺廟，而僅僅是旅遊觀光處了。如此，寺廟已經不是人們心之嚮往的寺廟了！而這，正是現今時代對寺廟的隱形破壞。

但無論如何，經歷了漫長歲月滄桑和風雨洗禮而倖存下來的寺廟，畢竟留下了大量珍貴的文化遺產，不僅有典雅輝煌的建築、神采奕奕的造像和精湛的宗教藝術品，還有長達幾百年、甚至幾千年見證了寺廟全部歷史如今依然生機勃勃的古樹。這一切，為人們考察北京佛教文化的淵源、發展與興衰，提供了客觀的脈絡與鮮活的痕跡。

於是，我們試著羅列和梳理出了一些有深遠佛教淵源、今天還有佛教活動或佛教氛圍、值得我們去追思的佛教文化的寺院。因時間匆忙，我們不能做到更全面和深入，但如果能給有識之士一點點啟發，對北京寺院投入更多一份關注，為寺院做更清晰的滌禮，使僧俗兩眾更多一片終心向歸之地，那將是我們無上的感恩！

永芸法師說，不必太過悲觀，一切都會好轉！

是的！我雙手合十祈願！

二〇一〇年十一月十九日　於北京

二魚文化 文學花園 C072

北京伽藍記

作者 釋永芸、岳紅
責任編輯 姜洋
校對 姜洋、邱燕淇
美術設計 蔡文錦

出版者 二魚文化事業有限公司
發行人 謝秀麗
社址 106臺北市羅斯福路三段245號9樓之2
網址 http://www.2-fishes.com
電話 (02)2369-9022 傳真 (02)2369-8725
郵政劃撥帳號 19625599
劃撥戶名 二魚文化事業有限公司

法律顧問 林鈺雄律師事務所

總經銷 大和書報圖書股份有限公司
電話 (02)8990-2588 傳真 (02)2290-1658

製版印刷 彩峰造藝印像股份有限公司

初版一刷 二〇一〇年十二月
定價 三八〇元
ISBN 978-986-6490-44-6

題字篆印 李蕭錕

國家圖書館出版品預行編目資料

北京伽藍記/釋永芸、岳紅著--初版.--
臺北市：二魚文化，2010.12〔民
99〕面；　公分.　--（文學花園 C
072）
ISBN 978-986-6490-44-6（平裝）
寺院 2.佛教史 3.北京市

227.211　　99024346